나쓰메 소세키

인생의 이야기

• 《소세키 전집》, 《소세키 문예론집》, 《소세키 문명론집》, 《소세키 서간론》(이와나미쇼텐), 《소세키 시키 왕복 서간집》(이와나미분코) 등을 참고하고 저본으로 했습니다.
• 본문 내의 각주는 전부 옮긴이 주입니다.

나쓰메 소세키

인생의 이야기

시와서

차례

기고

수필

담화

강연

서간

기고

우견수칙

〈우견수칙〉(愚見數則)은 1895년 11월 마쓰야마 중학교에서 발행하는 《호케이카이 잡지》에 실린 글이다.
1895년 4월 스물여덟 살의 소세키는 도쿄의 고등사범학교를 그만두고 에히메현의 마쓰야마 중학교에 영어 교사로 부임했다. 마쓰야마 중학교에서 경험한 일들은 1906년에 쓴 소설 《도련님》의 소재가 되었다. 소세키는 마쓰야마 중학교에서 1년쯤 교직 생활을 한 후에 구마모토의 고등학교로 전임했다.

학교 이사가 와서 무언가 글을 쓰라고 한다. 나는 요즘 머릿속이 비어 있어 여러분들에게 말해줄 것이 없다. 하지만 꼭 쓰라고 하니 어쩔 수가 없다. 뭔가를 써야 한다. 다만, 입바른 말은 싫다. 가끔 못마땅한 소리도 당연히 할 것이다. 또한 생각나는 것들을 그대로 항목별로 써 내려간 문장이기 때문에 전혀 재미는 없을 것이다. 그러나 문장이란 엿가락 만드는 기술과 같다. 늘이려면 얼마든지 늘어난다. 그 대신, 진정한 맛은 줄어든다는 것을 알아야 한다.

옛날의 서생은 학문에 뜻을 품고 고향을 떠나 방방곡곡을 떠돌다가 '이 분이라면' 하는 생각이 드는 선생의 제자가 되었다. 따라서 선생을 부모 형제보다 더 공경했다. 선생 또한 제자를 친자식처럼 대했다. 그러지 않고서는 진정한 교육이란 있을 수 없다.

지금의 서생은 학교를 여관처럼 생각한다. 돈을 지불하면 잠시 머물 수 있는 곳이라 여길 뿐, 마음에 들지 않으면 곧바로 숙박지를 옮긴다. 학생들을 대하는 교장은 여관 주인 같고, 교사는 심부름꾼이다. 주인인 교장조차도 때로는 손님들 기분에 맞춰주지 않으면 안 될 판에 하물며 심부름꾼은 오죽하랴. 훈육은커녕 해고되지 않는 것을 행복으로 여길 정도다. 당연히 학생은 거만해지고 교사의 가치는 땅에 떨어진다.

공부하지 않으면 올바른 인간이 되지 않는다는 것을 각오해야 한다. 나 자신은 공부도 안 하면서 여러분을 볼 때마다 공부하라, 공부하라고 하는 것은 여러분이 나처럼 바보가 될까 봐 염려해서 그러는 것이니, 은감불원(殷鑑不遠)* 이라는 말을 명심하고 노력하고 또 노력하라.

나는 교육자로 적합하지 않고, 교육가의 자격을 갖고 있지 않다. 그런 부적합한 사람이 입에 풀칠할 방법을 찾다 보니 가장 얻기 쉬운 것이 교사의 지위였다. 이는 지금 현재 일본에 진정한 교육가가 없다는 것을 보여줌과 동시에, 사

* 다른 사람의 실패를 자신의 거울로 삼는다.

이비 교육가라도 지금의 학생들이라면 대충대충 가르칠 수 있다는 서글픈 사실을 드러내는 것이다. 이 세상의 열정을 가진 교육가 중에는 나와 같은 생각을 하는 사람이 많을 것이다. 진정한 교육가를 만들고 가짜들은 쫓아내는 것이 국가의 책임이다. 훌륭한 학생이 되어서 그런 선생은 절대로 교사가 되지 못하도록 깨우치게 하는 것이 여러분의 책임이다. 내가 교육의 장에서 물러난다면 일본의 교육이 융성해진 것으로 생각하라.

월급의 많고 적음으로 교사의 가치를 정하지 마라. 월급은 운이 있고 없음에 따를 뿐, 떨어질 수도 있고 오를 수도 있는 법이다. 하급 관리도 때로는 귀족을 능가하는 재능이 있다. 이런 예는 책을 읽어보아도 알 수 있다. 다만, 알기만 하고 실제로 응용하지 않는다면 모든 학문은 헛수고이다. 차라리 낮잠을 자는 편이 낫다.

교사는 반드시 학생보다 뛰어난 사람은 아니며, 때로는 잘못된 것을 가르칠 때도 있다. 따라서 학생은 교사의 말이라고 무엇이든 다 따라서는 안 되고, 굽힐 수 없는 것이라면 항변해야 한다. 단, 자신의 잘못을 깨달았으면 곧바로 사과해야 한다. 그럴 때, 한 점의 변명 없이 자신의 잘못을 사과

하는 용기는 끝까지 버티려는 용기보다 백배는 크다.

망설이지 마라. 우물쭈물하지 마라. 똑바로 나아가라. 비겁해지고 미련을 갖는 버릇은 한 번 들면 떨쳐버리기 어렵다. 먹을 갈 때 한쪽으로 비스듬히 갈면 좀처럼 평평해지지 않는다. 모든 일은 처음이 중요하다는 것을 명심하라.

선한 사람만 있다고 생각하지 마라. 화나는 일이 많다. 악한 사람만 있다고 생각하지 마라. 마음 편할 일이 없다.

사람을 숭배하지 마라. 사람을 경멸하지 마라.

태어나기 전을 생각하라. 죽은 후를 생각하라.

사람을 보면 그 마음속을 보아라. 그렇게 할 수 없으면 일은 시작도 하지 마라. 수박의 좋고 나쁨은 두드려보면 알 수 있지만, 사람의 높고 낮음은 가슴속의 예리한 칼을 휘둘러 둘로 쪼개보아야 알 수 있다. 두드려서 알 수 있다고 생각하면 어처구니없는 상처를 입게 된다.

다수에 기대어 한 사람을 무시하지 마라. 자신의 무기력함을 온 세상에 떠벌리는 것과 다름없다. 이런 자는 인간 찌꺼기와 같다. 두부 찌꺼기는 말이 먹지만, 인간 찌꺼기는 홋카이도 땅끝까지 가져가도 팔리지 않는다.

자신감이 강할 때는 남이 그것을 깨부수고, 자신감이 약할 때는 자기 스스로 그것을 깨부순다. 차라리 남에게 깨부수어질지언정, 스스로 깨부수지는 마라.

빈정거리지 마라. 모르는 것을 아는 척하거나, 말꼬리를 잡고 늘어지거나, 남을 조롱하거나 혹평하는 사람은 빈정거림을 떨쳐버리지 못해서 그러는 것이다. 인간뿐만 아니라 시(詩)나 하이카이의 경우에도 빈정거림이 담긴 것에 아름다움은 없다.

선생에게 야단맞았다고 해서 자신의 가치가 떨어졌다고 생각하지 마라. 또한 칭찬받았다고 해서 자신의 가치가 올라갔다며 우쭐하지도 마라. 학은 날고 있어도, 자고 있어도 학이다. 돼지는 울어도 짖어도 돼지다.

남의 비난과 칭찬에 따라 변하는 것은 값어치이지 가치가 아니다. 값어치의 높고 낮음을 목적으로 처세하는 사람을 재사(才士)라고 하고, 가치를 기준으로 일을 행하는 사람을 군자라고 한다. 따라서 재사는 출세를 많이 하고, 군자는 몰락을 개의치 않는다.

평상시에는 다소곳한 처녀처럼 차분히 하고, 비상시에는 도망치는 토끼처럼 잽싸게 하며, 앉을 때는 커다란 돌처럼 하라. 다만, 다소곳한 처녀도 때로는 염문을 뿌리고, 도망치는 토끼도 가끔은 사냥꾼의 전리품이 되며, 커다란 돌도 지진으로 굴러갈 수 있다는 것을 알아라.

얕은 지식을 이용하지 마라. 권모를 함부로 쓰지 마라. 두 점 사이의 가장 빠른 지름길은 직선이라는 것을 알아라.

권모를 사용할 수밖에 없을 때는 자신보다 어리석은 사람에게 쓰고, 이욕에 눈이 먼 사람에게 써라. 비난과 칭찬에 따라 움직이는 사람에게 쓰고, 인정에 휘둘리기 쉬운 사람에게 써라.

기도로도 저주로도 산을 움직인 선례는 없고, 인간이 여우에게 홀린 일도 과학책에는 나오지 않는다.

사람을 보라. 금시계를 보지 마라. 옷을 보지 마라. 도둑은 우리보다 더 멋진 옷을 입는 사람이다.

잘난 척하지 마라. 아첨하지 마라. 완력에 자신이 없는 사람은 만일의 경우에 대비해 여섯 자짜리 막대를 들고 다니기를 원하고, 빚을 진 사람은 술을 권해 빚쟁이를 속이려고 애쓴다. 다들 자신에게 약점이 있기 때문이다. 덕이 있는 사람은 잘난 체하지 않아도 사람들이 존경하고, 아첨하지 않아도 사람들이 사랑한다.

함부로 남을 평가하지 마라. 그저, 이러이러한 사람이구나 하고 마음속으로 생각하는 것으로 충분하다. 입 밖으로 나간 말은 다시 주워 담으려고 해도 소용이 없다. 하물며 주워들은 소문 같이 빈약한 토대 위에 세워진 비평이야 말할 것도 없다. 학문에 대해서는 섣불리 논쟁하지 말고, 공격을 받고 논파될 것을 걱정해야 할 것이다.

남의 일신상에 대한 것을 과장해서 퍼뜨리고 다니는 것은 다른 사람을 고용해서 간접적으로 남을 후려치는 것이나 마찬가지이다. 부탁받은 것이라면 더더욱 안 된다. 부탁받지도 않았는데 그런 일을 하는 사람은 별난 놈 중의 별난 놈이다.

바보는 백 명이 모여도 바보다. 자기편이 많다고 해서 자신에게 지혜가 있다고 생각하는 것은 착각이다. 소는 소를 데려오고, 말은 말을 데려온다. 자기편이 많다는 것은 때로는 자신이 바보임을 증명하는 것이다. 그보다 더 보기에 딱한 것은 없다.

뭔가를 하려고 할 때는, 때와 장소와 상대방, 이 세 가지를 간파할 수 있어야 한다. 그중에 하나라도 부족한 경우는 말할 것도 없고, 그 백분의 일이 부족해도 성공은 확실치 않다. 다만, 모든 일은 반드시 성공을 목적으로 노력해야 하는 것은 아니다. 성공을 목적으로 뭔가를 하는 것은 월급을 받으려고 학문을 하는 것과 다름없다.

남이 나와 함께하려 한다면 지장이 없는 한 함께하는 것이 좋다. 하지만 문제가 생기면 단호하게 내쳐야 한다. 그것을 굳이 앙갚음이라고 생각할 필요는 없다. 세상을 위해서, 인간을 위해서라고 생각하라. 소인은 이익에 밝기 때문에, 자신에게 손해라는 것을 알면 조금은 나쁜 짓을 하지 않게 된다.

말하는 자는 알지 못하고, 아는 자는 말하지 않는다. 쓸데없고 불확실한 것을 조잘조잘 떠들어대는 것만큼 보기 흉한 것은 없다. 하물며 독설은 말할 것도 없다. 무슨 일이든 적절히 하고 진중히 하라. 무작정 겸손하라는 말이 아니다. 한마디의 말도 때로는 천금의 가치가 있다. 만 권의 책이라도 하찮은 것뿐이라면 휴지 조각이나 마찬가지이다.

손익과 선악을 혼동하지 마라. 경박함과 담박함을 혼동하지 마라. 진솔함과 경솔함을 혼동하지 마라. 온후함과 겁약함을 혼동하지 마라. 호방함과 난폭함을 혼동하지 마라.

그때그때 상황에 맞게 대처하여 여러 가지 성질을 보여라. 하나만 있고 둘은 없는 사람은 발전하지 않는다.

세상에 악인이 있는 한 싸움을 피해서는 안 된다. 사회가 완전하지 않은 경우, 불평과 소동이 없으면 안 된다. 학교도 학생이 소동을 일으킴으로써 점점 더 나아진다. 무사평온은 분명 기뻐할 일이지만, 때로는 염려해야 할 현상이다. 내가 이런 말을 한다고 해서 여러분이 소동을 일으키도록 부추기는 것은 절대 아니다. 멋도 모르고 난폭하게 군다면 참으로 곤란하다.

이상을 높이 가져라. 그렇다고 야심을 크게 가지라는 말은 아니다. 이상이 없는 사람의 말과 행동을 보라. 추하고 천하기가 이루 말할 수 없다. 이상이 낮은 사람의 행동거지와 용모를 보라. 아름다운 데가 없다. 이상은 식견에서 나오고, 식견은 학문에서 생긴다. 학문으로써 인간이 나아지지 않는다면 처음부터 무학으로 있는 편이 낫다.

남에게 속아서 악한 일을 저지르지 마라. 그것은 어리석음을 보이는 것이다. 위압에 눌려서 선하지 않은 일을 하지 마라. 그것은 열등함을 증명하는 것이다.

잠자코 있다고 해서 어눌하다고 생각하지 마라. 팔짱을 끼고 있다고 해서 팔이 없다고 생각하지 마라. 웃고 있다고 해서 화내지 않는다고 생각하지 마라. 세상의 평판에 신경쓰지 않는다고 해서 귀가 먹었다고 생각하지 마라. 식성이 까다롭지 않다고 해서 입이 없다고 생각하지 마라. 화를 낸다고 해서 인내심이 없다고 생각하지 마라.

남을 굽히고 싶으면 먼저 스스로 굽혀라. 남을 죽이고 싶으면 먼저 스스로 죽어라.

남을 경멸하는 것은 자신을 경멸하는 것과 같다. 남을 무너뜨리려는 것은 자신을 무너뜨리려는 것과 같다.

공격할 때는 위타천(韋陀天)* 처럼, 수비할 때는 부동명왕(不動明王)** 처럼.

위의 각 항목은 그저 내 머릿속에 떠오르는 대로 써 내려간 것으로, 길게 쓰려면 끝도 없을 테니까 이만 줄이겠다. 여러분에게 반드시 일독하라는 말은 아니며, 하물며 권권복응(拳拳服膺)*** 하라는 말은 더더욱 아니다. 여러분은 지금 혈기왕성하고 인생에서 가장 유쾌한 시기를 맞고 있다. 나 같은 사람의 설교에 귀를 기울일 만큼 한가하지는 않을 것이다. 하지만 몇 년 후 학교 생활을 마치고 세상 밖으로 나갔을 때 이 말을 다시 한 번 떠올려보면, 정말로 그렇구나 하는 생각이 들 때도 있을 것이다. 다만 나도 보증은 못 한다.

---

* 불법을 수호하는 신. 하늘 군대의 장군으로 달리기를 잘한다고 한다.
** 8대 명왕의 하나. 보리심이 흔들리지 않는다고 하여 이렇게 불린다.
*** 마음에 새겨 잊지 않고 간직한다는 뜻.

입사의 말

1907년 《아사히 신문》에 게재된 글이다.
영국 유학에서 돌아와 의무연한 4년을 채우기 위해 도쿄제국대학 강사로 재직하던 소세키는 기한이 끝나갈 무렵 아사히 신문사에서 입사 제의를 받는다. 그리고 창작에 전념하기 위해 마흔 살에 대학을 그만두고 아사히 신문사로 전직했다. 〈입사의 말〉은 그때의 심경에 대해 쓴 글이다.
대학 교직을 떠나 불혹의 나이에 신문사에 입사한다는 것 자체만으로도 당시에 큰 화제가 되었다. 신문사 역시 작가와 사원 계약을 하는 경우는 거의 없었다. 대학에서 급여를 두 배 이상 올려주기로 제안해서 조금 고민했지만 결국 그만두기로 결심했다. 신문사 주필이었던 이케베 산잔의 인품이 입사 결정에 큰 영향을 미쳤다고 한다.
입사 후 처음 연재한 《우미인초》를 필두로 미완인 《명암》에 이르기까지 약 9년 동안 그의 작품 대부분은 아사히 신문을 통해 발표되었다.

대학 강사를 그만두고 아사히 신문에 들어가니 만나는 사람마다 놀란 표정을 짓는다. 그중에는 왜 그랬냐고 묻는 사람이 있다. 큰 결단이라고 칭찬하는 사람도 있다. 대학을 그만두고 신문쟁이가 된다는 것이 그렇게 이상한 현상이라고는 생각하지 않았다. 내가 신문쟁이로서 성공할 수 있을지 없을지는 물론 알지 못한다. 성공하지 못 할지도 모르는데 십여 년을 걸어온 길을 하루아침에 그만두는 것을 보고 무모하다고 말하며 놀라는 것도 당연하다. 이렇게 말하는 나조차도 그 점은 놀랍다. 그러나 대학에서 가르치는 영예로운 지위를 내던지고 신문쟁이가 된 것을 놀랍다고 한다면 이제 그런 말은 그만했으면 좋겠다.

대학은 명예로운 학자가 보금자리를 잡고 있는 곳인지도 모른다. 존경받을 만한 교수와 박사가 동굴에서 겨울잠을 자는 곳인지도 모른다. 이삼십 년을 참고 견디면 나라에서 임명하는 관리가 될 수 있는 곳인지도 모른다. 그 밖에도 여러모로 편의를 얻을 수 있는 곳인지도 모른다. 정말 그렇게 생각해보니 꽤 훌륭한 곳이다. 도쿄제국대학 정문으로 들어가 강의를 맡으려는 후보자는, 세어보지는 않았으니 몇 명이나 있는지 모르겠지만, 하나하나 물어보며 돌아다니면 어지간히 시간을 잡아먹을 만큼 많을 것이다. 대학이 훌륭한 곳이라는 것은 이것 하나만 보더라도 알 수 있다. 나도 전적으로 동의한다. 하지만 동의한다는 말은 대학이 훌륭한 곳이라는 점에 동의를 표한다는 뜻일 뿐, 신문쟁이가 훌륭하지 않은 직업이라는 점에 찬성한다는 뜻으로 지레짐작해서는 안 된다.

신문쟁이가 장사꾼이라면 대학 강사도 장사꾼이다. 장사가 아니라면 교수나 박사가 되고 싶을 필요도 없을 것이다. 월급을 올려달라고 할 필요도 없을 것이다. 국가의 관리가 될 필요도 없을 것이다. 신문쟁이가 장사꾼인 것과 마찬가지로 대학 강사도 장사꾼이다. 신문이 미천한 장사꾼이라면 대학 강사도 미천한 장사꾼이다. 단지 개인으로 영업을 한다는 것과 국가에서 영업을 한다는 것의 차이일 뿐이다.

대학에서 4년 동안 강의를 했다. 특별한 은명(恩命)을 받아 서양에서 2년을 유학했고, 그 두 배인 4년의 의무연한이 올 4월로 딱 만기가 된다. 의무연한이 다 차도 먹고살 길이 없으면 끝까지 버텨서 죽을 때까지 붙어 있을 생각도 했다. 그런데 갑자기 아사히 신문에서 입사하지 않겠느냐며 의논을 해왔다. 담당 업무가 뭐냐고 물으니 그저 문예에 관한 작품을 적절한 분량으로 적절한 때에 공급하기만 하면 된다고 한다. 문예에 관한 저술을 생명으로 여기는 나에게 이보다 더 고마운 일은 없다. 이보다 더 기분 좋은 대우는 없다. 이보다 더 명예로운 직업은 없다. 성공할지 어떨지는 생각할 것이 못 된다. 박사나 교수나 관리 따위를 염두에 두고 끙끙대며 악착을 떨고 있을 필요가 없다.

대학에서 강의할 때는 늘 개가 짖어 대서 불쾌했다. 내 강의가 시원찮았던 것도 절반은 그 개 때문이다. 내 학력이 모자라서 그렇다고는 절대 생각하지 않는다. 학생들에게는 미안하지만 오로지 개의 소행이니까 불평은 그쪽에 가서 해주면 좋겠다.

대학에 있으면서 가장 기분 좋았던 때는 도서관 열람실에서 새로 들어온 잡지 따위를 볼 때였다. 하지만 바빠서 생각만큼 이용하지 못한 게 가장 아쉽다. 게다가 내가 열람실에 들어가기만 하면 옆방에 있는 도서관 직원이 터무니없이 큰 목소리로 웃고 떠들며 장난을 친다. 고상한 즐거움을 크게 방해했다. 언젠가 나는 쓰보이 학장에게, 죄송하지만 조치를 취해달라고 서면으로 부탁했다. 학장은 상대해주지 않았다. 내 강의가 시원찮았던 것은 절반은 그 때문이다. 학생들에게는 미안하지만 도서관과 학장이 나빴던 거니까 혹시 불평이 있으면 그쪽에 가서 해주면 좋겠다. 내 학력이 모자라서 그렇다고 생각한다면 참으로 곤란하다.

신문사는 회사에 나올 필요가 없다고 했다. 매일 내 서재에서 일하면 되는 것이다. 내 집 근처에도 개는 꽤 있다. 도서관 직원들처럼 떠드는 사람도 분명 있을 것이다. 하지만 그것은 아사히 신문과는 아무 관계가 없는 일이다. 아무리 불쾌해도, 방해가 돼도, 신문사와는 재미있게 일할 수 있다. 고용인이 고용주와 재미있게 일할 수 있다면 그야말로 더할 나위 없는 것이다.

대학에서는 강사 연봉으로 800엔을 받았다. 아이가 많고 집세가 비싸서 800엔으로는 도저히 생활을 꾸려갈 수가 없다. 어쩔 수 없이 다른 학교 두세 곳에서도 가르치며 근근이 하루하루를 살았다. 아무리 소세키라도 이렇게 바쁘게 뛰어다니면 신경쇠약에 걸리는 것이다. 더구나 글도 여러 편 써야 한다. 별난 호기심에서 글을 쓰니 신경쇠약에 걸리는 것이라고 한다면 분명히 말해두겠지만, 근래의 소세키는 뭔가 글을 쓰지 않으면 살아 있다는 생각이 들지 않는다. 그뿐만이 아니다. 가르치기 위해서든 수양을 위해서든 책을 읽지 않으면 세상에 면목이 서지 않는다. 소세키는 이러한 사정으로 신경쇠약에 빠진 것이다.

신문사는 교사로서 돈을 버는 것을 금지했다. 그 대신 생활이 궁핍하지 않을 정도의 급료를 준다. 먹고살 수만 있다면 뭐 하러 that이며 it이며 고생고생 떠들어댈 필요가 있겠는가. 그만두지 말라고 해도 그만둔다. 그만두고 난 다음 날부터 갑자기 어깨가 홀가분해지고, 지금껏 맛보지 못한 공기가 폐 속으로 한껏 들어왔다.

학교를 그만둔 뒤 교토로 놀러 갔다. 거기서 옛 친구를 만나 들과 산과 절과 신사를 돌아다녔는데, 어디를 가든 학교보다는 유쾌했다. 휘파람새는 몸을 거꾸로 하고 첫울음을 내지른다. 나는 마음을 비우고 4년 묵은 먼지를 폐 안쪽에서부터 내뱉었다. 이것도 신문쟁이가 된 덕분이다.

사람은 이해타산이 아니라 상대방의 따뜻한 마음씨에 감동해서 움직인다고 한다. 괴짜인 나를 괴짜에 맞게 대우해준 아사히 신문을 위해 괴짜로서 할 수 있는 한 최선을 다하는 것이 나의 즐거운 의무이다.

잡지 《태양》의 명가 투표에 대해

1909년 하쿠분칸 출판사는 문예계 각 분야에서 명가를 선정하는 독자 투표를 실시해 잡지 《태양》에 발표했다. 그때 소세키는 최고점을 받아, 금으로 된 상패와 함께 1위로 당선되었다.
이 글은 그때 소세키가 명가 투표에 대한 자신의 소신을 정리하여 아사히 신문에 게재한 것이다.

이삼일 전에 잡지 《태양》* 5월호를 기증받았다. 펼쳐 보니 그 잡지에서 전부터 집계해온 '명가(名家) 투표'의 결과 발표가 나와 있었다. 그리고 그중에 문예가라는 항목 밑에 내 이름이 보였다. 나는 지금까지 《태양》을 읽는 독자가 아니었기 때문에 유감스럽게도 그 투표 내용에 대해 알지 못했지만, 일반적으로 투표라고 하는 것을 늘 좋지 않게 여기고 있다. 그래서 아사히 신문의 지면을 빌려 내 의견을 말하고자 한다.

세상에는 투표의 종류도 많고 또 그에 관한 견해도 많겠지만, 어떠한 경우라 해도 그 결과는 우열의 값어치를 정하는 것으로 귀결되고 만다. 하지만 문명인이라면 결코, 자신이 남보다 작거나 열등하다고 인정할 정도로 영웅을 숭배하려는 타성은 없다. 다른 사람을 자기보다 위쪽에 두려고

* 1895년부터 1928년에 걸쳐 발행된 일본 최초의 종합 잡지.

할 때는 반드시 자유 의지에 따라, 강요받지 않은 자신의 두 눈으로 확인할 수 있는 합당한 근거를 요구하지 않을 수 없다. 그러나 투표라는 것은 나의 가치를 아무 배려 없이 제멋대로, 내 의지의 존재는 털끝만큼도 인정하지 않고, 남이 정해버리는 것이다. 이는 다수의 폭군이 동맹을 맺은 것과 다름없다. 이것을 공평하다고 말하는 것은, 남이 자신보다 뛰어나다고 인정하는 경우이거나 또는 투표하는 사람이 둘러대는 핑계일 뿐, 투표의 대상이 되는 사람으로서는 자신의 견해가 조금도 관철되지 않는다는 점에서 (어떤 경우에는) 가장 불공평한 운동이라고 불러도 될 것이다. 의회에서 하는 투표 역시 공평하다고 생각한다면 잘못이다. 그렇게 하지 않으면 결론이 나지 않기 때문에 어쩔 수 없이 불공평하지만 그렇게 하는 것이다. 그렇기 때문에 오늘날과 같이 문명이 발달한 세상에서 사람들이 누구나 자의식을 가지고 스스로를 평가할 수 있는 자유를 가지고 있는 이상, 가능한 한 그러한 자유를 빼앗지 않는 것이 정당하다. 투표는 다수의 목소리를 빌려 간접적으로 그러한 자유에 압박을 가하는 수단이 되기 쉽다. 그렇기 때문에 어쩔 수 없는 경우가 아니면 하지 않는 편이 좋다고 생각한다.

나는 어릴 때 사이고 다카모리*와 구스노키 마사시게**

* 메이지 시대 무사이자 정치가.

** 가마쿠라 시대의 장수.

중에 어느 쪽이 더 위대한가, 워싱턴과 나폴레옹 중에 누가 더 뛰어난가 하는 질문으로 어른들을 곤란하게 한 적이 있다. 지금 생각해보면 우열 같은 건 결코 가릴 수 있는 것이 아니다. 문예계에서도 마찬가지이다. 《태양》의 투표 결과에 따르면 나는 나카무라 후세쓰 군보다 위에 있다. 나카무라 후세쓰 군은 고다 노부코 씨보다 위에 있다. 그리고 이 세 사람은 각자 분야가 다르다. 이 세 사람이 모여서, 우리의 가치가 이렇게 정해졌다고 하는데 정말로 그럴까요, 하고 의논해봤자 정리될 리가 없다. 다행히 나는 점수가 많았기 때문에 이것이 공평하다고 주장할 수도 있겠지만, 그렇다고 나카무라 군이 잠자코 있을 이유가 뭐가 있겠는가. 결국 나의 명예는 어느 정도는 나카무라 군의 명예를 깎아서 나에게 갖다 붙인 셈이고, 게다가 아무 이유도 없이 깎아버린 것이니까 나카무라 군이 이를 받아들일 리가 없다. 또한 고다 씨도 마찬가지일 것이다.

당선자 중에 시마무라 호게쓰 군이 있다. 이 사람은 나와 거의 같은 분야에 속하기 때문에 우열을 가리기 쉬울 거라고 생각하는 사람이 있을지도 모르겠다. 하지만 그것은 큰 착각이다. 원래 사람을 상대로 누구와 누구 중에 어느 쪽이 더 뛰어나냐고 묻는 이는 그 분야에 어두운 비전문가임이 분명하다. 비전문가는 아무것도 모르기 때문에 뭐든지 자기가 이해하기 쉬운 방식으로 무리하게 사물의 지위 관계를 알고 싶어 하고, 그 결과 가장 간단한 답변을 얻고서 만족하는 것이다. 다시 말해, 자신이 도저히 알 수 없는 문제에 고개를 들이밀고 아는 체하고 싶어 하기 때문에, 어느 쪽이 더 뛰어난지 활판으로 찍어 내듯 결정해주지 않으면 불안해한다.

똑같은 문예 분야라도 취향이나 종류가 다양하다. 문예 작품 또한 마찬가지이다. 경단을 꼬치에 끼우듯이 위아래의 순서를 간단히 정할 수 있는 것이 아니다. 적어도 붓을 들고 문단에서 밥벌이를 하는 이상, 나 같은 사람도 당연히 상당한 자신감과 포부를 가지고 있다. 그리고 이 자신감과 포부라는 점에서는, 자만심이라고 할지도 모르지만, 어느 누구에게도 절대 양보하지 않을 만큼의 각오도 가지고 있다. 하지만 (서양의 대가는 잠시 제쳐두고) 현대 일본의 작가들이라면 누구나 그만한 각오는 가지고 있을 것이다. 뿐만 아니라 실제로 그들의 어떤 작품을 읽어보면 내 능력으로는 도저히 도달할 수 없는 부분이 있다고 인정할 수밖에 없을 때가 많다. 그렇게 생각하면 우리는 분명 평지 위에 점점이 뿌려진 인간들이다. 장기의 말처럼 차곡차곡 쌓아올릴 수 있는 것이 아니다. 남의 어깨 위에 올라타는 것은 무례한 짓이다. 또 위험한 일이다. 그리고 남의 발을 내 어깨 위에 올리는 것은 괴로운 일이다. 또 화나는 일이다. 어느 쪽이 됐든, 등급과 서열을 매겨 한 줄로 세워야 할 일이라고는 할 수 없다.

하지만 스모의 경우는 다르다. 스모는 상대방이 있고 승부를 가리지 않으면 안 되는 직업이기 때문에 어쩔 수 없다. 하지만 문예가의 작품은 작품 그 자체만으로도 훌륭히 통용된다. 만약 비교해야 할 일이 있으면 그 분야의 사람이 나서서 상호간의 복잡한 특징들을 분명히 밝히는 것만으로도 충분하다. 문예 비평가는 스모 시합의 심판처럼 승부를 가려야 할 필요가 전혀 없다.

나는《태양》을 읽는 독자는 아니지만《태양》과 그 기자들에게 조금도 악의를 품고 있지 않다. 그들이 넉 달의 시간을 들여 여러 분야에서 사심 없이 투표를 집계했을 뿐만 아니라 십여 명의 당선자에게 상패를 수여할 계획까지 세운 것은 여러 면에서 볼 때 칭찬할 만한 행동이라고는 생각한다. 하지만 앞에서 말한 이유로 나의 평소 생각과는 다르기 때문에 모처럼 주는 영광은 고맙지만 그 기념이라고 볼 수 있는 상패는 받을 수 없는 점을 유감스럽게 생각한다.

나는 지금까지 나 자신이나 내 작품에 대해 공감을 표하는 뜻으로 주는 물품을 받은 적이 종종 있었다. 그 사람들은 모두 처음부터 나 한 사람에게만 관심이 있어 나만을 대상으로 하여 그런 물품을 준 것이다. 따라서 그 수여품은 갑보다 을이 뛰어나다거나, 혹은 병을 정 위에 두려는 뜻은 조금도 담기지 않은 호의의 표현이었다. 또한 나를 추켜세우고 남을 깎아내리려는 기색이 전혀 없이, 그저 나를 좋아하고 내 작품을 좋아하기 때문에 보내준 것들이다. 그렇기 때문에 나는 기쁘게 받을 수 있었던 것이다.

《태양》을 기증받은 후, 나는 이 의견을 발표하는 것이 과연 온당한지 의심이 들었다. 또한 그 잡지에 무례를 범하는 건 아닐까 걱정스러웠다. 하지만 이것이 나의 솔직한 생각이다. 그리고 이 솔직한 생각을 공개하는 것이 일반 사람들을 위해서도 나 자신을 위해서도 좋다고 믿었다. 그래서 작심하고 이것을 아사히 신문에 싣기로 했다.

만약 이 글이 《태양》의 소신과 기대에 반하는 것이라면, 또는 그 잡지가 애써 마련한 계획에 조금이라도 누를 끼치게 된다면, 나는 삼가 그 잡지에 사죄할 각오가 되어 있다.

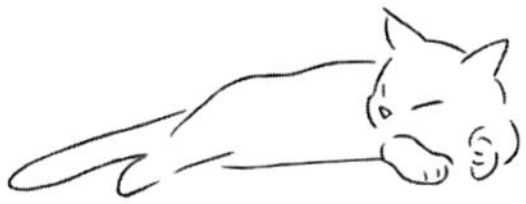

박사 문제와 머독 선생과 나

1911년 2월 소세키는 문부성으로부터 문학박사 학위를 수여한다는 통지를 받았다. 그 무렵 그는 오랜 요양을 마치고 퇴원하여 도쿄로 막 돌아온 참이었다. 본인의 의사와 상관없이 학위 수여를 결정한 문부성에 격노하여 곧바로 사절 의사를 표시했다.
이 글은 그해 3월 《도쿄 아사히 신문》에 실린 글로, 평소 권위주의에 반대한 그의 신념이 잘 드러나 있다.
뒤이어 실은 칼럼 〈박사 문제의 전말〉에는 이 문제를 둘러싼 그간의 사정이 설명되어 있다.

내가 박사로 추천을 받았다는 보도가 신문지상을 통해 세상에 전해졌을 때, 나를 아는 사람들 중 어떤 이는 특별히 편지를 보내와 내가 영광스럽게 선정된 것을 축하했다. 내가 박사 학위를 사절했다는 글이 같은 신문지상에 발표되었을 때, 또다시 나는 옛 친구와 새로운 친구 그리고 내가 모르는 사람들이 수고스럽게 찬성과 동정의 뜻을 담아 보낸 편지를 여러 통 받았다. 이요에 사는 옛 친구 한 명은 내가 학위를 받았다는 소식을 읽고 축하 편지를 쓰려던 참이었는데, 사절했다는 소식을 듣고 이번에는 사절한 것을 축하할 만한 일이라고 생각했다고 한다. 박사 추천을 받아들이든 사절하든 둘 다 축하할 일이라는 것이 자기의 생각이라고 했다. 그런가 하면 장난치기 좋아하는 신문사 친구는 사절한 것을 뻔히 알면서도 일부러 나를 놀리려고 수취인 성명란에 '나쓰메 문학박사 귀하'라는 이름을 써서 편지를 보내왔다. 편지의 내용은 퇴원을 축하한다는 문장이 전부로, 딱 한 줄이었다.* 그러니까 '나쓰메 문학박사 귀하'라는 수취인 이름을 쓰는 것이 편지 내용보다 조금 더 시간이 걸린 셈이다.

나는 이 모든 편지를 받을 거라고는 예상하지 못했지만, 받았다고 해서 그다지 의외라고 느끼지는 않았다. 그런데 딱 한 통, 옛 은사인 머독 선생이 마찬가지로 이 일에 대해 불쑥 편지를 보냈을 때만큼은 나도 깜짝 놀랐다.

머독 선생은 20년 전에 헤어진 뒤로 한 번도 만나 뵌 적이 없을 뿐 아니라 서신을 주고받은 적도 없다. 완전히 소식이 끊어진 채 오늘날까지 지내온 것이다. 하지만 그 당시에는 매주 대여섯 시간은 꼭 선생의 교실에 찾아가 영어와 역사 수업을 들었을 뿐 아니라 때로는 선생의 집에까지 찾아가 이야기를 들었을 정도로 친했다.

선생은 원래 모국의 대학에서 그리스어를 가르치는 교수였다. 그러다 어떤 사정으로 인하여 결연히 영국을 등지고 혈혈단신으로 일본으로 오기로 결심한 것이다. 그래서 우리가 수업을 들었을 무렵에 선생은 아직 일본화되지 않은 토종 스코틀랜드 영어를 구사하면서 온갖 내용을 가리지 않고 강의하고 설명하고 이야기해주었다. 그 때문에 동급생

---

* 슈젠지의 대환으로 병원에 입원해 있던 소세키는 이 글을 쓰기 약 한 달 전에 퇴원했다.

들은 완전히 질려버린 나머지, 그저 적당히 알아듣는 척하는 것을 학생의 본분으로 여기며 받아들였다. 선생 역시 그래도 아무렇지 않다는 듯이 보였다. 아마도 어차피 이런 시답잖은 것이나 가르치고 있으니 학생들이 이해하든 못하든 상관없다는 생각이었을 것이다. 선생의 성격이 너무나 담백하고 공손하며, 훌륭한 영국풍 신사와 극단적인 보헤미안을 합쳐 놓은 듯한 독특한 인격을 갖춘 것에 감복하여 수업 중에 불만을 표하는 학생은 한 명도 없었다.

선생이 흰 와이셔츠를 입은 모습은 거의 볼 수 없었다. 대개는 회색 플란넬 셔츠 차림에 보자기 천 조각 같은 넥타이를 매는 게 전부였다. 게다가 그 보자기 천을 닮은 넥타이가 조끼의 가슴께에서 삐져나와 바람에 팔락거리는 모습을 본 적도 있다. 고등학교 교사가 검은색 가운을 입기 시작한 것이 그 무렵부터인데, 선생도 그 당시에는 회색 플란넬 셔츠 위에 새틴인지 뭔지 하는 천으로 만든 가운을 승복처럼 걸치고 있었다. 가운의 소맷부리에는 넙적한 노란색 끈이 빙 둘러 있었다. 그것은 장식처럼 보이기도 하고 소맷부리를 여미는 용도인 것 같기도 했다. 하지만 선생에게는 어느 용도이든 아무 상관 없는 끈이었다.

선생은 교실에서 자기가 재미있다고 생각하는 주제를 강의하기 시작하면 신이 나서 가운이고 회색 셔츠고 깡그리

잊어버린다. 나중에는 자신이 있는 곳이 교실이라는 사실조차 잊어버리는 것 같았다. 그럴 때는 성큼 교단 밑으로 내려와 우리 앞으로 수염투성이의 얼굴을 들이댄다. 만약 우리 중에 결석자라도 있어 빈자리가 하나라도 있으면 어김없이 그 책상 위에 걸터앉는다. 그리고 가운의 소맷부리에 달린 누란 끈을 잡아당겨 한 자 정도 길이로 반든 다음 그걸로 책상 위를 찰싹찰싹 때리곤 했다.

그 당시 나는 정말 어렸기 때문에 선생의 학식이나 조예 등을 비판할 능력은 전혀 없었다. 무엇보다 선생이 말하는 언어부터가 내가 쓰는 영어와는 너무나 동떨어진 것이었다. 그래도 나는 다른 동급생들보다 비교적 열심히 영어를 공부하는 학생이었기 때문에 이해하지 못하면서도 가능한 한, 귀와 머리를 정리해서 선생 앞으로 다가갔다. 때로는 선생의 집에까지 찾아갔다. 선생의 집은 선생의 플란넬 셔츠와 선생의 모자—선생은 구깃구깃한 중절모에 제멋대로 수건을 둘러 쓰곤 했다—를 비롯한 선생의 모든 복장과 조화를 이룰 정도로 단출해 보였다.

* * *

그 당시 나는 서양의 예식이란 것을 거의 몰랐기 때문에 방문 시간에 대한 개념도 전혀 없어서 아무 스스럼없이 불쑥 선생의 집에 찾아가는 무례를 범했다. 어느 날 아침 일찍 찾아가니 마침 선생은 아침 식사를 하는 중이었다. 집이 좁아서 그랬는지 혹은 나를 다른 방으로 안내하는 게 번거로웠는지는 몰라도 선생은 나를 식탁 앞에 앉히더니 밥은 먹었냐고 물었다. 선생은 그때 달걀프라이를 먹고 있었다. 서양인은 정말로 이런 걸 아침에 먹는구나, 생각하면서 나는 그저 선생이 식사하는 모습을 지켜보았다. 사실 지금 생각해보니 그때까지 나는 달걀프라이라는 것을 먹어본 적이 없었던 것 같다. 달걀프라이라는 말도 그 뒤로 훨씬 시간이 지나서 배운 것 같다.

선생은 이윽고 나이프와 포크를 내려놓았다. 그리고 의자에서 일어나 책장에서 검은 표지의 작은 책을 꺼내더니 그 중 한 페이지를 낭랑하게 읽기 시작했다. 잠시 후 책을 덮고는 어떠냐고 물었다. 솔직히 말하면 나는 한마디도 알아듣지 못했기 때문에, 도대체 그게 영어입니까? 하고 물었다. 그러자 선생은 뜻밖에 굉장한 유머를 들었다는 듯이 거리낌 없이 웃기 시작했다. 그리고 그것은 그리스의 시라고 대답했다. 영국의 표현 중에, 횡설수설하는 것을 가리켜 '그리스답다' 라고 하는 것이 있다. 그리스어는 그쪽 땅에서도 그만큼 어렵다는 말일 것이다. 당연히 고등학생인 나 따위가 이해할 리가 없다. 그런데 왜 그것을 선생이 읽어주었는가 하면, 자세한 이유는 지금 생각나지 않지만 아마도 그리스 문학을 칭송하는 말을 하던 끝에 그랬던 것이 아닌가 생각한다. 어쨌든 선생은 그런 성격의 사람이다.

선생이 지은 〈일본의 돈주앙 손자〉라는 긴 시도 아마 들려주었던 것 같다. 하지만 그중 한 행에 아아! 오오! 하는 감탄사 두 개가 연이어 나왔다는 것만 기억할 뿐, 나머지는 다 잊어버렸다.

베인*의 논리학 책을 읽어보라며 선생이 빌려준 적도 있다. 나는 그것을 통독할 생각으로 집에 가져왔지만 아무래도 수업이며 다른 일이 바빠서 점점 미루다가 끝내 목적을 이루지 못했다. 한참이 지나서 선생이 '전에 자네에게 빌려준 베인의 책은 내 스승의 저작이라서 보관하고 싶으니 혹시 다 읽었으면 돌려달라'고 말했다. 그 책은 꽤 꼼꼼히 읽은 것처럼 보여 표지 앞뒷면이 모두 찢겨 있었다. 그 책을 빌렸을 때도 돌려주었을 때도 나는 선생이 철학에도 소양이 있는 건가 싶어 어린 마음에 부러웠다.

---

* 알렉산더 베인(1818~1903). 스코틀랜드의 철학자이자 교육학자. 존 스튜어트 밀의 오랜 친구였다.

언젠가 어떤 영어책을 읽으면 좋겠냐는 내 질문에 선생은 그 자리에서 근처에 있는 종잇조각에 열 권 정도의 책 제목을 써주었다. 나는 곧바로 그중의 몇 권을 읽었다. 바로 구할 수 없는 책은 기회가 되는 대로 구해서 읽었다. 도저히 구할 수 없는 책은 런던에 갔을 때 사서 읽었다. 선생이 써준 종잇조각을 품속에 간직한 뒤로 거의 10년이 지난 후에야 나는 겨우 선생이 알려준 책을 전부 읽을 수 있었다. 선생은 그 종잇조각에 그 정도의 무게를 두지는 않았을 것이다. 거기에 적힌 책을 다 읽고 나서부터 또다시 10년이 흐른 지금에 와서 생각해보니, 그렇게까지 선생의 종잇조각에 무게를 둔 내가 우습다는 생각이 든다.

외국에서 돌아와 선생의 소식을 인편으로 전해 듣고 선생이 가고시마의 고등학교에서 지금도 변함없이 영어를 가르치고 있다는 것을 알았다. 가고시마에서 사람이 찾아올 때마다 나는 머독 선생은 어떻게 지내는지 꼭 안부를 물었다. 하지만 그 뒤로 우리 둘 사이의 소식은 완전히 끊기고 말았다. 내가 들은 선생의 마지막 소식은 선생이 마침내 학교를 그만두고 시외의 고지대에 터를 잡아 과일나무를 재배하는 데 여념이 없다는 것이었다. 선생은 '일본에 사는 영국의 은자'와 같은 고상한 생을 보내고 있는 것 같았다. 박사 문제에 관해 문득 내게 보낸 한 통의 편지는 실은 그 은

자가 이십여 년의 무소식을 깨뜨릴 만한 가치가 있다는 생각에 특별히 나를 위해 써준 것이라고 생각한다.

* * *

편지에는 일상적인 이야기를 할 때와 다름없는 정도의 평이한 영어로 진지하게 내가 박사 학위를 사절한 것을 기뻐한다는 내용이 쓰여 있었다. 그중에, 이번 일은 자네가 moral backbone을 갖고 있다는 증거가 되기 때문에 축하할 만한 일이네, 라는 구절이 보였다. moral backbone이라는 별 대단할 것도 없는 영어를 번역하면, '도덕적 척추'라는 묘하면서도 분위기 있는 말이 된다. 나의 행위가 이런 유용한 신조어에 어울릴 만한 가치가 있는지 어떤지는 선생의 식견에 맡길 생각이다 (내가 보기에는 그 정도의 새로운 척추가 없어도 누구나 어렵지 않게 할 수 있는 행동이라고 생각하지만).

선생은 또한 글래드스턴이나 칼라일, 스펜서 같은 이름을 인용하면서 자네와 같은 행동을 한 동료들도 꽤 많다고 말했다. 그 말은 꽤 황송했다. 내가 박사를 사절할 때 이런 사람들의 선례는 털끝만큼도 내 머릿속을 스치지 않았기 때문이다. 내가 결단을 내리게 된 동기의 일부분조차도 차지하지 않았다. 물론 선생이 그들의 이름을 든 것은 내가 학위를 사절한 것이 조금도 예의에 어긋난 일이 아니라는 증명을 나에게 보여주기 위한 것일 뿐, 그들을 나와 비교하기 위한 것은 당연히 아니었다.

선생은 말했다.

— 우리가 속인들보다 더 걸출해지려고 노력하는 것은 인간으로서 당연한 일이네. 하지만 우리는 사회에 대한 영예로운 공헌을 통해서만 걸출해져야 하네. 걸출함을 요구할 수 있는 최상의 권리는 언제나 우리의 됨됨이와 우리의 업적이 어떠한가에 의해서만 결정되어야 하네.

선생이 이런 생각을 실천하고 있다는 것은 선생의 일상생활은 별개로 하더라도, 그의 저작인 《일본역사》에서 분명히 엿볼 수 있다. 고백하자면 나는 아직 그 작품을 읽지 않았다. 하지만 10년의 세월과 10년의 정력, 그리고 10년의 인내를 모조리 그 책 한 권에 쏟아부었던 선생의 괴로운 경험을 나는 선생의 애제자 야마가타 이소 군에게 자세히 들어 알고 있다. 선생은 초고를 쓸 때 일본어로 출판된 거의 모든 일본 관련 기사를 독파했다고 한다. 야마가타 군은 무엇보다 그의 어학 실력에 깜짝 놀랐다고 한다. 네덜란드어든 뭐든 자유자재로 읽는다며 기가 막힌다는 표정으로 내게 말했다. 집필할 때 머리를 너무 쓴 나머지 뒤로 넘어지면서 혼절하기까지 해 부인이 매우 걱정했다는 말도 들었다. 그뿐 아니라 선생은 오로지 그 책을 완성하기 위해서 일본어와 한자까지 연구했다고 한다. 야마가타 군은 선생의 실력이 못 미더워 어려운 한자를 써보라고 했더니 잘 쓰지는 못해도 획수만큼은 틀리지 않고 훌륭하게 썼다며 삼탄했다. 그런 준비를 거쳐 저술한 선생의 《일본역사》는 그 모든 자료를 일차 자료인 원서에서 수집하여 완성한 것이며, 돈을 벌기 위한 것이 아님은 물론, 학자의 양심에 조금의 가책도 없는 도의적인 저작이라는 것은 말할 필요도 없다.

"나는 지금 인간이 할 수 있는 한 모든 공평무사한 태도로 영예로운 자네 나라의 역사를 저술하고 있다네. 따라서 나의 저서는 일부 사람들에게 불만을 불러일으킬지도 모르네. 하지만 그건 어쩔 수 없네. 존 몰리가 말했듯이, 누구든 성실함을 방해하는 자는 인류 진보의 활력을 방해하는 것이고, 진정한 일본의 진보는 바로 내 마음을 깊고 진지하게 움직이는 문제이기 때문이네."

나는 선생의 인품과 목적을 믿고 여기에 선생의 편지 속에 있는 한 구절을 있는 그대로 번역했다.

선생은 신간 제3권의 머리말을 특별히 사려 깊은 일본인에게 보여주고 싶다고 했다. 선생에게 그 책을 받아서 일독한 다음 만족스러운 비평을 쓸 수 있다면, 그리고 선생의 저서를 세상에 소개할 수 있다면 기쁠 것이다. 선생이 내게 편지를 보낸 뜻은, 학위를 사절한 인간 나쓰메 아무개가 자신의 저술을 읽고, 또 마찬가지로 박사를 사절한 인간 나쓰메 아무개가 그 저술을 세상에 알려주기를 바랐던 것이라고 생각하기 때문이다.

박사 문제의 전말

1911년 4월에 《도쿄 아사히 신문》에 실린 글이다.
박사 학위 수여 문제로 문부성과 소세키 사이에서 벌어진 논란은 세상의 이목을 끌었다. 당시 문부대신이었던 후쿠하라는 도쿄제국대학 예비문 시절 소세키의 동급생이었다.
이 일로 소세키의 행동을 칭찬한 사람도 있었지만, 한편으로 지나치게 예민하다며 비웃는 사람도 있었다. 소세키의 애제자 고미야 도요다카는 사람들의 이러한 반응이 소세키에게는 의외였을 거라고 말했다. 소세키로서는 당연한 일을 당연히 한 것일 뿐 그 이상도 그 이하도 아니었기 때문이다.

2월 21일에 박사학위를 사절한 뒤로 오늘까지 나는 두 달 가까이 당국 인사와 아무런 접촉도 하지 않고 지냈다. 그런데 4월 11일에 나는 우연히 우에다 가즈토시 박사와 하가 야이치 박사의 호의적인 방문을 받았다. 그리고 두 박사가 내 의견을 당국에 전해준 결과, 같은 날 오후에 후쿠하라 전문학무국장이 또 나를 찾아왔다. 국장은 나에게 문부성의 뜻을 전했고, 나는 또다시 국장에게 내 소견을 거듭 말하고 양쪽의 견해차를 유감스러워하며 헤어졌다.

다음 날 12일에 후쿠하라 국장은 문부성의 뜻을 공표하기 위해 내게 아래와 같은 편지를 보냈다. 이것은 사실 두 달 전에 내가 국장에게 제출한 학위 사절 요청에 대한 답장이었다.

"삼가 답변드립니다.

2월 21일 자로, 학위 수여 건에 대해 사절하고 싶다는 뜻을 표해주셨습니다만, 이미 당국의 명령이 내려졌고 이제는 사절할 수 있는 방법이 없기 때문에 문부대신의 명에 따라서 학위증서를 다시 돌려드릴 겸 말씀을 전하는 바입니다."

나 또한 내 소견을 공표하기 위해 다음 날 13일 자로 아래와 같은 서면을 후쿠하라 국장에게 보냈다.

"삼가 인사드립니다.

학위 사절에 관한 건은 이미 명령이 내려졌기 때문에 소생의 희망대로 처리하기 어렵다는 회신을 받고 다시 답변드립니다.

소생은 학위를 수여하겠다는 통지를 받았기 때문에 그에 대한 사절의 뜻을 전한 것입니다. 그보다 더 이전에는 사절을 표할 필요도 없었으며, 또한 사절할 능력도 없었다는 것을 생각해주시기 바랍니다.

학위 수여에 관한 명령을 해석할 때, 학위는 사절할 수 있다고 판단할 수 있는 여지가 있음에도 불구하고, 소생의 의지는 조금도 고려하지 않은 채 일방적으로 사절은 받아들일 수 없다고 결정한 문부대신에게 소생은 불쾌한 마음을 갖고 있다는 것을 여기서 언명하는 바입니다.

마지막으로 소생은 현재 우리나라의 학문과 문예 양 방면에 퍼져 있는 추세를 생각할 때, 지금의 박사 제도는 공로는 적고 폐해가 많다고 믿는 사람 중의 하나임을 여기서 언명하는 바입니다.

이러한 뜻을 문부대신에게 전해주시기 바랍니다. 학위증서는 다시 반려하겠습니다."

요컨대, 문부대신은 학위 수여를 취소하지 않겠다고 말했고, 나는 학위 사절을 취소하지 않겠다고 말한 것뿐이다. 세상 사람들이 내 사절을 인정할지, 아니면 문부대신의 수여를 인정할지는 세상의 상식과 세상 사람들이 학위 수여 명령을 어떻게 해석할지에 따라 정해질 것이다. 다만 나는 문부성이나 세상 사람들과 상관없이 나 자신의 생각에 따라 처리할 자유가 있다.

내가 나서서 문부성에 취소를 요구하지 않는 한, 또는 문부성이 나에게 의지를 굽힐 것을 강요하지 않는 한, 이 문제는 지금의 현 상태 이상으로 마무리될 수는 없을 것이다. 따라서 정리되지 않은 상태로 정리된 채, 이대로 세월을 보내게 될지도 모른다. 이 일은 해결 불가능한 것으로 해석되는 사건으로, 뭐든지 통일하려는 사람들이나, 또는 뭐든지 끝을 보려는 사람들의 마음을 괴롭히는 사례가 될지도 모른다.

정부가 보기에 박사 제도는 학문 장려의 도구로서 효과적임에 분명하다. 하지만 한 나라의 학자들이 모조리 박사가 되기 위해서 학문을 한다는 식의 풍조를 조성한다거나, 또는 그렇게 생각될 만큼 극단적인 경향을 띠고 학자가 행동하는 것은 국가의 관점에서 보아도 폐해가 많을 것임은 자명한 일이다.

나는 박사 제도를 없애야 한다고까지는 생각하지 않는다. 그러나 박사가 아니면 학자가 아니라는 식으로 세상 사람들이 생각하게끔 박사에 가치를 부여한다면, 학문은 소수 박사들의 전유물이 되어 몇 안 되는 학자적 귀족이 학문의 권리를 장악하게 되는 동시에, 그 선택을 받지 못한 학자들은 완전히 홀대를 받게 된다. 그 결과 나쁜 폐해가 속출하게 될까 나는 대단히 염려스럽다. 나는 그런 의미에서 프랑스에 아카데미가 있는 것조차 좋게 생각하지 않는다.

따라서 내가 박사를 사절한 것은 초지일관의 문제다. 이 사건의 전말을 공표함과 동시에 나는 이 한 마디만큼은 마지막에 덧붙이고 싶다.

수필

교토의 저녁

1907년에 쓴 수필로 오사카 아사히 신문에 실렸다.
그해 마흔 살의 소세키는 대학을 사직하고 신문사에 입사하기로 결정하는데, 입사 전에 교토를 여행했을 때의 이야기이다.
그 당시 교토제국대학 문과대 학장이던 가노 고키치의 초대를 받아 갔는데, 그의 집은 교토에 있는 '다다스의 숲' 속에 있었다. 기차를 타고 교토에 와서 숲속의 집에 도착한 첫날의 기억을 떠올리며 쓴 글로, 오래전 함께 교토에 온 친구 마사오카 시키를 그리워하는 애틋한 마음이 잘 전해져 온다. 시키는 오랜 세월 병을 앓다 소세키가 영국 유학에서 돌아오기 한 달 전에 세상을 떠났다.
시키와 주고받은 편지가 많이 남아 있는데, 뒤에 서간편에도 몇 편이 실려 있다.
이 여행에서 경험한 일은 신문사에 입사 후 처음 연재한 소설 《우미인초》에도 등장한다.

기차는 유성처럼 빠르게 이백 리(里) 봄을 뚫고 나를 시치조(七条) 역 플랫폼에 내려놓는다. 발뒤꿈치에서 울리는 딱딱한 소리에 으스스 몸이 떨렸을 때, 검은 물체는 검은 목구멍에서 불티를 왈칵 내뱉고는 어두운 나라로 요란스레 떠났다.

그렇지 않아도 교토는 쓸쓸한 곳이다. 들은 마쿠즈가하라, 강은 가모 강, 산은 히에 산, 아타고 산, 구라마 산, 하나같이 예전 그대로의 들과 강과 산이다. 예전 그대로의 들과 강과 산 사이에 있는, 이치조(一条), 니조(二条), 산조(三条)를 비롯해 규조(九条), 주조(十条)에 이르기까지 모든 것이 예전 그대로다. 하쿠조(百条)가 되고, 살아서 천 년에 이른다 해도 교토는 여전히 쓸쓸할 것이다. 이른 봄 쌀쌀한 저녁, 빠르게 달리는 기차에서 가차없이 내버려진 나는 이 쓸쓸한 교토를 추워도 지나가야 한다. 남에서 북으로—마을이 끝나고 불빛이 끝나는 북쪽 끝까지 지나가야만 한다.

"멀 거야" 하고 주인이 뒤에서 말한다. "멀지" 하고 거사(居士)가 앞에서 말한다.* 나는 그들 사이에서 인력거를 탄 채 떨고 있다. 도쿄를 떠날 때는 일본에 이렇게 추운 곳이 있으리라고는 생각지도 못했다. 어제까지만 해도 서로 스치는 몸에서 불꽃이 튀고, 혈관을 부글부글 지나는 뜨거운 피가 땀으로 뿜어져 온몸에 배어 나오는 건 아닌가 싶었다. 도쿄는 그만큼 뜨거운 곳이다. 이런 자극이 강한 도시를 떠나 갑자기 태고의 수도로 날아온 나는 마치 삼복더위에 달구어진 돌이, 푸른 바닥에 하늘도 비치지 않는 어두운 연못 속으로 가라앉은 것과 같은 모습이었다. 나는 쉬익 하는 소리와 함께 갑작스레 나를 떠나는 열기가 고요한 교토의 밤을 흔들지는 않을까 걱정했다.

"멀 거야" 하고 말한 사람의 인력거와 "멀지" 하고 말한 사람의 인력거, 그리고 떨고 있는 나의 인력거는 긴 끌채를 나란히 하고 좁은 골목길을 따라 북으로 북으로 나아간다. 조용한 밤, 이 소리가 들리지 않느냐는 듯 수레바퀴를 울리며 나아간다. 바퀴 소리는 좁은 길 양쪽으로 가로막혀 하늘 높이 울려 퍼진다. 덜커덩, 덜커덩. 돌에 부딪힐 때마다 덜커덩거린다. 음침한 소리는 아니다. 하지만 추운 울림이

* 주인은 소세키를 교토로 초대한 가노 고키치이고, 거사는 가노의 집에 함께 사는 소세키와 시키의 옛 친구 스가 도라오를 말한다.

다. 바람은 북에서 불어온다.

좁은 길을 따라 양쪽으로 빽빽이 들어선 집들은 하나같이 검다. 문은 전부 닫혀 있다. 여기저기 처마 아래 커다란 등롱이 보인다. 붉은 글씨로 '젠자이*'라고 쓰여 있다. 인기척 없는 처마 밑에서 젠자이는 대체 무엇을 기다리며 붉게 물들어 있는 것일까. 봄추위에 밤이 깊어, 가모의 강물조차 죽을 때를 가늠해 간무 천황**의 망혼이라도 잡아먹으러 올지도 모르겠다.

간무 천황이 다스리던 시절에도 젠자이가 처마 밑에 붉게 물들어 있었을까. 그건 알 수 없는 역사적 의문이다. 하지만 젠자이와 교토는 절대 떼놓을 수가 없다. 떼놓을 수 없는 이상, 천 년의 역사를 가진 교토에 천 년의 역사를 가진 젠자이가 없어서는 안 된다. 젠자이를 드신 간무 천황의 옛 시절은 알 수 없지만, 나와 젠자이와 교토는 유사 이전부터 깊은 인연으로 서로 이어져 있다. 처음 교토에 온 것은 십오륙 년 전의 옛날이다. 그때는 마사오카 시키와 함께였다. 후야마치에 있는 히이라기야***라는 이름의 여관에 도

* 팥에 설탕을 넣고 푹 삶아 떡이나 경단을 넣어 먹는 음식. 단팥죽과 비슷하다.

** 50대 천황으로 794년에 도읍지를 나라에서 현재의 교토인 헤이안으로 천도했다. 이후 교토는 천 년 넘게 일본의 수도가 되었다.

*** 1818년에 지어진 여관으로 지금도 영업 중이다. 가와바타 야스나리, 미시마 유키오 등 여러 문인들이 묵은 곳이기도 하다.

착해 시키와 함께 교토의 밤을 구경하러 나갔을 때, 처음으로 내 눈에 비친 것이 이 붉은 젠자이의 커다란 등롱이었다. 이 등롱을 보고 나는 왠지 모르게 '이것이 교토구나' 하고 느꼈고, 그것은 1907년 오늘날에 이르기까지 조금도 변하지 않았다. 젠자이는 교토이고, 교토는 젠자이라는 것이 그때 내가 받은 첫인상이자 마지막 인상이었다. 시키는 죽었다. 나는 아직 젠자이를 먹어본 적이 없다. 사실은 젠자이가 어떻게 생겼는지조차 모른다. 시루코*인지 삶은 팥인지 눈앞에 떠오르는 게 아무것도 없는데도, 저 붉고 천박한 굵은 글자를 보면 번개가 번쩍이듯 교토가 떠오른다. 그와 동시에— 아아, 시키는 죽어버렸다. 수세미처럼 바싹 말라 죽어버렸다.**— 등롱은 여전히 어두운 처마 밑에서 흔들거리고 있다. 나는 추운 목을 움츠리고 남에서 북으로 교토를 빠져나간다.

인력거는 덜커덩덜커덩 간무 천황의 망혼을 놀라게 하면서 계속 달린다. 앞에 있는 거사는 묵묵히 타고 있다. 뒤쪽의 주인도 말을 걸려는 기색이 없다. 인력거꾼은 그저 좁고 긴 길을 끝도 없이 덜컹거리며 북으로 달린다. 과연 멀다.

---

* 역시 팥에 설탕을 넣어 삶은 요리인데, 도쿄에서는 팥의 묽은 정도에 따라 시루코와 젠자이를 구별했다.

** 시키는 폐결핵으로 오랫동안 병석에서 괴로워하다가 서른넷에 세상을 떠났다. 소세키는 시키가 죽고 한 달 뒤 런던에서 귀국했다.

멀수록 바람을 맞을 수밖에 없다. 달릴수록 몸을 떨 수밖에 없다. 내 무릎 덮개와 양산은 내가 기차에서 내렸을 때 거사가 가져가버렸다. 양산은 뺏겨도 비가 안 오면 필요 없다. 하지만 이렇게 추운데 무릎 덮개를 빼앗기니, 도쿄를 떠날 때 22엔 50전이나 주고 산 보람이 없다.

시키와 함께 왔을 때는 이렇게 춥지는 않았다. 시키는 모직, 나는 플란넬 재질의 교복을 입고 사람들이 북적대는 곳을 의기양양하게 걸어 다니던 기억이 난다. 그때 시키는 어디선가 여름귤을 사 오더니 하나 먹어보라며 내게 건넸다. 귤 껍질을 까서 한 알씩 떼서 먹으며 정처 없이 헤매고 다니는 사이에 어느덧 폭이 한 간(間)* 정도 되는 좁은 골목길로 들어섰다. 골목 양옆으로 나란히 줄지은 집들은 하나같이 대문에 구멍이 뚫려 있다. 그리고 그 구멍 안에서, "이봐요" 하는 소리가 들린다. 처음에는 우연이라고 생각했는데 걸어가다가 구멍만 나오면 약속이라도 한 듯, 양옆 구멍에서 "이봐요" 하고 말한다. 모르는 척하고 지나가려는데 구멍에서 손을 내밀어 붙잡기라도 하려는 듯 격하게 부른다. 시키를 돌아보며 뭐냐고 묻자, 유곽이라고 대답했다. 나는 여름귤을 먹으며, 눈짐작으로 한 간 폭의 골목을 중앙에서 등분하고, 그 등분한 선 위를 마치 줄타기하는 듯한 기분으로

* 한 간은 약 1.8미터.

한쪽으로 치우침 없이 걸어갔다. 구멍에서 내민 손에 교복 뒷자락이라도 잡힌다면 예삿일이 아니겠다 싶었기 때문이다. 시키는 웃고 있었다. 무릎 덮개를 빼앗겨 떨고 있는 지금의 나를 보면 시키는 또 웃겠지. 하지만 죽은 사람은 웃으려고 해도, 떨고 있는 사람은 웃음을 사려고 해도, 그럴 수가 없다.

덜커덩 소리는 긴 다리 옆을 왼쪽으로 꺾으며 다리 하나를 건너고, 어렴풋이 보이는 하얀 모래밭을 지나 초가지붕처럼 보이는 들쑥날쑥한 집들 사이를 빠져나갔다. 그리고 끌채를 옆으로 돌리는가 싶더니, 네다섯 아름이나 되는 큰 나무 몇 그루가 등롱의 불빛에 비치는 바로 코앞에 우뚝 멈춰섰다. 추운 마을을 빠져나와 몹시도 추운 곳에 온 것이다. 아득한 머리 위로 올려다본 하늘은 나뭇가지에 가려져 있고, 손바닥만 한 사이로 차가운 별 그림자가 반짝 빛났을 때, 나는 인력거에서 내리면서 대체 잠은 어디서 자는 거지, 하고 생각했다.

"이게 가모의 숲이네" 하고 주인이 말한다. "가모의 숲이 우리 집 정원이지" 하고 거사가 말한다. 거목을 돌아 반대쪽으로 돌아가니 현관에 등불이 보인다. 정말로 집이 있구나 하고 생각했다.

현관에서 기다리는 노아키 씨는 중머리다. 부엌에서 머리를 내민 할아버지도 중머리다. 주인은 철학자다. 거사는 고젠 스님의 문하생이다. 그리고 집은 숲속에 있다. 뒤쪽은 대숲이다. 몸을 떨며 뛰어 들어가는 손님은 추위를 많이 탄다.

시키와 함께 와서 젠자이와 교토는 같은 것이라고 생각했을 때가 벌써 십오륙 년 전의 옛날이 되었다. 여름밤의 둥근 달빛을 틈타 기요미즈데라(清水寺)의 불당을 돌아다니다가 아슴푸레한 밤의 색에 마음이 이끌려, 멀리 그윽한 곳에 눈을 두고, 점점이 반짝이는 홍등 불빛에 꿈처럼 부드러운 공상을 마음껏 펼쳤다. 교복의 단추가 놋쇠라는 것을 알면서도 황금이라고 고집부리던 시절이다. 놋쇠는 놋쇠라는 걸 깨달았을 때, 우리는 교복을 벗고 맨몸으로 세상 속으로 뛰어들었다. 시키는 피를 토하며 신문쟁이가 되었고, 나는 적당히 타협하며 서쪽 지방으로 도망쳤다. 우리의 세상은 우리에게 위태위태했다. 위태로움의 끝에 시키는 결국 백골로 변했다. 이제는 그 뼈도 썩고 있다. 시키의 뼈가 썩어가고 있는 지금, 소세키가 교사를 그만두고 신문쟁이가 되리라고는 아마 생각지도 못했을 것이다. 소세키가 교사를 그만두고 추운 교토에 놀러 왔다는 걸 들으면 시키는 마루야마에 올라갔을 때를 떠올려보라고 말하지 않을까. 신문쟁이가 되어 '다다스의 숲'* 깊숙한 곳에서 철학자와 선종 거사와 젊은 스님과 늙은 스님과 함께 조용히 지내고 있다는 걸 들으면 아마 깜짝 놀라겠지. 여전히 잘난 체하고 있군, 하고 냉소를 지을지도 모르겠다. 시키는 냉소를 좋아하는 사내였다.

젊은 스님이 "목욕하시지요" 하고 말한다. 주인과 거사는 내가 떨고 있는 것을 차마 볼 수 없었는지 "공(公)이 먼저 하게" 하고 말한다. 가모 강의 물이 맑게 비치는 속에 온몸을 담갔을 때는 이가 덜덜 떨릴 정도였다. 뜨거운 물 속에서 온몸이 떨리는 경우는 예나 지금이나 많지는 않을 것이다. 욕탕에서 나오니 "공이 먼저 주무시게" 하고 말한다. 젊은 스님이 두꺼운 이불을 짊어지고 다다미방으로 들어온다. "군나이**인가?" 하고 물으니 "후토오리***입니다" 하고 대답했다. "공을 위해 새로 마련한 것입니다" 라고 하기에 안심하고 내 것이라 여겨도 괜찮겠다 싶어 사양 않고 잠자리에 들었다.

잠자리는 아주 쾌적했지만, 위에 덮는 두 장도, 밑에 까는 두 장도 어차피 이불인 탓에 숲속 바람이 어깨 쪽으로 쌀쌀하게 불어왔다. 인력거에 떨고 목욕물에 떨고 결국 이불

---

* 교토 시 사쿄 구에 있는 숲.
** 야마나시 지역에서 나는 섬유로 짠 직물.
*** 두꺼운 실로 짠 비단.

에까지 떨다니 이해할 수가 없다. 교토에서는 소매 달린 잠옷은 만들지 않는다는 말을 주인에게 들으니, 교토는 참으로 사람을 춥게 하는 곳이라는 생각이 든다.

한밤중에 머리맡 선반 위에 놓인 사각 자단나무 상자 속의 18세기 탁상시계가 땡 하고, 은 사발을 상아 젓가락으로 두드리는 듯한 소리를 내며 울렸다. 꿈속에서 이 소리를 듣고 눈을 번쩍 뜨니, 시계 소리는 이미 멎었지만 머릿속은 아직도 울리고 있다. 게다가 그 울림이 점점 가늘게, 점점 멀리, 점점 미세하게, 귀에서, 귀 속으로, 귀 속에서, 뇌 속으로, 뇌 속에서, 마음속 깊이 가라앉고, 마음 깊은 곳에서, 마음이 이어지는 곳으로, 그리고 마음이 미처 따라갈 수 없는 아득히 먼 나라로 빠져나가는 것 같았다. 이 서늘한 방울 소리가 내 몸을 관통하고 내 마음을 투과해 무한의 세상으로 떠나는 한, 몸도 영혼도 빙판처럼 맑고 눈 항아리처럼 차가워야만 한다. 두꺼운 이불 속의 나는 점점 더 추워졌다.

새벽에는 높은 느티나무 우듬지에서 우는 까마귀에 또다시 꿈을 깼다. 이 까마귀는 그 뒤로는 울지 않는다. 까아까아, 꾸우꾸우, 하고 소리를 꺾으며 운다. 단순한 까마귀가 아니다. 소리를 꺾어 우는 새다. 가모의 영험한 신이 그렇게 울게 하여, 나를 더욱 춥게 하시려는 뜻인지도 모르겠다.

두꺼운 이불에서 나와 몸을 떨며 창을 열어보니, 희미한 가랑비는 촘촘히 다다스의 숲을 적시고, 다다스의 숲은 우리 집을 둘러싸고, 쓸쓸하고 고요한 다다미방은 나를 가두고, 나는 겹겹이 추운 것들에 둘러싸여 있었다.

이른 봄 추위
신사 앞에서 학을
꿈꾸었네

생각나는 것들

1910년 6월 마흔셋의 소세키는 지병인 위궤양이 악화해 나가요 위장병원에 입원한다. 두 달 후 제자의 권유로 슈젠지(修善寺) 온천으로 요양을 떠나는데 거기서 병이 갑자기 도져 많은 피를 토하고 반시간 동안 의식 불명 상태에 빠지는 경험을 한다. 이를 '슈젠지의 대환'이라고 하는데, 이 사건은 후에 그의 인생관과 작품에 큰 영향을 미쳤다. 그로부터 6년 후 소세키는 마흔아홉을 일기로 세상을 떠났다.

이 글은 소세키가 '슈젠지의 대환'을 겪으면서 쓴 수필로, 1910년 10월부터 이듬해 2월까지 아사히 신문에 연재되었다. 슈젠지에서 어느 정도 회복해 다시 도쿄의 위장병원으로 돌아와 퇴원할 무렵까지 연재가 이어졌다. 생사를 넘나드는 상황에서 그때그때 경험한 기억이 사라지기 전에 하나하나 생생한 문장으로 남기려는 소세키의 마음을 엿볼 수 있다.

총 33편 중 삶과 죽음에 관한 그의 생각을 엿볼 수 있는 11편을 골랐다. 각 에피소드 말미에는 그때의 심경을 담은 소세키의 하이쿠나 한시가 덧붙여져 있다.

병이 깊었을 때는 말할 것도 없이 그날그날을 살아냈다. 그리고 그날그날 변해갔다. 내 마음이 물처럼 흘러가고 있다는 것을 나 자신도 잘 알고 있었다. 고백하자면 구름처럼 찾아왔다 사라졌다 하는 내 뇌리의 현상은 지극히 평범했다. 그것도 자각하고 있었다. 평생에 한두 번 겪는 큰 병을 앓고 있으면서도 그에 어울릴 만한 깊이도 폭도 없는 경험을 부끄러워하지도 않고 천진하게 쌓아가는 동안, 그래도 훗날의 참고로 삼기 위해 그날그날의 마음을 그날그날 써두는 것이 좋겠다는 생각이 들었다. 하지만 그때의 나는 손이 말을 듣지 않았다. 더군다나 날은 금세 저물고 금세 밝았다. 내 머리를 스치고 사라져가는 마음속의 파문은 일어났다 싶으면 또 뒤따라 사라져버렸다. 희미하게 멀리 사라져가는 내 기억의 그림자를 바라보면서 나는 누운 채 그것을 다시 떠올리고 싶은 마음이 들었다.

뮌스터베르크라는 학자의 집에 도둑이 들었는데 훗날 그가 법정에 참고인으로 나가서 진술했던 말이 사실과 거의 달랐다는 이야기가 있다. 정확함을 으뜸으로 여기는 꼼꼼한 학자의 기억조차도 그토록 불확실한 것이다.《생각나는 것들》 속에 나오는 나의 기억들은 날이 가면 갈수록 그 색채를 잃어갈 것이 당연하다.

내 손이 말을 듣지 않는 동안 나는 이미 많은 것을 잃었다. 그리고 글을 쓸 수 있는 기력을 얻게 된 지금도 분명 놓치는 게 많을 것이다. 내 병의 경과와 병의 경과에 따라 일어나는 내면생활을 두서없지만 단편적으로나마 서술해두고 싶은 마음이 든 것은 바로 그 때문이다. 친구들 중에는 벌써 그렇게 몸이 좋아졌냐고 기뻐한 사람도 있고, 또 그렇게 경솔하게 굴다가 탈이라도 나면 어떡하냐고 걱정한 사람도 있다.

그중에 가장 못마땅한 얼굴을 한 사람은 이케베 산잔* 군이었다. 내가 원고를 쓰고 있다는 말을 듣자마자 쓸데없는 일을 한다며 나무랐다. 게다가 그 목소리는 참으로 무뚝뚝했다. 의사의 허락을 받았으니까 보통 사람들이 소일거리 삼아서 하는 일이라고 생각해주면 좋겠다고 나는 변명했다. 의사의 허락이야 당연하지만, 친구의 허락도 받아야 한

* 아사히 신문사의 주필. 소세키가 신문사에 입사하게 된 이유 중 하나가 그의 인품 때문이었다고 한다.

다고 산잔 군이 말했다. 이삼일 지나 산잔 군은 미야모토 박사를 만나 그 이야기를 했다. 지루하게 지내면 위산이 솟구쳐오를 위험이 있어서 오히려 더 나쁠 거라고 박사가 말해준 덕분에 나는 겨우 마음을 놓았다.

그때 나는 산잔 군에게 이런 시를 써서 보내주었다.

새 시(詩)를 버리니 찾을 곳이 없네
멍하니 창밖 너머 먼 숲을 바라본다
저무는 해는 길 위에 가득해 멀리 승려를 비추고
노란 잎의 마을이 깊숙이 절을 감추네
불게(佛偈)를 벽에 걸어두는 것은 부처를 불사르는 뜻
하늘 위 구름을 보는 것은 거문고를 품은 마음
인간의 더없는 즐거움이 자연과 함께 늙어가네
개가 짖고 닭이 울고 다 좋은 소리구나

시가 좋은지 나쁜지는 제쳐두더라도, 병원에 있는 내가 창밖의 절을 바라볼 수도 없거니와 방 안에 거문고를 놓아둘 필요도 없으니 이 시가 실제 상황과 전혀 다르다는 것은 분명하지만, 그래도 그때의 내 마음을 읊은 것으로는 더할 나위 없이 적절하다. 미야모토 박사가 지루해지면 위장에 산이 쌓인다고 말했지만, 나는 죽을 만큼 바빠서 산이 솟구쳐 오르는 것도 자주 경험한다.

인간은 한적함 속에 있지 못하면 불행하다고 생각하기에, 그 한적함을 잠시나마 만끽할 수 있는 지금, 내 몸이 느끼는 기쁨이 이렇게 시구의 형태로 변한 것이다.

다만 정취로 보자면 참으로 고리타분한 느낌이다. 독특한 것, 새로운 것은 아무것도 없다. 실제로 고리키도, 안드레예프도, 입센도, 버나드 쇼도 아니다. 그 대신 이 정취는 그런 작가들이 일찍이 알지 못한 흥취 속에 있다. 또 그들이 결코 줄 수 없는 경지에 있다. 지금의 우리가 괴로운 실생활에 둘러싸인 것과 마찬가지로 지금의 우리가 괴로운 문학에 빠져 있는 것은 어쩔 수 없는 슬픈 현실이다. 그렇지만 소위 '현대적 기풍'이 내모는 대로 365일 내내 한눈 한 번 팔지 않고 세상을 바라본다면, 세상은 분명 숨 막히고 살풍경한 것이리라. 때로는 이런 고리타분한 정취가 오히려 더 새로운 의미를 우리의 내면생활에 비추어줄지도 모른다. 나는 병으로 인해 이 진부한 행복과 무르익은 여유를 얻었고, 서양에서 돌아와 처음으로 평범한 쌀밥을 받아들었을 때와 같은 심정이 들었다.

《생각나는 것들》이란 잊어버렸기 때문에 생각이 나는 것들이다. 간신히 살아남아서 도쿄로 돌아온 나는 병으로 인해 겨우겨우 얻을 수 있었던 이 한가로운 마음을 벌써부터 잃어가고 있다. 아직 병석에서 일어날 만큼 몸이 자유롭지 않았을 때 이케베 군에게 보내준 이 시가 그런 한가로운 정취를 노래하는 마지막 작품이 되지는 않을까 하고 나 자신도 걱정스러울 정도다.

《생각나는 것들》은 그저 평범하고 하찮은 개인의 병중 술회와 서사일 뿐이다. 하지만 그 속에는 진부하기는 해도 이제는 완전히 사라진 정취가 보기 드물게 담겨 있기에, 나는 그것을 어서 떠올려 글로 써서 지금의 새로운 사람들, 지금의 괴로운 사람들과 함께 이 오래된 향기를 그리워하고 싶다.

* * *

눈을 떠 보니 나는 오른쪽으로 돌아누워 있었고, 법랑을 입힌 철제 대야 안에는 피가 흥건히 고여 있었다. 대야가 베개 가까이에 바싹 붙어 있어 피가 코앞에 선명히 보였다. 그 색은 평소처럼 위산의 작용을 받아 탁한 것이 아니었다. 커다란 동물의 간처럼 흰 바닥에 걸쭉하게 굳어 있는 것 같았다. 그때 머리맡에서, 입을 헹구실까요, 하고 모리나리 씨가 말하는 소리가 들렸다.

나는 가만히 입을 헹궜다. 그리고 조금 전에 곁에 있는 아내에게 잠깐 저쪽으로 가라고 소리쳤을 만큼 나를 괴롭히던 것이 갑자기 어디론가 사라져버린 것을 자각했다. 나는 무엇보다 먼저, 그나마 다행이구나, 하고 생각했다. 대야에 토한 것이 선혈이든 뭐든 그런 건 아무렇지도 않았다. 평소에 느끼던 고통의 덩어리를 한꺼번에 왈칵 쏟아내 버렸다는 생각에 안심하면서, 사람들이 머리맡에서 이리저리 움직이는 모습을 마치 남의 일인 양 바라보았다. 나는 오른쪽 가슴 윗부분에 커다란 주삿바늘을 꽂은 채 다량의 식염수를 맞았다. 그때, 식염수를 주사 맞을 정도면 조금 위험한 상태인 건가 하고 생각했지만, 그래도 그다지 걱정하지는 않았다. 그저 주삿줄에서 물이 새어 어깨 쪽으로 흘러내리는 것이 싫었다. 양쪽 팔에도 주사를 맞은 것 같았지만 확실히 기억나지는 않는다.

아내가 스기모토 씨에게, 이런데도 원래 상태로 되돌릴 수 있을까요, 하고 묻는 소리가 귀에 들어왔다. 이런 궤양의 경우, 지금까지 꽤 많은 피를 멎게 한 적도 있습니다만……, 하고 스기모토 씨가 대답하는 소리가 들렸다. 그때 천장에 매달린 전등이 흔들거렸다. 유리 안에서 구부러진 한 줄기 빛이 선향의 불꽃처럼 빠르게 반짝였다. 나는 태어나서 그때만큼 빛의 힘이 강하고 두렵다고 느낀 적이 없었다. 그 순간적인 찰나에도, 번개를 이마에 지진다는 것이 바로 이런 거구나, 하는 생각이 들었다. 이따금 갑자기 전등이 꺼지고 정신이 아득해졌다.

캠퍼*, 캠퍼, 하고 스기모토 씨가 말하는 소리가 들렸다. 스기모토 씨는 내 오른 손목을 꽉 붙잡고 있었다. 캠퍼는 꽤 잘 듣는군, 주사를 다 놓기도 전에 벌써 반응이 있어, 하고 스기모토 씨가 모리나리 씨에게 말했다. 모리나리 씨는 음, 하고 말할 뿐 딱히 시원시원한 대답은 하지 않았다. 그리고 곧바로 전등에 종이 덮개를 씌웠다.

사위가 한동안 조용해졌다. 내 양 손목은 두 의사 손에 내내 쥐어져 있었다. 그 두 사람은 눈을 감고 있는 나를 사이에 두고 이런 말을 했다 (그 말은 전부 독일어였다).

"약하군."

"음."

"안 되겠지?"

"음."

"애들을 만나게 하는 게 어떨까?"

"그래."

여태까지 가만히 있던 나는 그때, 갑자기 불안해졌다. 아무리 생각해도 나는 죽고 싶지 않았기 때문이다. 그리고 절

---

* 강심제의 일종.

대로 죽을 일은 없을 것처럼 기분이 편안했기 때문이다. 의사가 나를 혼수상태에 빠진 것으로 착각하고 거리낌 없이 대화를 이어가고 있던 그때, 미련을 버리지 못한 나는 눈을 감고 꼼짝도 하지 않았지만 반쯤은 으스스한 꿈에 사로잡혀 있었다. 그때 나 자신의 생사에 관한 이런 대담한 비평을 제삼자처럼 방에 누워서 가만히 듣고 있자니 괴로워졌다. 나중에는 조금 화가 났다. 도의적으로 조금은 삼가는 게 좋겠다는 생각도 들었다. 마침내 나는, 상대방이 그렇게 나오면 이쪽도 생각이 있다는 마음이 들었다. 인간이 지금 막 죽어가고 있는 순간에도 그런 임기응변을 늘어놓을 수 있는 것인가. 회복기에 접어들었을 때 나는 종종 그때의 반항심을 떠올리며 웃음을 지었다. 물론 그때의 나는 고통이 완전히 가시고 편안히 누워 평정을 유지할 수 있었기에 그만한 여유가 충분히 있었던 것이리라.

나는 그때까지 감고 있던 눈을 번쩍 떴다. 그리고 최대한 큰 소리와 명료한 어조로, 나는 애들은 만나고 싶지 않습니다, 하고 말했다. 스기모토 씨는 조금도 개의치 않는다는 듯이, 그러십니까, 하고 가볍게 대답했을 뿐이다. 이윽고 그는 아직 마치지 못한 식사를 끝내고 오겠다며 방을 나갔다. 그 후로 나는 양팔을 좌우로 뻗은 채 모리나리 씨와 셋초군에게 한쪽씩 잡혔고, 그렇게 세 사람은 아무 말 없이 새벽을 맞이했다.

차가운
맥 지키지 못했네
새벽녘

* * *

뒤척이다가 억지로 몸을 오른쪽으로 돌아누우려던 나, 그리고 머리맡 대야 속에서 선혈을 발견한 나, 그 둘은 단 한순간의 틈도 없이 연속되어 있다고만 믿고 있었다. 그 둘 사이에서는 한 가닥의 머리카락도 끼어들 여지가 없을 만큼 자각이 활동하고 있는 줄로만 알았다. 얼마쯤 지나고 나서 아내로부터, 그렇지 않아요, 당신은 그때 반시간쯤 죽어 있었어요, 라고 들었을 때는 정말로 놀랐다.

어릴 때 장난을 치다가 기절한 적이 두세 번 있었는데 그때부터, 죽음이란 대충 이런 것이겠구나, 하고 추측하며 상상하곤 했었다. 그런데 반시간이나 되는 긴 시간 동안 그런 경험을 또다시 겪었는데도 전혀 눈치 채지 못한 채 한 달 남짓이나 아무렇지도 않게 지냈다고 생각하니 너무나 이상한 기분이 든다. 사실 그 경험—그것을 경험이라고 부를 수 있을지조차 의문이다. 보통의 경험과 경험 사이에 끼어서 그 연결을 조금도 방해할 수 없을 만큼 내용이 빈약한 그것—, 나는 그것을 뭐라고 형용해야 좋을지 끝끝내 말을 찾지 못했다. 잠에서 깨어났다는 자각조차 없었다. 음지에서 양지로 나왔다고도 생각되지 않았다. 희미한 날갯소리, 멀리 사라져가는 것의 울림, 달아나는 꿈의 냄새, 오래된 기억의 그림자, 사라지는 인상의 흔적—인간의 신비를 서술할 만한 그런 모든 표현들을 모조리 헤아리다가 겨우겨우 그 비슷하다고 할 만한 영묘한 경계를 통과한 것이라고는 물론 생각하지 않았다. 나는 그저 가슴이 답답해 베개 위의 머리를 오른쪽으로 돌리려고 했고, 바로 그 순간 대야에 고인 피를 보았을 뿐이다. 그 틈새에 끼어든 반시간의 죽음은 시간적으로든 공간적으로든 나에게 경험의 기억으로서는 전혀 존재하지 않는 것이나 다름이 없다.

아내의 설명을 들었을 때 나는 죽음이란 이토록 덧없는 것인가 하고 생각했다. 그리고 내 머리 위로 느닷없이 번쩍인 삶과 죽음이라는 양면의 대조가 너무나 급격하면서도 무관계하다는 것을 생생히 느꼈다. 아무리 생각해도 동일한 내가 이 동떨어진 두 개의 현상에 지배당했다고는 받아들일 수가 없었다. 설령 동일한 내가 눈 깜짝할 사이에 두 개의 세계를 건너뛰었다고 해도, 그 두 세계 사이에 대체 어떤 관계가 있기에 갑자기 내가 갑에서 을로 풀쩍 뛰어넘는 자유를 얻을 수 있었던 것일까 생각하니 망연자실하지 않을 수 없었다.

생사(生死)란 완급(緩急), 대소(大小), 한서(寒暑)와 마찬가지로 대조되는 것들의 연상(聯想)이기 때문에 일상에서 한 쌍으로 사용되는 말이다. 설령 요즘의 심리학자들이 주장하듯이, 생사라는 말도 다른 일반적인 대조와 마찬가지로 같은 종류의 연상에 속한다고 하더라도, 동떨어진 두 면이 이렇게 손바닥 뒤집듯이 갑자기 연이어 나를 사로잡는다면, 나는 이 동떨어진 두 면을 어떻게 같은 성질의 것으로 보고 그 관계를 확인할 수 있을까.

누가 나에게 감 하나를 주면서, 오늘은 반을 먹고, 내일은 남아 있는 반의 반을 먹고, 그 다음날은 또 그 반의 반을 먹고, 그렇게 매일 남아 있는 반의 반을 먹으라고 한다면, 나는 결국 며칠 뒤 그 명령을 어기고 남은 전부를 다 먹어버리거나, 아니면 더 이상 반으로 나눌 수가 없어 그저 팔짱만 낀 채 내게 남은 감 한쪽을 허무하게 바라보는 수밖에 없는 때가 올 것이다. 만약 내게 상상의 논리를 허락한다면, 이 조건 하에 주어진 하나의 감은 평생 아무리 먹어도 다 먹을 수가 없다. 옛날 그리스의 제논이 다리를 다친 아킬레스와 걸음이 느린 거북이 사이의 경주를 두고, 아킬레스는 결코 거북이를 추월할 수 없다고 했는데, 그것을 달리 말하면 그렇게 된다. 만약 내 생활의 내용을 이루는 개개의 의식도 마찬가지로 그렇게 하루하루, 한 달 한 달 남아 있는 반을 잃어가다가 언젠가는 나도 모르게 죽음에 다가가는 것이라면, 아무리 죽음에 가까워진다 해도 끝내 죽지 못한다는 비사실적인 논리에 우롱당할지는 모르지만, 그래도 그렇게 이쪽에서 저쪽으로 단번에 떨어진 것 같은 생각의 부조화를 피할 수 있고, 또 삶에서 죽음으로 넘어가는 경로를 전혀 이상해하지 않고 가장 자연스럽게 느낄 수도 있을 것이다. 하지만 이렇게 갑작스레 죽었다가 갑작스레 나 자신으로 돌아오는 것, 아니, 돌아왔다고 남이 전해주는 말을 듣는 것은 그저 오싹해지기만 할 뿐이다.

아득한 천지의 바깥
죽음과 삶이 갈마들 때
기댈 곳은 어둠 속으로 사라지고
내 마음은 어디로 가려는가
다시 돌아와 생명의 근원을 찾지만
깊고 아득해 끝내 알 수가 없네

외로움과 근심은 꿈을 에워싸고
또렷이 울리는 고요한 비파 소리가 슬프네
강산의 가을은 이미 끝나가고
죽과 약을 먹고 귀밑털 쇠해졌네
휑하니 쓸쓸한 하늘은 더욱 높고
높은 나무는 홀로 가지를 남긴다
만년의 마음은 이토록 맑은데
바람과 이슬은 시가 되기에는 늦었네

* * *

나는 이 마음을 어떻게 형용해야 할지 몰라 머뭇거린다.

힘을 겨루는 스모 선수가 서로 맞부딪힐 때, 모래판 한가운데 서 있는 그들의 모습은 의외로 고요히 안정되어 있다. 하지만 1분도 지나지 않아 그들의 뱃살은 무시무시한 파도처럼 위아래로 출렁일 것이다. 뜨거운 땀방울이 몇 줄기씩이나 등을 타고 흘러내리고 있다.

가장 안전해 보이는 그들의 자세는 바로 이 파도와 땀방울이 겨우겨우 가져온 노력의 결과이다. 고요히 안정된 상태는 서로 대립하는 피와 뼈가 가까스로 균형을 이루었다는 상징이다. 서로를 죽임으로써 얻는 평화라고 할 수 있다. 이삼십 초 동안 현 상태를 유지하기 위해 그들이 얼마만큼의 기백을 모아야 하는지를 생각해보면, 그걸 보는 사람은 그제야 비로소 잔혹하다는 감정이 생겨날 것이다.

자기 힘으로 살길을 찾아야 하는 동물로서 삶을 영위하는 점에서 보면, 인간은 바로 이 스모 선수처럼 괴로운 존재다. 평화로운 가정의 가장으로서 자신과 처자식에게 최소한의 생활의 만족을 주기 위해, 이 스모 선수에 못지않은 긴장을 감내하며 하루하루 자기 자신과 세상 사이에서, 서로를 죽임으로써 평화를 얻으려고 애쓰고 있다. 밖에 나가 웃는 내 얼굴을 거울에 비춰 보면, 또 그 웃음 속에서 살벌한 기운으로 가득한 나를 발견하면, 또 그 웃음에 뒤따르는 무시무시한 뱃살의 파도와 등의 땀방울을 상상하면, 그리고 목숨이 붙어 있는 한 이런 필사적인 노력을 평생 계속해야 한다는 괴로운 사실에 생각이 미치면, 우리는 신경쇠약에 빠질 만큼 정력을 소모하기 위해 하루하루를 살아가고 있구나, 라고 말하고 싶어진다.

이렇게 단지 살아가기 위한 입장에서 바라보는 세상은 온통 적들로 가득하다. 자연은 공평하지만 냉혹한 적이다. 사회는 부정(不正)하지만 인정(人情)이 있는 적이다. 만약 이런 나의 생각을 극단적으로 연장한다면, 친구도 어떤 의미에서 보면 적이고, 처자식도 어떤 의미에서 보면 적이다. 이렇게 생각하는 나조차 하루에도 몇 번이고 나 자신의 적이 된다. 지쳐도 그만둘 수 없는 싸움을 계속하면서 홀로 고독하게 늙어가는 인간은 비참하다고밖에 달리 표현할 수가 없다.

케케묵은 불평은 그만하라는 목소리가 계속 들려왔다. 지금도 들려온다. 그것을 모른 체하고 케케묵은 불평을 되풀이하는 것은 그저 내 마음이 그렇게 절절히 느꼈기 때문만은 아니다. 그렇게 절절히 느낀 내 마음을 어느 날 갑자기 찾아온 병이 뒤바꿔놓았기 때문이다.

피를 토한 나는 모래판 위에 쓰러진 스모 선수와 다름이 없었다. 살기 위해 싸울 용기는커녕 싸우지 않으면 죽는다는 의식조차 없었다. 나는 그저 자리에 드러누운 채 희미한 호흡을 힘겹게 내쉬면서 두려운 세상을 저멀리 바라보았다. 그런데 그 병이 내 주변을 병풍처럼 빙 둘러싸더니, 차가운 마음을 따뜻이 감싸주었다.

지금까지 내가 손뼉을 쳐서 부르지 않으면 하녀조차 얼굴을 내비치지 않았다. 나는 남이 부탁하지 않으면 일을 하지 않았다. 아무리 뭔가를 하려고 아등바등해도 정리되지 않을 때가 많았다. 그런데 그것들이 병을 앓고 난 후 확 변했다. 나는 누워 있었다. 아무 말 없이 누워만 있었을 뿐이다. 그러자 의사가 다가왔다. 회사 직원이 다가왔다. 아내가 다가왔다. 마지막에는 간호사 두 명이 다가왔다. 그렇게 내 의지와는 상관없이 그들이 스스로 나를 찾아왔다.

"안심하고 요양하시게"라는 전보가 내가 피를 토한 다음 날 만주에서 도착했다. 생각지도 못한 친구와 지인들이 잇달아 내 머리맡에 다가왔다. 어떤 이는 가고시마에서 왔다. 어떤 이는 야마가타에서 왔다. 또 어떤 이는 코앞에 닥친 결혼식을 미루고 왔다. 나는 이 사람들에게 왜 왔냐고 물었다. 그들은 다들 신문에서 내가 병이 났다는 소식을 보고 왔다고 했다. 자리에 누운 나는 천장을 바라보며, 세상 사람들은 다들 나보다 친절하구나, 하고 생각했다. 사는 게 고달프다고만 생각했던 세상에 갑자기 따스한 바람이 불었다.

마흔을 넘긴 남자, 자연 속으로 사라지기를 바랐던 남자, 내세울 만한 과거도 없는 남자에게 이 바쁜 세상이 이렇게까지 시간과 노력을 친절하게 베풀어주리라고는 꿈에도 생각하지 못했다. 나는 병으로 되살아남과 동시에 마음으로 되살아났다. 나는 병에 감사했다. 또한 나를 위해 이렇게 노력과 시간과 친절을 아끼지 않은 사람들에게 감사했다. 그리고 부디 선량한 인간이 되고 싶다고 생각했다. 그리고 이 행복한 생각을 무너뜨리는 자를 영원히 적으로 삼겠다고 마음속으로 맹세했다.

젊어서 말을 타던 나도
지금 거울을 보니 백발이구나
다행히 천자의 나라에 태어났으니
태평한 백성으로 살고 싶네

* * *

도스토옙스키도 나처럼 죽음의 문턱까지 끌려갔다가 겨우 살아 돌아올 수 있었던 행복한 사람이다. 그렇지만 그의 목숨을 위태롭게 한 불행은 내 경우처럼 지독한 병은 아니었다. 그는 인간이 만든 법이라는 무기의 적이 되어 심장이 뚫릴 뻔한 것이다.

그는 자신의 클럽에서 시사 문제를 이야기했다. 어쩔 수 없다면 오직 무력으로 저항할 수밖에 없다고 외쳤다. 그리고 그는 체포되었다. 여덟 달의 긴 시간 동안 어두침침한 감옥의 햇빛을 받고 나서, 그는 푸른 하늘 아래로 끌려 나와 새로 마련된 형장 위에 섰다. 그는 자신에게 내려진 선고를 받기 위해 차가운 서리 속에서 셔츠 한 장 차림의 벌거숭이가 된 채 선고문이 끝나기를 기다렸다. 그리고 '총살에 처한다'라는 한마디가 돌연 고막 속으로 들어왔다. "정말로 죽는 건가." 자신의 귀를 의심한 그는 옆에 서 있는 죄수에게 그렇게 물었다. …… 그때, 하얀 손수건이 휘날렸다. 병사는 조준하고 있던 총구를 아래로 내렸다. 도스토옙스키는 그렇게 해서 법이 만든 둥글고 뜨거운 납덩이를 피할 수 있었다. 그 대신 4년이라는 세월을 시베리아 들판에서 살았다.

그의 마음은 삶에서 죽음으로 갔다가 다시 죽음에서 삶으로 돌아왔다. 한 시간도 안 되는 동안 그는 세 번의 극심한 곡절을 겪었다. 그리고 그 세 단락은 모두 타협을 허용하지 않는 예리한 각도로 연결되었다. 그 변화만으로도 놀랄 만한 경험이다. 계속 살아 있을 거라고 굳게 믿고 있는 사람이 갑자기 지금부터 5분 뒤에 죽어야만 할 때, 그렇게 죽음이 결정된 후 앞으로 남은 5분의 목숨을 이끌고 닥쳐올 죽음을 기다리며 4분, 3분, 2분, 그렇게 의식하며 나아갈 때, 그리고 이제 막 코앞에 닥쳤다고 생각한 죽음이 순식간에 뒤집혀 삶이라는 이름으로 새롭게 변할 때, —나처럼 신경이 예민한 사람은 이 세 가지 상황 중 단 하나도 견딜 수 없을 것 같다. 실제로 도스토옙스키와 운명을 함께한 죄수 중 한 사람은 그 때문에 그 자리에서 미치고 말았다.

그럼에도 불구하고 회복기에 접어든 나는 병상에 누워

종종 도스토옙스키를 생각했다. 특히 그가 죽음의 선고에서 살아 돌아온 마지막 장면을 눈앞에 떠올렸다. 추운 하늘, 새로 마련된 형장, 형장 위에 서 있는 그의 모습, 셔츠 한 장 차림으로 떨고 있는 그의 모습, 그 모든 것이 선명한 상상의 거울 위에 비쳤다. 하지만 혼자 사형을 면했다는 사실을 자각한 순간 그가 지은 표정만큼은 아무리 해도 선명하게 떠오르지 않았다. 나는 오로지 그 순간의 표정을 보고 싶은 마음에서 그 모든 장면을 짜 맞추었던 것이다.

나는 자연의 손에 죽을 뻔했다. 실제로 짧은 시간 동안 죽어 있었다. 나중에 그때의 기억을 떠올리고 군데군데 뚫린 구멍을 아내에게 들은 사실로 메우며 전체적인 구도를 되살려보니, 흔히 말하는 섬뜩함이라는 감정이 들지 않을 수 없었다. 그 두려움에 비례해, 잠시 잃었던 목숨을 되찾은 기쁨은 각별했다. 죽음과 삶에 따르는 두려움과 기쁨이 마치 종이의 앞뒷면처럼 붙어 있었기에 내 상상의 끝에는 언제나 도스토옙스키가 떠올랐다.

"만약 마지막 그 한 마디가 없었더라면 나는 결코 제정신으로 있지 못했을 것이다" 하고 그는 스스로 말했다. 다행히 미쳐버릴 만큼의 긴장을 느끼지는 않았던 나는 그가 겪은 두려움과 기쁨의 정도를 도저히 헤아릴 수 없다고 말하는 게 맞을지도 모른다. 그렇기에 화룡점정이라 할 수 있을 만큼 중요한 찰나에 지었던 그의 표정은 아무리 상상한다 해도 눈앞에 그릴 수 없을 것이다. 운명의 포로가 되었다가 풀려난 감정으로 말한다면, 나와 도스토엡스키는 거의 시와 산문만큼의 차이가 있다.

그럼에도 불구하고 나는 종종 도스토엡스키를 상상하지 않을 수 없다. 그리고 추운 하늘과 새로 마련된 형장, 형장 위에 선 그의 모습, 그리고 셔츠 한 장으로 떨고 있는 그의 모습을 끈질기게 그리지 않을 수가 없다.

지금은 그 상상의 거울도 어느새 흐릿해졌다. 그리고 살아 돌아온 나의 기쁨도 하루하루 내게서 멀어져간다. 그 기쁨이 언제나 내 곁에 남아 있다면 어떨까. 도스토엡스키는 자신의 행복에 대해 평생 감사함을 잊지 않은 사람이었다.

* * *

나는 호의가 메마른 사회에 존재하는 나 자신이 너무나 어색하게 느껴졌다.

남이 나에게 적절한 의무를 다해주는 것은 물론 고마운 일이다. 그러나 의무란 주어진 일에 충실하다는 의미일 뿐, 인간을 상대로 하는 말이 아니다. 따라서 나는 의무의 결과를 받아들이고 그것을 고맙게는 여기지만, 나에게 의무를 다했다고 상대방에게 감사하는 마음이 생기기는 어렵다.

하지만 그것이 만약 호의라면, 상대방의 행동 하나하나가 나를 목적으로 움직이기 때문에 그 움직임 하나하나가 살아 있는 나에게 반응한다. 거기에는 서로를 잇는 따스한 끈이 있기에 기계적인 세상이 미덥게 느껴진다. 전차를 타고 한 구역을 눈 깜짝할 사이에 달리기보다는 사람의 등에 업혀 얕은 개울을 건너는 편이 더 정이 깊다.

의무조차도 순순히 다해주는 사람이 없는 세상에, 또한 자신의 의무도 제대로 다하지 않는 세상에 이런 배부른 소리를 늘어놓는 건 분에 넘치는 일이다. 그건 알고 있지만 그래도 나는 호의가 메마른 사회에 존재하는 나 자신이 진심으로 어색하게 느껴졌다. ― 누군가 쓴 글 중에, 세상 인심이 너무 팍팍해서 자동차 비용을 줄이는 격으로 당분간 양심을 저당 잡혔다, 라고 나와 있었지만, 저당 잡힌다는 것은 애당초 임시변통을 위한 편의에 불과하다. 지금의 대다수 사람들은 애초에 저당 잡힐 호의조차도 없는 것처럼 보인다. 또 아무리 경제 상황이 나아진다 해도 저당 잡힌 물건을 되찾으려는 생각이 없다. 그런 걸 잘 알면서도 나는 여전히 호의가 메마른 사회에 존재하는 나 자신이 어색하게 느껴졌다.

지금의 청년은 펜을 들어도, 입을 열어도, 몸을 움직여도, 하나부터 열까지 '자기 주장'을 근본 의의로 생각한다. 그만큼 세상은 바짝 조여 있다. 그만큼 세상은 지금의 청년을 학대하고 있다. '자기 주장'을 곧이곧대로 들으면 밉살스러운 말이 많다. 하지만 그들이 그렇게 거리낌 없이 '자기 주장'을 하도록 몰아붙인 것은 바로 지금의 세상이다. 특히 지금의 경제 사정이다. '자기 주장'의 이면에는 목을 매거나 투신자살할 정도의 비참한 번민이 숨겨져 있다. 니체는 나약한 남자였다. 병이 많은 사람이었다. 또 고독한 서생이었다. 그래서 짜라투스트라는 그렇게 외친 것이다.

그렇게 해석하기는 하지만, 그래도 나는 여전히 호의가 메마른 사회에 존재하는 나 자신이 어색하게 느껴졌다. 나 자신은 남에게 어색한 행동을 계속하면서도, 나 스스로가 어색하게 느껴졌다. 그러다가 병에 걸렸다. 그리고 병이 위독할 동안 나는 이 어색함을 어디선가 잃어버렸다.

간호사는 50그램의 죽을 컵에 담고 다이미소*와 섞어서 한 숟갈씩 내 입에 넣어주었다. 나는 참새나 까마귀 새끼가 된 듯한 기분이 들었다. 의사는 내 병이 나아지기 시작하자 거의 닷새에 한 번꼴로 나를 위해 식사 메뉴를 짰다. 어떤

---

* 도미 살을 된장과 버무린 음식.

때는 서너 가지나 만들어 비교하면서 환자에게 가장 좋은 것을 고르고 나머지는 전부 버렸다.

의사는 직업이다. 간호사도 직업이다. 예를 다하면 보수를 받는다. 공짜로 보살펴주지 않는 건 당연하다. 하지만 단지 금전을 얻기 위해 의무에 충실할 뿐이라고 해석하면, 참으로 기계적이고 아무런 멋도 없다. 하지만 그들의 의무 속에 반쯤의 호의를 녹인 다음 환자의 눈에 비춰 보면, 그들의 몸짓이 얼마나 고귀한지 모른다. 환자는 그들이 주는 한 점의 호의에 의해 금세 되살아나기 때문이다. 나는 그때 그렇게 해석하고 혼자서 기뻐했다. 그렇게 해석된 의사와 간호사도 기뻐했으리라고 생각한다.

아이와 달리 어른은 하나의 사물을 열 개, 스무 개의 줄거리로 만들어진 것처럼 어설프게 판단하는 능력을 가진 탓에, 삶의 기초가 되어야 할 순수한 감정을 마음껏 흡수하는 경우가 아주 적다. 정말로 기뻤다고, 정말로 고마웠다고, 정말로 소중했다고, 평생 동안 몇 번이나 그런 생각을 할 수 있을까. 헤아려보면 얼마 되지 않는다. 설령 순수하지 않다고 하더라도 나에게 활력을 불어넣어 준 그때의 감정을 나는 오랫동안 내 심장 한가운데에 그대로 간직했으면 좋겠다. 그리고 그 감정이 머지않아 그저 한 조각의 기억으로 변해버릴 것만 같아 정말 두렵다. — 나는 호의가 메마른 사회에 존재하는 나 자신이 너무나 어색하게 느껴지기 때문이다.

세상에는 온갖 일이 일어나
세상의 바람에 흩날리네
가을은 높은데 희끗한 귀밑털을 슬퍼하고
쇠하고 병들어 얼굴의 홍조를 꿈꾼다
새를 날려 보내도 하늘은 한이 없고
구름을 보니 길은 끝이 없다
남아 있는 내 뼈가 귀하구나
삼가 함부로 깎지 마라

* * *

어릴 때 집에 그림이 대여섯 폭 있었다. 어떤 때는 도코노마* 앞에서, 어떤 때는 곳간 안에서, 또 어떤 때는 여름철 햇볕에 물건을 말리면서 나는 그것들을 번갈아 쳐다보았다. 그리고 족자 앞에 혼자 웅크리고 앉아 가만히 시간 보내는 것을 낙으로 삼았다. 지금도 장난감 상자를 뒤엎어놓은 것

* 일본의 전통 가옥에서 방바닥을 한 단 높게 만들어 꽃이나 족자 등으로 장식하는 곳.

처럼 온갖 색채가 난무하는 연극을 보는 것보다는 내가 좋아하는 그림을 마주하고 있는 편이 훨씬 더 기분이 좋다.

그림 중에는 채색을 사용한 남화(南畫)*가 가장 멋스러웠다. 아쉽게도 우리 집 곳간에 있는 족자 중에는 남화가 많지 않았다. 어렸기 때문에 그림이 좋고 나쁜지는 몰랐다. 좋아한다 싫어한다고는 해도, 그저 구도 위에 내가 좋아하는 자연의 색과 형태가 표현되어 있으면 그걸로 기뻤다.

그림을 감식하는 수양을 쌓을 기회가 없었던 나의 취미는 그 후 특별히 새로운 변화 없이 성장했다. 그래서 경치로 그림을 사랑하는 습관은 있었지만, 이름으로 그림을 따지는 잘못을 범하지는 않았다. 그림과 함께 내 애호품이 된 시도 마찬가지로, 아무리 대가가 쓴 것이라 해도, 아무리 오래된 것이라 해도, 내 마음에 들지 않는 것은 일체 거들떠보려고도 하지 않았다. (나는 한시의 내용을 세 부분으로 나누고, 한 부분은 무척이나 사랑하면서, 다른 한 부분은 마구 깎아내린다. 그리고 나머지 한 부분은 좋다 나쁘다 어느 쪽의 의견도 갖지 않는다.)

언제였던가, 푸르고 둥그런 산이 맞은편에 있고, 반짝반짝 봄빛에 빛나는 매화나무가 뜰에 심어져 있고, 사립문 바로 앞에는 시냇물이 울타리를 따라 천천히 흘러가는 집을

---

* 남종화. 산수화 2대 화풍 중 하나로 문인들이 비직업적으로 내면세계의 표현에 치중하여 그린 그림의 경향.

바라보면서—물론 비단 위에 그려진 그림 속의 집이다—부디 평생에 단 한 번만이라도 좋으니 저런 곳에서 살아보고 싶다고, 옆에 있는 친구에게 말했다. 친구는 내 진지한 얼굴을 가만히 쳐다보더니, 너, 저런 데서 살면 얼마나 불편한 줄 알아? 하고 참 답답하다는 듯이 말했다. 그 친구는 이와테 출신이었다. 나는 그렇구나, 하고 처음으로 세상 물정에 어두운 나를 부끄러워하는 동시에 나의 풍류심에 흙탕물을 끼얹은 그 친구의 현실적인 모습을 미워했다.

그것이 이십사오 년 전의 일이다. 그 이십사오 년 동안 나는 어쩔 수 없이 이와테 출신의 친구처럼 서서히 현실적으로 변했다. 절벽을 타고 내려가 골짜기에서 물을 길어 오기보다는 부엌에 수도를 놓는 편이 좋아졌다. 그러나 남화를 닮은 마음은 때때로 내 꿈속을 덮쳤다. 특히 병이 나서 드러누운 뒤로는 아름다운 구름과 하늘이 끊임없이 마음속에 그려졌다.

그러자 고미야 군이 우타마로*의 풍속화가 인쇄된 엽서를 보내주었다. 오랜 세월을 거치며 자연스레 거무스름하게 가라앉은 색조에 홀려 눈도 떼지 않고 바라보다가 무심코 뒷면을 보는데, 나는 이 그림 속에 그려진 인간으로 태어나고 싶다나 뭐라나, 그때의 내 정서와는 전혀 맞지 않는

* 기타가와 우타마로. 에도 시대의 우키요에 화가. 미인도로 유명하고 주로 여성의 관능적인 아름다움을 표현했다.

글이 쓰여 있기에, 이런 끈적끈적한 호색한은 딱 질색이다, 나는 따스한 가을의 색과 그 색에서 흘러나오는 자연의 향이 좋다, 그렇게 답장을 써달라고 옆에 있는 사람에게 부탁했다. 그랬더니 이번에는 고미야 군이 직접 찾아와서 머리맡에 앉더니, 자연도 좋지만 인간을 배경으로 한 자연이 아니면 안 된다나 어쨌다나 하면서 환자에게 케케묵은 이야기를 늘어놓기에, 나는 고미야 군을 붙잡고 네 녀석은 아직 풋내기야, 하고 욕을 퍼부었다. — 그만큼 병중의 나는 자연을 그리워했다.

하늘이 하늘의 바닥에 폭 잠겨버린 듯이 맑았다. 높은 해가 푸른 곳을 눈길 닿는 데까지 비추었다. 햇살이 구석구석 되비치는 땅 위에서 나는 홀로 고요히 따스해졌다. 그리고 눈앞에 떼를 지은 수많은 고추잠자리를 보았다. 그리고 일기를 썼다.

사람보다 하늘, 말보다 침묵. ……

어깨에 앉아
사람이 그리우냐
고추잠자리

이것은 도쿄에 돌아간 뒤의 풍경이다. 도쿄로 돌아간 후에도 한동안은 끊임없이 아름다운 자연의 그림이 어린 시절과 마찬가지로 나를 지배했다.

가을 이슬은 남쪽 골짜기에 내리고
노란 국화는 환하게 얼굴을 비추네
골짜기 따라 멀리 가고 싶지만
외려 구름과 함께 돌아왔구나

* * *

아이들이 왔으니까 좀 보라고 아내가 귓전에 대고 말한다. 몸을 움직일 힘이 없어 원래 자세 그대로 눈길만 그쪽으로 돌리니 아이들이 머리맡에서 여섯 자쯤 떨어진 곳에 앉아 있었다.

내가 누운 방의 도코노마는 내 발 아래쪽에 있었다. 머리맡에는 옆방을 가로막는 장지문이 반쯤 닫혀 있었다. 나는 좌우로 열려 있는 장지문 사이로 문지방 너머에 있는 아이들을 본 것이다.

머리 위쪽 건너방에 있는 아이들을 바라보는 데에 부자연스러운 노력이 필요했던지, 앉아 있는 아이들의 모습이

의외로 멀어 보였다. 무리해서 힐끗 한 번 바라본 내 눈동자에 비친 얼굴들은 만났다기보다는 보았다고 하는 편이 맞을 정도로 떨어져 있었다. 짧게 한 번 보았을 때 아이들의 그림자는 보이지 않았다. 내 눈동자는 곧바로 자연스러운 각도를 되찾았다. 하지만 나는 힐끗 쳐다본 그 짧은 동안 모든 것을 보았다.

아이는 셋이었다. 열두 살부터 열 살, 그리고 여덟 살까지 차례대로 옆방 한가운데에 나란히 앉아 있었다. 셋 다 여자아이였다. 아이들은 장래의 건강을 위해 여름 한때를 지가사키에서 보내라는 부모의 말에 따라 형제 다섯이서 어제까지 바닷가를 뛰놀며 돌아다녔다. 아버지가 위독하다는 소식을 듣고 친척을 따라 모래 많은 고마쓰바라를 뒤로 하고 슈젠지까지 일부러 병문안을 온 것이다.

그러나 위독이란 말이 무엇을 의미하는지 알기에는 아이들은 너무 어렸다. 아이들은 죽음이라는 말은 배웠지만 죽음의 두려움과 무서움은 아직 그들의 어린 이마 안쪽에 그림자조차 머무르지 않았다. 죽음에 사로잡힌 아버지의 몸이 앞으로 어떻게 변화할지 아이들은 상상조차 할 수 없었다. 아버지가 죽은 후 자신들의 운명에 어떤 결과가 다가올지는 생각할 수가 없었다. 그저 아버지의 병문안을 가야 하니까 남을 따라 아버지가 있는 곳까지 기차를 타고 온 것이다.

아이들의 얼굴에는 이 만남이 마지막일지도 모른다는 근심의 표정이라고는 조금도 보이지 않았다. 아이들은 부모 자식 간의 슬픈 이별 이상으로 천진한 얼굴을 하고 있었다. 이렇게 여러 사람들 속에서 세 아이는 특별한 자리에 나란히 앉혀진 채, 엄숙한 공기 속에서 가만히 예의 바르게 얌전을 떠는 갑갑함을 서글프게 느끼고 있는 것 같았다.

나는 그저 힐끗 한 번 아이들을 쳐다보았을 뿐이었다. 그리고 병을 이해하지 못하는 가여운 어린아이들을 일부러 멀리까지 끌고 와서 기특하게 머리맡에 앉혀두는 것이 가혹하게 여겨졌다. 아내를 불러 기왕에 왔으니까 근처 구경을 시켜주라고 말했다. 만약 그때 나에게 그것이 부모 자식 간의 마지막 만남이 될지도 모른다는 걱정이 있었다면, 좀 더 찬찬히 아이들의 모습을 지켜보았을지도 모른다. 하지만 내 병에 대해 의사나 주변 사람들이 느꼈던 것 같은 위험을 나 스스로는 느끼지 않았다.

아이들은 곧바로 도쿄로 돌아갔다. 일주일쯤 지나서 아이들은 각자 문안 편지를 써서 봉투 하나에 넣어 내게 보내주었다. 열두 살이 되는 후데코의 편지는 한자가 들어간 빼뚤빼뚤한 서간체로, “할머님께서 비가 오나 바람이 부나 매일매일 하루도 빠짐없이 부처님께 참배를 하러 다니시며

아버님의 병환이 하루 빨리 완쾌하시기를 빌고 계시옵고, 또 다카다 큰어머님은 어느 궁에 가서 참배하고 계시옵니다. 후사, 기요미, 무메 세 명은 날마다 고양이 무덤*에 물을 갈아주고 꽃을 바치며 어서 아버님이 완쾌하시기를 빌고 있사옵니다"라고 쓰여 있었다. 열 살이 되는 쓰네코의 편지는 평범했다. 여덟 살 에이코 것은 모조리 가타카나 글자로만 쓰여 있었다. 한자를 넣어 읽기 편하게 바꿔 보니, "아버님의 병환은 어떠십니까? 저는 무사히 살아가고 있으니까 안심하십시오. 아버님도 제 일은 생각하지 마시고 병환을 빨리 낫게 하셔서 어서 돌아오십시오. 저는 매일 쉬지 않고 학교에 다니고 있습니다. 그리고 어머님께도 안부 전해주십시오" 라고 쓰여 있었다.

나는 누운 채 일기장을 한 장 찢어서, 내가 없는 동안 얌전히 할머니 말씀 잘 들어야 한다, 머지않아 기회가 있으면 슈젠지의 특산품을 선물로 보내줄 테니까, 라고 써서 아내에게 말해 바로 부치도록 했다. 아이들은 내가 도쿄로 돌아간 뒤에도 아무렇지 않게 놀고 있다. 슈젠지에서 보낸 선물은 일찌감치 망가졌을 것이다. 아이들이 다 컸을 때 아버지가 쓴 이 글을 읽을 기회가 혹시 있다면 아이들은 과연 어떤 느낌이 들까.

* 《나는 고양이로소이다》에 등장하는 이름 없는 고양이의 무덤. 소세키가 직접 키우던 고양이로, 죽고 나서 뒤뜰에 묻어주고 공양했다.

상심한 마음에 벌써 가을이네
피를 토했지만 뼈는 여전하고
언제쯤 자리에서 일어날까
석양이 마음에 돌아왔네

* * *

젊을 때 나는 형을 두 명 잃었다. 둘 다 오랫동안 병석에 있었기 때문에 죽을 때는 너무도 고통스러웠던 병의 그림자가 몸 위에 새겨져 있었다. 그렇지만 한동안 자란 머리카락과 수염은 죽고 나서도 옻칠을 한 것처럼 끝까지 검고 짙었다. 머리카락은 그 정도는 아니었지만, 깎지 못해 본의 아니게 추레하게 자란 수염은 보기에도 애처로웠다. 나는 형 한 명의 굵고 억센 수염 색깔을 지금도 기억한다. 죽을 때 형의 얼굴은 너무나 가여울 정도로 야위고 쇠약해져 조그맣게 보였는데, 그와 반대로 수염만큼은 건강한 장정보다 더 힘차게 뻗어 있어, 그 일종의 대조가 무섭고도 비참하게 느껴졌기 때문일 것이다.

중병에 걸려 죽느냐 사느냐 소동을 벌이고 있는 나에게 며칠 동안의 이상한 시간은 삶으로도 죽음으로도 정리되지 않은 채 허공으로 지나갔다. 삶과 죽음의 영역이 거의 분명해졌을 무렵, 일단 나의 존재를 확인하고 싶은 마음에 거울을 꺼내 내 얼굴을 비춰 보았다. 그러자 몇 년 전 세상을 떠난 형의 얼굴이 갑자기 싸늘한 거울 뒷면을 스치며 지나갔다. 뼈만 앙상하게 높게 남은 뺨, 인간다운 따스함을 잃은 창백하고 노란 살갗, 움푹 패여 움직일 여유조차 없는 눈, 거침없이 자란 머리카락과 수염— 아무리 보아도 형의 모습이었다.

다만 형의 머리카락과 수염은 죽을 때까지 옻칠처럼 검었지만, 내 것은 어느새 은색 몇 가닥이 띄엄띄엄 섞여 있었다. 생각해보니 형은 흰머리가 나기도 전에 죽은 것이다. 어차피 죽을 거라면 그편이 미련 없이 깔끔한지도 모르겠다. 귀밑과 뺨이 백발에 드문드문 침범을 당하면서도 여전히 살아남을 궁리에 여념이 없는 나는, 한창인 나이에 가차없이 세상을 버리고 가는 젊은이와 비교하면 왠지 민망할 정도로 미련이 남아 있었다. 거울에 비친 내 표정 속에는 덧없다는 심정도 물론 있었지만, 죽지 못했다는 부끄러움도 조금은 섞여 있었다. 《소년 소녀를 위하여(Virginibus Puerisque)》* 안에 사람은 아무리 나이를 먹어도 소년 시절의 성정을 잃지 않는다, 라고 쓰여 있는 글을 읽으며 고개

---

* 로버트 루이스 스티븐슨의 에세이집. 국내에는 《게으른 자를 위한 변명》이라는 제목으로 번역되어 나와 있다.

를 끄덕이던 때를 떠올리며 그때로 되돌아가고 싶은 기분도 들었다.

《소년 소녀를 위하여》를 쓴 저자는 오랜 병고에 시달리면서도 용케 그 쾌활한 성정을 마지막까지 계속 지니고 있었기 때문에 거짓말은 하지 않는 남자이다. 하지만 아쉽게도 그는 머리카락이 하얘지기 전에 죽고 말았다. 만약 그가 더 살아서 예순, 일흔의 고령에 이르렀다면 그렇게까지 단언할 수는 없었을지도 모른다. 나는 스무 살 때 서른 살인 사람을 보면 멀리 동떨어진 것 같은 느낌이었지만, 어느새 서른이 되니 스무 살 때와 같은 기분이라는 것을 알았다. 또 서른에 마흔인 사람을 만났을 때 큰 차이가 있다고 판단했지만, 마흔이 되어 서른 살 때의 과거를 되돌아보니 나 자신이 여전히 같은 성정으로 살아가고 있다는 걸 깨달았다. 그래서 나는 스티븐슨의 말이 옳다고 여기며 오늘날까지 세상을 살아왔다. 하지만 지금은 외부에서 싹트기 시작한 노쇠의 징후를 몇 가닥의 흰머리에서 알아차렸다. 그리고 건강할 때와는 달리, 병중의 거울에 비친 내 순간의 감정에는 더 이상 젊음의 그림자가 보이지 않았다.

흰머리가 강요하는 대로 큰맘 먹고 늙음의 문지방을 넘어설까, 그렇지 않으면 흰머리를 감추고 젊음의 거리를 돌아다닐까. — 거울을 본 순간에는 거기까지 생각하지는 않았다. 또 그런 생각을 할 필요도 없을 만큼, 병든 내게는 젊은 사람들이 멀게 보였다. 병이 나기 전 어느 친구와 식사를 하는데 그 친구가 짧게 깎아 올린 내 구레나룻을 보더니, 앞으로 흰머리로부터 공격받는 것이 괴로워서 점점 더 위로 밀어버리는 게 아니냐고 물었다. 그때의 나는 그런 말을 들을 정도의 매력은 충분히 있었다. 하지만 병에 걸린 나는 이제 흰머리를 내세우며 살고 싶을 정도로 체념에 빠졌다.

병을 회복한 지금의 나는 여전히 병을 앓는 마음으로 살고 있는 것일까, 아니면 그 친구와 식사하던 병들기 전의 젊음으로 되돌아가 있는 것일까. 스티븐슨이 말한 길을 걸어갈 것인가, 아니면 중년의 나이에 죽은 그가 한 말을 부정하며 조금씩 늙음을 향해 다가갈 것인가. — 흰머리와 인생 사이에서 갈팡질팡하는 것이 젊은 사람들이 보기에는 우스꽝스러워 보일 게 틀림없다. 하지만 젊은이들에게도 머지않아 무덤과 속세 사이에 서서 방향을 결정하기 어려운 시기가 올 것이다.

복숭아꽃 피고 말달리던 소년 시절
은(銀) 안장에 앉아 웃으며 버들가지를 헤쳤네
푸른 물 흘러 이젠 아득히 멀어지고
달빛은 희끗한 귀밑털을 비추네

* * *

처음에는 그저 막연히 하늘을 보며 누워 있었다. 그리고 얼마 후, 언제 돌아갈 수 있을까 생각하기 시작했다. 어떤 때는 지금이라도 당장 돌아가고 싶은 마음이 들었다. 하지만 자리에서 일어날 기력조차 없는 사람이 어떻게 한나절이나 걸리는 먼 길을 기차 안에서 흔들리며 버틸 수 있겠는가 생각하니, 돌아가고 싶어 하는 나 자신이 참 바보처럼 여겨졌다. 그래서 옆에 있는 사람에게 언제 돌아갈 수 있느냐고 묻지도 않았다. 가을은 몇 번의 밤낮을 바꾸어가며 내 마음 앞을 지나갔다. 하늘은 점점 높고 푸르게 내 머리 위를 덮기 시작했다.

이제 몸을 움직여도 괜찮을 정도가 되어 도쿄에서 다른 두 명의 의사를 불러 소견을 물어보니 앞으로 두 주 후에는 돌아갈 수 있다고 했다. 그 말을 들은 다음 날부터 나는 내가 누워 있는 이 땅과 방을 버리고 간다는 것이 갑자기 아쉬워졌다. 될 수 있으면 약속한 두 주 후가 천천히 오기를 바랐다. 예전에 영국에 있을 때 영국을 지독히도 미워했던 적이 있다. 하이네가 영국을 미워한 것처럼 지독하게 영국을 미워했다. 하지만 영국을 막 떠나려고 할 즈음, 내가 모르는 인간들이 마치 소용돌이처럼 흘러가는 런던의 바다를 바라보는데, 그들을 감싸는 다갈색 공기 속에 내가 숨을 들이쉴 수 있을 것 같은 일종의 가스가 머금어져 있는 것 같은 기분이 들었다. 그때 나는 하늘을 올려다보며 마을 한 복판에 멈춰 섰다.

두 주 후면 이 땅을 떠나게 될 지금의 나도 병든 몸으로 누운 채 병석 위에 홀로 멈춰 서야만 했다. 나는 나를 위해 특별히 만든 커다란 짚 이불 위에 멈춰 섰다. 조용한 뜰의 적막을 깨며 잉어가 물을 가르는 소리에 멈춰 섰다. 아침 이슬에 젖은 기와지붕 위에서 꼬리를 이리저리 흔들며 걷는 할미새에 멈춰 섰다. 머리맡 꽃병에도 멈춰 섰다. 복도 아래 졸졸 흐르는 물소리에도 멈춰 섰다. 그렇게 내 몸을 둘러싼 많은 것들을 둘러보며 예정된 두 주가 지나기를 기다렸다.

그 두 주는 기다리기 힘들어 애타지도 않았고, 그저 싱겁게 보통의 두 주처럼 와서 보통의 두 주처럼 지나갔다. 그리고 마지막 기념으로 비가 자욱하게 내리는 새벽을 선물했다. 어두운 하늘을 문 틈새로 바라보며 비냐고 물으니 옆에 있는 사람이 비라고 대답했다.

그는 나를 운반하기 위해 준비한 묘한 물건을 방 안에 내려놓았다. 길이는 여섯 자쯤 되고, 폭은 겨우 두 자도 안 될 정도로 좁았다. 그 한쪽은 방바닥에서 한 자쯤 위로 높이 솟아올라 있다. 그리고 온통 흰 천으로 감싸여 있다. 나는 안겨서 높이 솟아오른 쪽에 등을 대고 낮은 쪽으로 발을 길게 뻗으며, 장례식이구나 생각했다. 살아 있는 사람에게 장례식이라는 말은 온당치 않지만, 그 흰 천으로 감싸인, 들것인지 관인지 분간이 안 되는 물건 위에 눕혀진 사람은 살아 있지만 장례를 치르고 있다고 받아들일 수밖에 없었다. 나는 입속으로 '제2의 장례식'이라는 말을 계속 되뇌었다. 남들은 한 번 치르는 장례식을 어째서 나는 두 번 겪어야 하는 걸까 생각했기 때문이다.

들것에 실려 방을 나갈 때는 높이가 평평했지만, 계단을 내려가다가 기우뚱하는 바람에 하마터면 들것에서 떨어질 뻔했다. 현관으로 나오니 함께 묵고 있는 손님들 여럿이 양쪽으로 줄을 서서 배웅해주었다. 모든 것이 장례식처럼 조용했다. 내 들것은 그 사이를 빠져나가 비가 내리는 처마 밖으로 나갔다. 바깥에도 사람들이 많았다. 이윽고 들것을 세워서 마차 안에 넣고 앞뒤 의자 위에 걸쳐놓았다. 미리 치수를 재서 만든 것이라서 들것은 마차 안에 딱 들어맞았다. 말은 빗속을 움직이기 시작했다. 나는 누운 채 마차 덮개를 때리는 빗소리를 들었다. 그리고 마부가 앉은 자리와 덮개 사이로 보이는 좁은 틈새로 커다란 바위와 소나무와 물의 조각조각을 고마운 마음으로 바라보았다. 그 모든 것을 볼 때마다, 지금은 과연 이런 것들이 존재하는 계절이구나, 하고 마치 다시 태어난 듯이 기뻐했다. 또한 내가 앞으로 돌아갈 곳에서는 얼마나 새로운 세상이 흐리고 오래된 기억을 되살리기 위해 펼쳐질 준비를 하고 있을까 상상하며 혼자서 즐거워했다. 그와 동시에 어제까지 돌아다니며 보았던 짚 이불도, 할미새도, 가을 풀도, 잉어도, 시냇물도 모조리 사라져버렸다.

모든 일을 놓으니 숨이 돌아온다
여생은 타고 남은 재
바람은 오래된 골짜기를 지나 가을 소리를 내고
해는 검은 대숲에 떨어져 어두운 색이 된다
산중에 석 달을 머무니
문밖에 하늘이 펼쳐져 있는지 어찌 알랴
노란 국화 필 때 돌아가야 하네
아마도 떠도는 영혼이 옛 이끼를 꿈꾸리라

* * *

정월을 병원에서 지낸 경험은 평생 딱 한 번뿐이다.

소나무 장식*이 눈앞에 어른거릴 정도로 연말이 가까워졌을 무렵, 나는 처음으로 이 드문 경험을 눈앞에 둔 나 자신이 이상하게 느껴지기 시작했다. 그와 동시에 이 생각이 단지 머릿속에서만 움직일 뿐 심장 고동에는 아무런 영향도 주지 않은 것이 신기했다.

나는 하얀 시트 위에 누워, 나 자신과 병원과 다가올 봄을 이렇게 함께 연결하는 운명의 취홍에 대해 진지하게 생각했다. 하지만 자리에서 일어나 책상 앞에 앉거나 밥상을 받을 때는 이제 여기가 내 집이라는 기분이 드는 게 조금도 이상하지 않았다. 그래서 해가 가고 봄이 다가와도 딱히 감회라고 할 만한 것이 떠오르지 않았다. 그만큼 나는 오랫동안 병원에 있었고, 그만큼 환자의 생활에 가까이 뿌리를 내렸기 때문이다.

드디어 섣달그믐이 되자, 나는 작은 소나무 두 그루를 사서 내 병실 입구에 세워놓을까 생각했다. 하지만 소나무를 세우려고 못을 박아 아름다운 나무에 상처를 내는 것이 미안한 생각이 들어 그만두었다. 간호사가, 밖에 나가서 매화나무라도 사 올까요, 해서 그렇게 해달라고 했다.

이 간호사는 슈젠지에서부터 내가 퇴원할 때까지 반년 내내 곁에 붙어서 보살펴준 여자다. 나는 굳이 그녀의 본명

---

* 설날에 대문에 장식하는 소나무.

을 말하며 마치이 이시코 양, 마치이 이시코 양 하고 불렀다. 가끔은 실수로 성과 이름을 뒤섞어 이시이 마치코 양이라고도 불렀다. 그러면 간호사는 고개를 갸웃하면서, 그렇게 바꾸는 편이 좋으신가 봐요, 하고 말했다. 나중에는 서로 거리낌이 없는 사이가 되어 족제비라는 별명까지 붙여주었다. 언젠가 무슨 말인가 주고받던 참이었는데, 자네 얼굴은 가끔 보면 뭔가를 닮았어, 하고 말하니, 어차피 제대로 된 걸 닮지는 않았겠지요, 하고 대답하기에, 인간으로서 뭔가를 닮았다면 일단 동물임에는 틀림없어, 다른 걸 닮는다고 해봤자 쉽게 닮을 수가 없겠지, 라고 하니까, 그야 식물을 닮으면 큰일 나죠, 하고 그녀가 소리를 쳤다. 그 후 결국 족제비로 정해져 버렸다.

족제비 마치이 씨는 조금 있다가 붉은색과 흰색의 매화나무 가지 두 개를 들고 돌아왔다. 흰색은 요시다 조타쿠가 그린 대나무 그림 앞에 꽂고, 붉은색은 굵은 대나무 통 안에 넣어 장지문 위쪽에 놓았다. 얼마 전 누군가에게 받은 수선화는 꽃잎이 뱅글뱅글 말린 채 뻗어 있고, 그 꽃잎 사이로 하얀 향기가 내내 피어올랐다. 마치이 씨는 이제 병이 거의 나았으니 내일은 분명 떡국을 먹을 수 있을 거라며 나를 위로했다.

그믐날 밤에는 예년과 마찬가지로 꿈이 베갯머리 위를 덮쳤다. 이런 큰 병에 걸려 병원에 누워 몇 달을 지내다 결국에는 설날 떡국까지 여기서 먹는 건가 생각하니, 머릿속에 '아이러니'라는 로마자가 또렷이 떠올랐다. 그렇지만 감격에 겨운 느낌은 전혀 가슴에 와닿지 않고, 1911년의 봄은 자연스레 남쪽 툇마루에서 환히 밝아왔다. 그리고 마치이 씨의 예언대로 명색뿐이기는 하지만 한 조각의 자그마한 떡이 설날답게 환자의 눈동자에 비쳤다. 이 한 그릇의 떡국에서 나는 내 머리 위를 비추는 어떤 의미를 인지하면서도, 그 어떤 시정(詩情)도 느끼지 못하고 작은 떡 한 조각을 평소처럼 한입에 꿀꺽 삼켜버렸다.

2월 말이 되어 병실 앞의 매화가 하나둘씩 피기 시작할 무렵, 나는 의사의 허락을 받아 다시 넓은 세계의 사람이 되었다. 되돌아보니, 입원해 있는 동안 나와 운명의 한 부분을 함께했지만 결국은 넓은 세계를 볼 기회가 오지 않아 세상을 떠난 사람이 적지 않았다. 어느 북쪽 지방의 환자는 입원한 뒤로 병세가 점점 심해져 곁에서 돌보던 아들이 걱정한 나머지 그믐날 밤 무리해서 고향에 데려가다가 기차가 도착하기도 전에 죽고 말았다. 방 하나를 사이에 두고 있던 옆방 환자는 죽을 때를 자각하고는, 체념해버리면 죽음은 아무것도 아니라고 하며 애처로울 정도로 차분히 생을 마쳤다. 건너편 끝에 있던 궤양 환자는 큰 기침 소리가 하루하루 잦아들기에 거의 안정을 되찾았나 싶어 마치이 씨에게 물어보니 완전히 쇠약해져 어느새 죽어 있었다고 한다. 그러고 보니 암으로 가망이 없는 환자이면서 의사가 회진할 때마다 자리에서 일어나 대든다는 사람이었다. 간호하는 아내를 발로 차고 때리는 바람에 아내가 세면장에 와서 울고 있는 것을 간호사가 보다 못해서 달래주었다며 마치이 씨가 말한 것도 기억난다. 어느 식도 협착 환자는 병원에 입원했으면서도 고빈하다가 뜸쟁이를 데려와 뜸을 뜨기도 하고 해초를 따와서 달여 먹기도 하며 일편단심으로 불치의 암을 고치려고 했다. ……

나는 이 사람들과 한 지붕 아래에서 잠자고, 간병인 한 명과 함께 한 철의 봄을 맞았다. 퇴원하고 나서 한 달 남짓 지난 지금, 과거를 한 줌에 쥐고 눈앞에 나열해보니 '아이러니'라는 말 하나가 점점 더 선명하게 머릿속에 떠오른다. 그리고 어느새 이 아이러니에 일종의 실감이 더해지더니 그 둘이 서로 찰싹 달라붙었다. 족제비 마치이 씨도, 매화꽃도, 수선화도, 떡국도, ― 그 모든 평범한 풍경은 흔적도 없이 사라졌는데도, 그때의 나와 지금의 나 사이의 대조만이 또렷이 남아 있기 때문일까.

유리문 안에서

《유리문 안에서》는 1915년 1월부터 2월까지 약 한 달 남짓 동안 아사히 신문에 연재된 글을 모은 소세키의 마지막 수필집이다. 그는 이듬해 1916년에 생을 마감했다.
소세키가 만년의 작품을 집필하던 서재는 유리문을 사이에 두고 바깥세상과 접해 있었다. 유리문 안에서 만년의 단조로운 생활을 보낸 그에게 종종 여러 사람들이 찾아왔다.
소소한 일상을 소재로 한 총 39편의 글 중에서 삶과 죽음, 인간에 대한 소세키의 생각을 엿볼 수 있는 7편의 글을 골라 실었다.

나는 그 여자를 네댓 번쯤 만났다.

처음 찾아왔을 때 나는 집에 없었다. 집의 일꾼이 그녀에게 소개장을 가져오라고 일러주었지만, 그녀는 딱히 그런 걸 받을 데가 없다고 말하고는 돌아갔다고 한다.

그러고 나서 하루쯤 지나 그 여자는 편지로 직접 나에게 시간이 있는지 물어왔다. 그 편지 봉투를 보고 나는 그 여자가 바로 우리 집 코앞에 살고 있다는 것을 알았다. 나는 곧바로 답장을 써서 면회 날짜를 정해주었다.

여자는 약속 시간을 어기지 않고 찾아왔다. 떡갈나무 잎 문양이 그려진 화려한 색의 비단 겉옷을 입은 것이 가장 먼저 내 눈에 비쳤다. 여자는 내가 쓴 글을 거의 다 읽은 모양이었다. 그래서 이야기는 주로 그쪽으로만 이어졌다. 하지만 내가 쓴 책에 대해서 초면인 사람에게 칭찬만 듣고 있는 건 고맙기는 하지만 무척 낯간지러운 일이다. 솔직히 말해 나는 아주 난처했다.

일주일 뒤에 여자는 또 찾아왔다. 그리고 내 작품을 또다시 칭찬해주었다. 하지만 내 마음은 오히려 그런 화제에서 벗어나고 싶었다. 세 번째 찾아왔을 때, 여자는 무언가에 감격한 듯 소맷자락에서 손수건을 꺼내더니 연신 눈물을 닦았다. 그리고 나에게 자신이 지금까지 겪은 슬픈 역사를 써주지 않겠느냐고 부탁했다. 그러나 그 이야기를 듣지 않은 나는 어떤 대답도 해줄 수가 없었다. 나는 여자에게 혹시라도 내가 글을 쓴다면 그것으로 곤란해할 사람이 있지는 않은지 물어보았다. 여자는 의외로 분명한 어조로 실명만 쓰지 않는다면 상관없다고 대답했다. 그래서 나는 어쨌든 그녀의 이력을 듣기 위해 특별히 시간을 마련했다.

그런데 그날이 되자 여자는 나를 만나고 싶어 한다는 또 다른 여자를 데려오더니, 그 이야기는 다음으로 미루는 게 좋겠다고 말했다. 나는 처음부터 그녀가 약속을 어긴 것을 탓할 마음은 없었다. 두 사람을 상대로 세상 돌아가는 이야기를 하고 헤어졌다.

그녀가 마지막으로 내 서재에 앉은 것은 그다음 날 밤이었다. 그녀는 내 앞에 놓인 오동나무 화로 속의 재를 놋쇠 부젓가락으로 쑤시면서 자신의 슬픈 이야기를 시작하기 전에 잠자코 있는 나에게 이렇게 말했다.

“일전에는 흥분하여 제 이야기를 써주셨으면 한다고 말씀드렸습니다만, 그건 그만두기로 하겠습니다. 그저 선생님께서 들어주시기만 하면 되니까 그럴 생각으로……”

나는 그 말에 이렇게 대답했다.

“당신의 허락을 얻지 않는 이상, 설령 아무리 쓰고 싶은 내용이 나온다 해도 절대 쓸 생각이 없으니 안심하십시오.”

내가 충분히 보증하자 여자는 그러면, 하더니 자신의 칠팔 년 전 일부터 이야기하기 시작했다. 나는 말없이 여자의 얼굴을 지켜보았다. 하지만 여자는 눈을 내리뜬 채 화로만 바라보고 있었다. 그리고 아름다운 손가락으로 놋쇠 부젓가락을 집더니 재를 찔렀다.

이따금 이해가 안 되는 부분이 나오면 나는 여자에게 짧게 질문을 했다. 여자는 내가 이해할 수 있도록 간단히 대답했다. 그렇지만 대개는 자기 혼자서 말을 했기 때문에 나는 그저 목상처럼 가만히 있기만 했다.

조금 있으니 여자의 뺨이 달아오르며 발개졌다. 분을 바르지 않은 탓인지 달아오른 뺨이 유난히 내 눈에 들어왔다. 고개를 숙이고 있어, 숱이 많은 검은 머리카락도 자연히 내 주의를 끌었다.

* * *

여자의 고백은 듣고 있는 내가 숨이 막힐 정도로 비통하기가 이루 말할 수 없었다. 그녀는 나에게 이런 질문을 했다.

"만약 선생님이 소설을 쓰신다면 이 여자의 결말을 어떻게 하실 생각이세요?"

나는 대답하지 못했다.

"여자가 죽는 편이 낫다고 생각하세요, 아니면 살아가도록 쓰시겠어요?"

나는 어느 쪽으로든 쓸 수 있다고 대답하고 넌지시 여자의 기색을 살폈다. 여자는 더 분명한 대답을 나에게 요구하는 듯이 보였다. 나는 어쩔 수 없이 이렇게 대답했다.

"산다는 것을 인간의 중심으로 보면 그대로 두어도 지장은 없겠지요. 그러나 아름다운 것이나 고상한 것을 으뜸으로 하고 인간을 평가한다면 문제가 달라질지도 모릅니다."

"선생님은 어느 쪽을 선택하실 건가요?"

나는 또 머뭇거렸다. 말없이 여자의 말을 듣고 있을 수밖에 달리 어쩔 수가 없었다.

"저는 지금 제가 가지고 있는 이 아름다운 마음이 시간이라는 것 때문에 점점 희미해져 가는 게 두려워서 견딜 수가 없습니다. 이 기억이 사라져버리고 그저 막연히 영혼의 껍데기처럼 살아갈 미래를 상상하면 그게 너무나 고통스럽고 두려워서 견딜 수가 없습니다."

나는 여자가 지금 넓은 세상 속에 달랑 혼자서 온몸을 꼼짝할 수도 없는 처지에 놓여 있다는 것을 알았다. 그리고 그것이 내 힘으로는 어찌할 수도 없을 만큼 막다른 상황이라는 것도 알았다. 나는 어떻게 손 쓸 길이 없는 사람의 고통을 방관하는 위치에 놓인 채 가만히 있었다.

나는 약 먹는 시간을 재기 위해 손님이 앞에 있을 때도 개의치 않고 회중시계를 늘 방석 옆에 놓아두는 버릇이 있었다.

"벌써 열한 시가 됐으니 돌아가십시오" 하고 나는 마침내 여자에게 말했다. 여자는 싫은 표정도 없이 일어섰다. 나는 또 "밤이 깊었으니 바래다드리지요" 하고 여자와 함께 나갔다.

그때 아름다운 달이 조용한 밤을 구석구석 비추고 있었다. 길가에 나가니, 고요한 땅 위로 울려 퍼지던 나막신 소리가 전혀 들리지 않았다. 모퉁이에서 여자는 잠깐 인사를 하더니 "선생님께서 바래다주시다니 과분합니다" 하고 말했다. "과분할 것 없습니다. 똑같은 인간입니다" 하고 나는 대답했다.

다음 모퉁이에 다다랐을 때 여자는 "선생님께서 바래다 주시니 영광입니다" 하고 말했다. 나는 "정말로 영광이라고 생각하십니까?" 하고 진지하게 물었다. 여자는 짧게 "그렇습니다" 하고 분명히 대답했다. 나는 "그렇다면 죽지 않고 살아 계십시오" 하고 말했다. 나는 여자가 이 말을 어떻게 해석했는지 모른다. 그리고 나는 한 정(丁)쯤 걸어서 다시 집으로 돌아왔다.

숨이 막힐 듯한 괴로운 이야기를 들은 나는 오히려 그날 밤 인간다운 아름다운 마음을 오랜만에 경험했다. 그리고 그것이 고귀한 문예 작품을 읽고 난 뒤의 기분과 같다는 것을 깨달았다. 유라쿠자 극장이나 제국극장에 가서 흡족해하던 내 과거의 모습이 왠지 모르게 한심스럽게 느껴졌다.

* * *

불쾌함으로 가득한 인생을 터벅터벅 걸어가고 있는 나는, 언젠가는 나 스스로 한 번 다다르지 않으면 안 될 죽음이라는 경지에 대해 늘 생각하고 있다. 그리고 죽음은 삶보다는 편안한 것이라고만 믿고 있다. 어떤 때는 죽음이란 인간으로서 도달할 수 있는 가장 높은 상태라고 생각하기도 한다.

"죽음은 삶보다 귀중하다."

얼마 전에는 이런 말이 끊임없이 내 가슴속에 떠올랐다가 사라졌다가 했다.

하지만 현재의 나는 지금 이렇게 살아 있다. 나의 부모, 나의 조부모, 나의 증조부모, 그리고 하나하나 거슬러 올라가 백 년, 이백 년, 혹은 천 년, 만 년 동안 익숙해져 온 습관을 나 한 대(代)에서 해탈할 수는 없기에, 나는 의연히 이 삶에 집착하고 있는 것이다.

그래서 내가 남에게 들려주는 조언은 무슨 일이 있어도 꼭 이 삶이 허락하는 범위 내에서여만 한다고 생각한다. 어떤 식으로 살아갈 것인가 하는 좁은 범위 내에서만 한 사람의 인간으로서 다른 한 사람의 인간을 대해야 한다고 생각한다. 이미 삶 속에서 활동하는 자신을 인정하고, 또 그 삶 속에서 호흡하는 타인을 인정하는 이상, 서로의 근본 의의는 아무리 괴롭고 추하더라도 이 삶 위에 놓인 것으로 해석하는 것이 당연하기 때문이다.

"만약 살아 있는 게 고통이라면 죽는 게 낫겠지요."

이런 말은 아무리 무정하게 세상을 바라보는 사람의 입에서조차 들을 수 없을 것이다. 의사는 편안한 잠으로 향하려는 병자에게 일부러 주삿바늘을 꽂아 환자의 고통을 한

순간이라도 더 늘리려고 머리를 짜낸다. 이런 고문에 가까운 행위가 인간의 도의로 허용되는 것만 보더라도, 우리가 얼마나 끈질기게 '삶'이라는 한 글자에 집착하고 있는지 알 수 있다. 나는 끝내 그 사람에게 죽음을 권할 수는 없었다.

그 사람은 도저히 회복할 가망이 보이지 않을 만큼 마음속 깊이 상처를 받았다. 동시에 그 상처는 보통 사람은 경험할 수 없을 것 같은 아름다운 추억의 씨앗이 되어 그 사람의 얼굴을 빛나게 했다.

그녀는 그 아름다운 것을 보석처럼 소중히 자신의 가슴속에 영원히 끌어안고 싶어 했다. 불행히도 그 아름다운 것은 달리 말하면 그녀를 죽음보다 더 괴롭히는 상처 그 자체였다. 그 둘은 종이의 앞뒷면처럼 절대 떨어질 수 없는 것이었다.

나는 그녀에게 모든 것을 치유하는 '시간'의 흐름에 따르라고 말했다. 그녀는 만약 그렇게 한다면 이 소중한 기억이 서서히 바래져 버릴 거라며 슬퍼했다.

공평한 '시간'은 그녀의 손에서 소중한 보물을 앗아가는 대신, 그 상처도 조금씩 치유해주는 것이다. 그것은 격렬한 삶의 환희를 꿈처럼 아련히 만들어버리는 동시에, 현재의 환희에 뒤따르는 생생한 고통을 없애주는 일도 게을리하지 않는다.

나는 설령 깊은 연애에 뿌리박힌 열렬한 기억을 빼앗는다 하더라도, 그녀의 상처에서 뚝뚝 떨어지는 피를 '시간'으로 닦아주려 했다. 아무리 평범하더라도 살아가는 것이 죽는 것보다는 내가 본 그녀에게는 어울렸기 때문이다.

이렇듯 언제나 삶보다 죽음이 귀중하다고 믿는 나의 희망과 조언은 불쾌함으로 가득한 이 삶이라는 것을 끝내 초월할 수 없었다. 게다가 그것을 실행하는 동안에 나 자신이 평범한 자연주의자임을 증명한 것만 같아 견딜 수가 없었다. 지금도 나는 반신반의하는 눈으로 내 마음을 가만히 바라보고 있다.*

* * *

작년 11월에 가쿠슈인(學習院)에서 강연**을 했는데, 그 후에 '약소한 사례'라고 쓰인 종이봉투가 도착했다. 멋진 끈 장식이 달려 있어 그것을 떼고 안을 들여다보니 5엔짜리 지

---

* 이 에피소드에 등장하는 여성은 '요시나가 히데'라는 이름의 교사로, 자신의 비참한 결혼 생활에 대한 고민을 상담하기 위해 소세키를 찾아왔다. 소세키는 처음에는 거절의 편지를 보냈지만 결국 만나서 이야기를 나누었다. 요시나가는 소세키에게 받은 두 통의 편지를 소중히 간직했다고 한다.

** 1914년에 가쿠슈인에서 강연한 《나의 개인주의》를 말한다.

폐 두 장이 들어 있었다. 나는 그 돈을 평소 딱하게 여기던 어느 친한 예술가에게 줄 생각으로 그가 오기를 은근히 기다렸다. 그런데 그가 찾아오기도 전에 어디 기부해야 할 곳이 생겨 그만 두 장을 다 써버리고 말았다.

한마디로 말해, 그 돈이 내게 무용한 것은 결코 아니었다. 세상에서 통용되는 시세에 맞게 나를 위해 바람직하게 쓰였다고 해야 할 것이다. 그렇지만 그 돈을 다른 사람에게 주겠고까지 생각한 내 주관에서 보면, 그렇게 고마움이 담긴 돈은 아니었음이 틀림없다. 솔직하게 말하면, 나는 이런 사례를 받는 것보다는 받지 않는 편이 훨씬 마음이 개운하다.

구로야나기 가이슈 군이 조규카이 강연 일로 찾아왔을 때, 나는 말이 나온 김에 대충 그 이유를 설명했다.

"이 경우에 나는 노력을 팔려고 간 게 아닙니다. 호의를 가지고 의뢰에 응한 것이니 그쪽에서도 호의로만 저에게 보답하는 것이 좋을 것 같습니다. 만약 보수를 문제삼을 생각이라면, 처음부터 사례는 얼마로 할 테니 와줄 수 있는지 아닌지를 의논해야 하지 않을까요?"

그때 K 군은 이해할 수 없다는 듯한 표정을 지었다. 그리고 이렇게 대답했다.

"하지만 이건 어떨까요? 그 10엔을 선생의 노력을 샀다는 의미가 아니라, 선생에 대한 감사의 뜻을 표하는 하나의 수단으로 보는 겁니다. 그렇게 볼 수는 없을까요?"

"물건이라면 분명 그렇게 해석할 수 있겠지만, 불행히도 사례가 일반적으로 영업의 매매에 사용되는 돈이라는 것이기 때문에 어느 쪽으로도 볼 수 있는 것입니다."

"어느 쪽으로도 볼 수 있다면, 이 경우에는 선의의 의미로 해석하는 편이 좋지 않을까요?"

나는 참으로 지당하다고 생각했다. 그러나 또 이렇게 대답했다.

"잘 아시다시피 저는 원고료로 먹고사는 정도니까 당연히 부유하다고는 할 수 없습니다. 하지만 그럭저럭 그것만으로도 하루하루 지낼 수는 있습니다. 그래서 제 직업 이외의 일이라면 되도록 남을 위해 호의적으로 일하고 싶다는 생각을 갖고 있어요. 그리고 그 호의가 상대방에게 통하는 것이 내게는 무엇보다 소중한 보수입니다. 그러니까 돈 같은 걸 받으면, 남을 위해서 일한다는 여지—지금 제게는 이 여지가 매우 작습니다만— 그 귀중한 여지가 줄어든 것 같은 기분이 듭니다."

K 군은 여전히 내가 하는 말을 받아들이지 못하는 모양이었다. 나는 고집을 부렸다.

"만약 이와사키나 미쓰이 같은 대부호에게 강연을 부탁한다면 나중에 10엔이라는 돈으로 사례를 할 수 있을까요? 아니면 그 정도 돈으로는 실례가 될 것 같으니 그냥 인사말로 마무리하고 말까요? 제 생각에는 부탁할 때 아마 돈은 들고 가지 않을 것 같습니다만."

"으음" 하기만 할 뿐, K 군은 확실한 대답을 하지 않았다. 나는 아직도 할 말이 조금 남아 있었다.

"잘난 척하는 건지는 모르겠지만, 제 머리는 미쓰이나 이와사키 같은 사람들에 비할 만큼 부유하지는 않지만, 일반 학생들보다는 훨씬 부자임이 틀림없다고 믿습니다."

"그렇고말고요" 하고 K 군은 고개를 끄덕였다.

"만약 이와사키나 미쓰이에게 10엔을 들고 가는 것이 실례라면 저한테 10엔의 사례금을 들고 오는 것도 실례겠지요. 그것도 10엔이 물질적으로 제 생활에 큰 보탬이 될 수 있다면 그때는 또 다른 의미에서 이 문제를 볼 수도 있겠지만, 지금의 저는 그 돈을 남에게 주려는 생각까지 했다는 겁니다. 지금 제 경제적인 생활은 이 10엔으로 눈에 띌 정도로 영향을 받지는 않으니까 말입니다."

"잘 생각해보겠습니다" 하고 말하더니 K 군은 싱글싱글 웃으면서 돌아갔다.

* * *

내 방으로 안내를 받고 들어온 젊은 여자가 "아무리 해도 제 주변이 깔끔하게 정리가 안 돼서 괴로운데, 어떻게 하면 좋을까요?" 하고 물었다.

그 여자는 어느 친척 집에서 잠시 기거하고 있는데, 비좁은 데다 아이들이 시끄러워서 그런 모양이구나 하고 짐작한 나는 아주 간단히 대답했다.

"어디 깔끔한 집을 찾아 하숙이라도 하는 편이 좋겠지요."

"아니요, 방이 문제가 아니라 머릿속이 깔끔하게 정리가 안 돼서 힘들어요."

나는 내 오해를 의식하면서도 동시에 그 여자가 말하는 의미를 이해할 수 없었다. 그래서 좀 더 자세한 설명을 그녀에게 요구했다.

"외부에서 온갖 것이 머릿속으로 들어오는데 그게 마음의 중심과 타협이 안 됩니다."

"당신이 말하는 마음의 중심이란 게 대체 어떤 겁니까?"

"뭐냐 하면, 쭉 뻗은 직선이에요."

나는 이 여자가 수학에 열심이라는 것을 알았다. 하지만 마음의 중심이 직선이라는 의미는 물론 나에게 통하지 않았다. 게다가 중심이란 대체 무엇을 의미하는 걸까, 그것도 도무지 이해할 수 없었다. 여자는 이렇게 말했다.

"모든 것에는 중심이 있지 않나요?"

"그건 눈으로 볼 수 있고 자로 잴 수 있는 물체에 대한 이야기이겠지요. 마음에도 모양이 있습니까? 그렇다면 그 중심이라는 것을 여기 한번 꺼내보시지요."

여자는 꺼낼 수 있다는 말도, 없다는 말도 없이 뜰 쪽을 바라보기도 하고 무릎 위에서 양손을 비비기도 했다.

"당신이 직선이라고 말한 건 비유가 아닙니까? 만약 비유라면 동그라미든 네모든, 결국 다 똑같은 것이겠지요."

"그럴지도 모르지만, 모양이나 색깔이 항상 변하는 동안에도 조금도 변하지 않는 게 있는 거예요."

"그 변하는 것과 변하지 않는 것이 별개라고 한다면, 마음이 두 개가 있다는 말인데 그래도 괜찮습니까? 변하는 것은, 즉 변하지 않는 것이어야 하지 않겠습니까?"

이렇게 말한 나는 또다시 문제를 처음으로 되돌려 여자에게 물었다.

"모든 외계의 것이 머릿속으로 들어가자마자 질서정연하게 확실히 정리되는 사람은 아마 없겠지요. 실례되는 말이지만, 당신의 나이나 교육이나 학문으로 그렇게 분명히 정리될 리가 없습니다. 만약 그런 뜻이 아니라 학문의 힘을 빌리지 않고 철저하게 단번에 정리하고 싶은 거라면 저 같은 사람을 찾아와봤자 소용이 없어요. 스님한테라도 가보시지요."

그러자 여자가 내 얼굴을 바라보았다.

"저는 처음 선생님을 뵈었을 때, 선생님의 마음은 그런 점에서 보통 사람들 이상으로 정돈되어 있을 거라고 생각했습니다."

"그럴 리가 없습니다."

"하지만 제게는 그렇게 보였습니다. 내장의 위치까지 정돈되어 있다고밖에 달리 생각할 수 없었습니다."

"만약 내장이 그 정도로 잘 조절되어 있다면 이 모양으로 늘 병을 앓고 있지는 않겠지요."

"저는 병은 없습니다" 하고 그때 여자가 불쑥 자기 이야기를 했다.

"그건 당신이 저보다 훌륭하다는 증거입니다" 하고 나도 대답했다.

여자는 방석에서 일어섰다. 그리고 "부디 몸을 소중히 하시기 바랍니다" 하고는 돌아갔다.

* * *

최근 이삼 년 사이에 나는 거의 한 해에 한 번꼴로 병을 앓는다. 그리고 병석에 누우면 자리에서 일어날 때까지 거의 한 달을 써버린다.

내 병은 늘 그렇듯 위에 탈이 생기는 것인데, 막상 병이 도지면 절식요법 말고는 달리 손 쓸 방도가 없다. 의사의 명령뿐만 아니라 병의 성질 그 자체 때문에라도 절식을 안 할 수가 없다. 그래서 병이 시작될 때보다 회복기에 접어들 때 더 몸이 야위고 휘청휘청한다. 회복기가 한 달 넘게 이어지는 것도 대개는 그렇게 쇠약해졌기 때문이라는 생각이 든다.

내 거동이 자유로워지면, 까만색 테두리를 두른 인쇄물[*]이 가끔씩 내 책상 위에 놓인다. 나는 운명을 비웃는 사람처럼 실크 모자를 쓰고 차를 타고 장례식장으로 달려간다. 죽은 사람 중에는 할아버지도 있고 할머니도 있지만 가끔은 나보다 젊고 평소에 건강을 자랑하던 사람도 섞여 있다.

나는 집에 돌아와 책상 앞에 앉아, 인간의 수명이란 참으로 신기한 것이라고 생각한다. 병치레가 잦은 내가 왜 아직도 살아남아 있을까 의아한 마음이 든다. 또 그 사람은 어

* 부고장.

떤 이유에서 나보다 일찍 죽었을까를 생각한다.

나로서는 이런 묵상에 잠기는 것이 어쩌면 당연한지도 모른다. 그렇지만 자신의 지위나 신체나 재능, 즉 나라는 것이 있는 곳을 잊어버리기 쉬운 한 인간으로서, 나는 죽지 않는다는 것을 당연하다고 생각하며 살아가는 경우가 많다. 독경할 때조차, 선향을 피울 때조차 망자 뒤에 살아남은 나라고 하는 이 육체를 조금도 이상하게 여기지 않고 살아가기 마련이다.

어떤 사람이 내게 "남이 죽는 건 당연하게 보여도 내가 죽는다는 건 도저히 생각할 수가 없습니다"라고 말한 적이 있다. 전쟁터에 나간 경험이 있는 남자에게 "그렇게 병사들이 줄줄이 쓰러지는 걸 보면서도 나만은 죽지 않는다고 생각할 수 있습니까?" 하고 물었더니 그 사람은 "그럴 수 있습니다. 사람은 대개 죽을 때까지는 죽지 않는다고 생각하겠지요" 하고 대답했다. 그리고 대학의 이과 계통에 있는 사람에게 비행기 이야기를 들었을 때 이런 말을 주고받은 기억도 난다.

"그렇게 늘 추락하고 죽고 하면 나중에는 비행기 타는 것도 무섭겠군. 이번엔 내 차례라는 생각이 들기도 할 것 같은데 그렇지 않을까?"

"그런데 그렇지 않은 것 같습니다."

“어째서?”

“왜냐하면 정반대의 심리 상태에 지배되는 것 같습니다. 역시 그 녀석은 추락해서 죽었지만 나는 괜찮아, 그런 생각이 드는 모양입니다.”

나도 아마 그런 사람과 같은 기분으로 비교적 아무렇지도 않게 살아갈 수 있는 것이리라. 그것도 당연하겠지. 누구나 죽기 전까지는 살아 있는 것이니까.

신기하게도 내가 병석에 누워 있는 동안에는 까만 테두리의 통지서가 거의 오지 않는다. 작년 가을에도 병이 나은 뒤에 서너 명의 장례식에 참석했다. 그 서너 명 중에 신문사의 사토 군도 있었다. 나는 사토 군이 어느 연회 자리에 회사에서 받은 은 술잔을 가져와 내게 술을 권한 일을 떠올렸다. 그때 그가 추었던 묘한 춤도 기억한다. 그렇게 건강하고 튼튼했던 사람의 장례식에 간 나는 그가 죽고 내가 살아남은 것이 그다지 이상하게 여겨지지 않을 때가 많다. 그러나 가끔 생각해보면 내가 살아 있는 것이 부자연스러운 것 같은 마음도 든다. 그리고 운명이 일부러 나를 우롱하고 있는 건 아닐까 의심하고 싶어진다.

* * *

이 세상에 살고 있는 한 사람의 인간으로서 나는 완전히 고립하여 생존할 수는 없다. 자연히 남과 교섭할 필요가 어디선가 생겨난다. 날씨에 대한 인사말, 용무에 관한 이야기, 그리고 그보다 더 복잡한 의논, 이런 것들로부터 벗어나기란 아무리 담백한 생활을 보내고 있는 내게도 어려운 일이다.

나는 남들이 말하는 것을 뭐든지 진지하게 받아들이고 그들의 모든 말과 행동을 곧이곧대로 해석해야 하는 것일까. 만약에 내가 가지고 태어난 이 단순한 성정에 나를 맡긴 채 되돌아보지 않는다면 때로는 터무니없는 사람에게 속아 넘어가는 일도 있을 것이다. 그 결과 등뒤에서 무시를 당하고 놀림도 받을 것이다. 극단적인 경우에는 나 자신의 면전에서 참을 수 없는 모욕을 당할 수도 있다.

그렇다면 타인을 모두 닳고 닳은 거짓말쟁이로 여기고 처음부터 상대방의 말에 귀를 기울이지도 마음을 열지도 않고, 어떤 때는 그 뒷면에 감춰진 듯한 반대 의미만을 마음에 담고, 그런 나 자신을 현명한 사람이라고 평가하며, 또한 거기에 안주할 수 있을까? 그렇다면, 내가 남을 오해하는 일이 없다고는 할 수 없을 것이다. 뿐만 아니라 엄청난 과실을 저지를 각오를 처음부터 가정하고 남을 대해야 한다. 때로는 필연의 결과로서, 죄 없는 사람을 모욕할 정도의 뻔뻔스러움을 준비하지 않으면 곤란해질 것이다.

만약 이 둘 중 어느 한쪽으로 나의 태도를 정리하려고 하면, 내 마음에 또 일종의 고민이 생긴다. 나는 악한 사람을 믿고 싶지 않다. 또한 선한 사람에게 조금이라도 상처를 주고 싶지 않다. 그리고 내 앞에 나타나는 사람이 전부 다 악인은 아니지만 또 모두가 선인이라고도 생각하지 않는다. 그렇다면 내 태도도 상대방에 따라 이리저리 변하지 않으면 안 되는 것이다.

이런 변화는 누구에게나 필요하고 또 누구든 실행하고 있을 테지만, 과연 그것이 상대방에게 딱 들어맞아서 한 치의 실수도 없이, 미묘하고 특수한 줄 위를 위태롭지 않게 걷고 있는 것일까. 나의 커다란 의문은 언제나 거기에 박혀 있다.

나의 비뚤어진 마음과는 별개로, 나는 과거에 많은 사람들에게 무시를 당한 괴로운 기억이 있다. 또한 상대방의 말이나 행동을 일부러 있는 그대로 받아들이지 않고, 속으로 그 사람의 품성을 욕보인 것이나 다름없는 판단을 내린 적도 많다고 생각한다.

사람을 대하는 나의 태도는 지금까지의 내 경험에서 나

온다. 그리고 전후 관계와 주변 상황에서 나온다. 마지막으로, 애매한 말이기는 하지만, 타고난 내 직관이 어느 정도 움직인다. 그렇게 해서 상대방에게 무시당하기도 하고, 또 상대방을 무시하기도 하고, 드물게는 상대방에게 걸맞은 대우를 해주기도 한다.

그러나 지금까지의 경험이란 넓은 것 같아도 그 실질은 참으로 좁다. 사회의 어느 한 부분에서 몇 번이고 되풀이한 경험을 다른 부분으로 가져가면 전혀 통용되지 않을 때가 많다. 전후 관계나 주변 상황에 따라 천차만별이기 때문에 그 응용 범위가 한정될 뿐만 아니라, 그 천차만별을 고려하지 않으면 도움이 되지 않는다. 더구나 그것을 고려할 시간이나 재료도 충분히 주어지지 않는 경우가 많다.

그래서 나는 종종 정말로 있는지 없는지 알 수 없는, 지극히 불확실한 나의 직관이라는 것을 중심으로 남을 판단하고 싶어진다. 그리고 나의 직관이 과연 맞는지 틀렸는지를 객관적 사실에 의해 확인하지 않는 경우가 많다. 그런데다가 또 의심이 늘 안개처럼 끼어 있어서 내 마음을 괴롭힌다.

만약 세상에 전지전능한 신이 있다면, 나는 그 신 앞에 무릎을 꿇고 나에게 털끝만큼의 의심조차 끼어들지 못할 정도로 명백한 직관을 주고 나를 이 고민에서 벗어나게 해주기를 빌 것이다. 아니면 내 앞에 다가오는 이 모든 불확실한 인간을 영롱하고 투명하며 정직한 사람으로 변하게 해서, 나의 영혼과 그의 영혼이 딱 들어맞는 듯한 행복을 얻을 수 있기를 빌 것이다. 지금의 나는 바보라서 남에게 속아 넘어가거나, 또는 의심이 깊어 남을 받아들일 수 없거나, 그 양쪽 외에는 할 수 없을 것 같다. 불안함과 불투명함과 불쾌함으로 가득 차 있다. 만약 이것이 평생 동안 계속된다면 인간이란 얼마나 불행한 것일까.

담화

문학담

소세키의 담화를 받아쓴 글로, 1906년 9월 잡지 《문예계》에 실린 글이다.

저는 붓이 그다지 느린 편은 아닙니다. 그중에서도 《나는 고양이로소이다》 같은 글은 가장 빨리 쓸 수 있습니다. 《도련님》이나 《취미의 유전》 같은 것도 느린 편은 아니었습니다. 아무튼 학교에서 가르치면서 쓴 것들인데 《취미의 유전》은 일주일 정도 걸렸을 겁니다. 《도련님》은 그 두 배쯤 걸린 것 같군요. 《환영의 방패》나 《해로행》 같은 것은 짧은데 비해 시간이 오래 걸렸습니다. 아마 열흘 넘게 걸린 것으로 기억합니다. 예를 들어 하이쿠 같은 것을 길게 연결해서 문장을 쓴다고 하면 아무래도 빨리 쓸 수 없는 것과 같은 이치입니다.

《나는 고양이로소이다》 말입니까? 그건 처음부터 그렇게 오래 계속해서 쓸 생각도 계획도 없었기 때문에 당연히 첫 회로 끝낼 작정이었습니다. 또 그렇게까지 세상의 평판을 받으리라고는 생각하지 못했습니다. 처음에 교시 군이

와서 “뭐라도 글 좀 써주게” 하고 부탁하기에 한 회를 써준 것입니다. 마침 그 무렵 문장연구회라는 것이 있어서 《나는 고양이로소이다》 원고를 그 모임에 보냈더니, 사무카와 소코쓰 군이 그걸 그 자리에서 낭독했다고 합니다. 아마도 낭독을 잘해서 그랬겠지만 그 자리에서 큰 박수를 받았다고 하더군요. 그래서 잡지 《호토토기스》에 실어봤는데 당연히 첫 회에는 사람들의 반응이 없었습니다. 다만 오사나이 가오루 군이 새로운 방식의 작품이라며 칭찬해준 기억이 납니다. 교시 군은 잡지 한구석을 메울 수 있겠다고 생각했던지 “꼭 다음 편을 써주게, 꼭” 하고 졸라대는 바람에 10회, 11회로 계속 이어졌습니다. 하지만 그렇게 계속해서 줄줄 쓰다 보면 세상 사람들이 질려 할 것이 분명한 데다, 무엇보다 제가 질려서 그만 마무리짓기로 했습니다. 그런데 처음부터 그럴 계획도 없었기 때문에 어떻게 완결을 지어야 좋을지 몰랐습니다. 그래도 어떻게든 끝은 내야 하니까 적당한 선에서 실례를 하게 된 것입니다.

이상하게도 글을 쓰기 시작했을 때는 마음속에 있는 글자를 전부 토해 내어 이제 다음에는 아무것도 쓸 만한 게 없겠다고 생각했는데, 열흘이 지나고 스무날쯤 지나면서 하루하루 일어난 일들을 관찰하다 보니 또 새롭게 쓰고 싶은 감상이 솟구쳐 올랐습니다. 쓸거리도 모였습니다. 그러니까 《나는 고양이로소이다》 같은 글은 쓰려고 마음만 먹으면 얼마든지 길게 쓸 수 있습니다.

나는 전문적인 대가가 아니라서 많이 쓰지는 않지만, 글을 쓸 때 이상한 버릇이 있습니다. 연재소설 한 회 한 회마다 분량 차이가 심하게 나는 것을 싫어하는데, 아무래도 평균을 잡기가 어려워서 그렇습니다. 예를 들어 첫 회에 열 장을 썼다고 하면 두 번째 세 번째도 대략 평균적으로 열 장 정도 쓰지 않으면 마음이 놓이지 않습니다. 물론 매번 글 길이가 다르다고 해서 작품의 우열고하(優劣高下)에 영향을 미친다고 할 수는 없겠지만, 아무래도 첫 회보다 다음 회가 짧으면 왠지 두 번째 글의 무게가 조금 부족한 듯한 느낌이 들기 때문입니다. 하긴 쪽수야 어떻든지 간에 내용만 비례가 맞는다면, 읽을 때 평균에 맞지 않는다는 느낌은 안 들겠지만 그래도 역시 쪽수가 신경이 쓰입니다. 그래서 첫 회에 이만큼의 사건을 쓰고, 두 번째는 또 이만큼의 사건을 쓰겠다고 계획해두는데, 그래도 막상 쓰다 보면 그렇게 생각대로 쪽수를 평균적으로 맞출 수는 없습니다. 그렇지만 1회든 2회든 대체로 한 회당 분량이 정해졌기 때문에 2회에서 분량이 좀 짧아졌다고 해서 3회도 똑같이 짧게 쓸 수는 없습니다. 그래서 그럴 경우는 뭔가 다른 쓸거리를 찾아서 대충 분량을 평균에 맞게 늘리려고 머리를 짜냅니다. 하지만 어설프게 글을 늘리려다 보면 실패하고 맙니다. 재미도 없는 글로 그냥 쪽수만 채우려는 것만큼 딱한 것이 없는데, 어쨌든 재미를 더해서 어떻게든 독자가 싫증 내지 않고 계속 읽을 수 있게 쓰는 건 매우 어려운 일입니다.

작가가 작중 인물을 주관적으로 쓰는 것에 대해 그 장단점을 이 자리에서 바로 말하기는 어렵지만, 어쨌든 어설프게 썼다가는 완성된 인물이 자칫 싫어질 수도 있겠다는 생각이 듭니다. 나는 대개 제삼자의 입장에서 인물을 객관적으로 관찰하는 느낌으로 글을 쓰는데, 그러는 편이 쓰기도 쉽고 또 혹시 완성하지 못한다고 해도 인물이 싫어지는 경우는 없기 때문에 더 나은 것 같습니다. 연극을 볼 때를 예로 들면, 연기하는 배우의 입장에서 글을 쓴다면 세세하게 쓸 수 있을 것이고, 또 한편으로 관객의 입장에서 쓴다면 그 광경을 사진 찍듯이 그려낼 수 있을 것입니다. 둘 중에 어느 쪽이 좋으냐고 묻는다면 저는 관객이 되어 객관적으로 쓰는 편이 상상의 면에서 보면 훨씬 더 잘 그려낼 수 있는 것 같습니다.

그리고 보통 소설을 쓴다는 것은 세상 사람들의 일이 서로 뒤얽힌 모습을 그려내는 것이기 때문에 아무래도 도덕과 관련한 것을 써야 합니다. 물론 단편 소설이라면 달이 맑다느니 바람이 선선하다느니 하는 것만 써도 문장의 아름다움을 맛볼 수 있겠지만, 장편 소설이라면 도덕과 관련한 것을 쓰지 않을 수가 없습니다.

만약 장편 소설 한 편의 초고를 쓴다고 하면, 작가는 작중 사건에 대해 흑백의 판단을 내리고, 작중 인물에 대해서는 선악의 평가를 내려야 합니다. 작가는 작중 인물을 통해 일반 사람들을 인도하고 교훈을 줄 의무가 있기 때문에 세상 사람들보다 이상이 높고 학문도 넓으며 판단력도 뛰어나야 함은 당연한 것입니다.

문학은 호불호를 드러내는 것으로, 보통의 소설처럼 호불호가 도덕과 연관된 경우에는 반드시 도덕상의 호불호가 작품 속에 드러나야 합니다. 그런 점에서 보면 문학은 역시 일종의 권선징악이라고 할 수 있습니다. 세상에서 도덕이라고 부르는 것에 반한 행동을 한 인물에게 작가가 동정을 표하고 흔히 말하는 잘못된 행동을 부추기는 듯한 글을 쓴다고 해도 그것은 그 작가의 호불호이며, 그 사람의 입장에서는 그것 역시 권선징악인 것입니다.

예를 들어 소설 속의 인물이 사람을 죽입니다. 살인은 일반적으로 나쁜 짓이기 때문에 사람들이 소설을 읽고 살인은 나쁘다고 느끼도록 쓰는 것은 권선징악입니다. 하지만 어떤 경우에서라면 도저히 살인을 저지르지 않을 수 없거나 또는 살인을 해도 괜찮다고 생각하는 작가도 있을 수 있습니다. 그런 작가는 언제 어떤 경우라면 살인을 하더라도 괜찮다는 생각이 사람들에게 들게끔, 또는 더 나아가서 자진하여 살인하고 싶은 마음이 들게끔 글을 쓸 수도 있습니다. 그것도 좋습니다. 그 작가에게는 그것이 권선징악입니다. 혹은 살인은 나쁘다, 하지만 그 속에는 용서해야 할 부분이 있다, 죄는 미워해야 하지만 그 사람은 불쌍하다, 라고 느끼도록 쓰는 작가도 있을 수 있습니다. 그것도 괜찮습니다. 그것 역시 일종의 권선징악입니다.

나는 이 셋 중 어느 것도 다 괜찮다고 생각합니다. 스스로의 양심에 부끄럽지 않게 권선징악을 쓰고 싶습니다. 세상의 도덕에 반하는 것을 쓸 수도 있고, 또는 도덕이 정하는 대로 쓸 수도 있고, 혹은 세상의 도덕을 옳다고 느끼지만 동시에 그것을 깨부수는 것도 칭찬할 만한 가치가 있다고 쓸 수도 있습니다. 말하자면 스스로의 식견에 반하지 않게 글을 쓰고 싶습니다. 그러나 식견이란 깊이 생각하고 깊이 수양하고 깊이 읽고 또 깊이 품어서 생기는 것이기 때문에 문학자, 특히 이런 유의 소설가는 두뇌 수양을 게을리해서는 안 된다고 생각합니다. 입센은 그 자신이 입센이고, 톨스토이는 그 자신이 톨스토이며, 그들이 가지는 도덕상의 호불호는 분명 일종의 권선징악주의가 되어 작품 속에 나타나 있습니다. 식견이 없는 작품은 그런 점에서 보면 가치가 없습니다. 달리 말하면 일종의 인생관이 정리되어 나타나지 않은 작품은 다른 부분에서 아무리 성공을 거둔다 해도 부족하다고 할 수 있습니다.

인생관이라고 해서 그렇게 어려운 건 아닙니다. 가까운 예로, 제가 쓴 소설《도련님》속에 등장하는 도련님이라는 인물은 어느 정도까지는 사랑스럽고 동정할 만한 인물이기는 하지만, 지나치게 단순하고 너무나 세상 경험이 부족해서 지금 같은 복잡한 사회에서는 원만하게 살아가기 힘든 사람이겠구나 하고 독자들이 느끼고 수긍한다면 그것으로 작가의 인생관이 독자에게 가닿았다고 말할 수 있습니다. 물론 이런 정도의 인생관은 누구나 다 아는 것일지도 모르지요. 시시한 인생관입니다. 하지만 다들 영리해지고 싶은 마음에 복잡한 사람만 훌륭하다고 여기는 요즘 같은 세상에서, 보통 사람들이 좋다고 생각하는 것과 정반대의 인물을 그려 내어, 이런 사람도 주의 깊게 보시라, 당신들이 현실 세계에 살면서 콧방귀를 뀌며 무시할 도련님 같은 사람도 꽤나 존경할 만한 아름다운 자질을 갖고 있지 않은가, 당신들의 눈은 너무 편협하지 않은가, 하고 주의를 환기시키고 또 거기에 독자들이 과연 그렇구나, 하고 동의할 수 있도록 쓸 수 있다면, 작가는 지금 현재 보통 사람들이 가지고 있는 인생관에 조금이라도 영향을 미친 것입니다. 게다가 그 인생관이 잘못된 것이 아니라고 작가 스스로의 식견으로 판단할 수 있을 때, 작가는 문학을 통해 세상의 도덕과 사람의 마음에 조금이나마 도움을 준 것입니다. 권선징악주의를 문학으로 발휘한 것입니다.

그러나 그 인생관이 잘못된 것임을 알면서도 그런 식으로 사람들을 움직이려고 애를 쓴다면, 그런 작가는 정말로 부도덕합니다. 설령 자신은 몰랐다고 하더라도 잘못된 인생관을 주장하면서 사람들을 움직인다면 부끄러운 일입니다. 또 수준 낮은 인생관을 주장한다면 잘못이라고까지는 할 수 없지만 수준 낮은 작가입니다. 편협한 인생관을 주장하면 편협한 작가입니다. 그렇기 때문에 작가는 식견이 풍부해야 합니다. 두뇌를 수양해야 합니다.

사람들의 말을 들어보면, 소설가란 여자들의 옷차림이나 머리 모양, 멋쟁이나 촌뜨기의 사투리를 잘 구별해서 능숙하게 문장으로 써내는 사람쯤으로 여기는 모양인데, 그것은 천박한 생각입니다. 소설을 쓰는 사람이 갖춰야 할 자격 중 가장 중요한 것은 인간의 행위와 행동(이것은 대부분 도덕과 관계가 있습니다)을 어떻게 해석할지에 대한 기반을 세우는 것이라고 생각합니다. 그렇기 때문에 학문이 없으면 안 됩니다. 학문이 없다면 식견이 있어야 합니다. 어렵게 말하면 인생관이라는 것이 필요합니다. 인생관은 국부적으로 작품 한 편 한 편에 단면으로 나타나도 좋고, 여러 작품에서 하나의 커다란 인생관이 관철되어 있어도 좋습니다. 또는 전편과 후편에 서로 반대되는 것이 있어도 괜찮습니다. 다만 반대되는 양쪽에 올바른 것이 있다고 독자들에게 통하기만 하면 됩니다. 그렇게 양극의 인생관을 동시에 붙잡을 수 있는 사람은 두뇌의 용량이 크다는 것을 증명하는 것입니다. 전혀 모순이 아닙니다.

세상 사람들은 소설가를 교사나 관리나 상인처럼 단순히 직업들 중의 하나라고 생각합니다. 상호간의 도덕적 관계라는 문제에 대해서 자신이 소설가와 같은 수준의 판단력을 가졌다고 생각합니다. 하지만 그렇지 않습니다. 소설가 자신도 그렇게 안이하게 생각해서는 안 됩니다.

학문은 교사에게 물어야 하고, 사무는 관리에게 맡겨야 하며, 돈벌이는 상인에게 맡겨야 한다는 것을 안다면, 우리가 세상 한가운데에 서 있는 기반, 도덕적 의무라는 문제의 해결, 상호간의 갈등에 대한 비평, 이러한 것들은 소설가의 의견을 듣고 참고로 삼아야 합니다. 소설가 스스로도 그런 각오가 없어서는 안 됩니다.

처녀작 회고담

소세키의 담화를 받아쓴 글로, 1908년 《문장세계》에 처음 실렸다.

내 처녀작이라고 하면 먼저 《나는 고양이로소이다》일 텐데, 딱히 회고할 것도 없는 것 같다. 그저 우연히 그런 글을 쓰게 되었기 때문에 그런 기회가 닿았던 것뿐이다.

그도 그럴 것이 나는 처음부터 반드시 뭘 해야겠다고 생각한 것이 없었다. 물론 살아 있으니까 뭔가를 하지 않으면 안 된다. 살아 있는 이상은 자기의 존재를 확실히 하고, 여기에 나라는 한 사람이 있다는 것을 다른 사람에게도 알리지 않으면 안 된다는 정도의 생각은 보통 사람들과 마찬가지로 가졌을지도 모른다. 하지만 창작 방면에서 스스로를 발휘하려는 생각은 창작을 시작하기 전까지는 별로 하지 않았다.

내가 대학을 졸업하고 나서 얼마 되지 않았을 때인데, 어느 날 도야마 마사카즈 씨가 잠깐 와보라고 해서 갔더니 교사를 해보면 어떻겠냐고 하는 것이다. 나는 딱히 하고 싶은 생각도, 하고 싶지 않은 생각도 없었지만 그런 말을 듣고 보니 한번 해보고 싶은 마음이 들기도 했다. 그래서 어쨌든 한번 해보자고 생각해 그러겠다고 말하니, 도야마 씨가 나를 가노 씨에게 보냈다. 가노 씨는 고등사범학교 교장이다. 거기에 가서 일단 이야기를 들어보니, 가노 씨는 대단히 높은 기준을 말했다. 교육 사업이 어떻다는 둥, 교육사는 어때야 한다는 둥 하기에 나로서는 도저히 해낼 수 없을 것 같았다. 지금 같으면 그 말의 삼분의 일만 듣고, 일도 삼분의 일만 하고 끝내겠지만, 그때는 너무 고지식해서 그렇게는 할 수 없었다. 그래서 도저히 못 하겠다고 거절하니, 가노 씨가 그럴싸한 말을 했다. 당신이 거절하는 것을 보니까 더더욱 일을 맡기고 싶어졌으니 아무튼 할 수 있는 데까지 해 달라는 것이었다. 그런 말을 들으니 내 성격상 딱 잘라 거절할 수가 없어 결국 고등사범에 근무하게 되었다. 그리고 그것이 내 인생의 시작이었다.

여기서 잠깐 이야기가 훌쩍 거슬러 올라간다. 내가 열대여섯 살 무렵에는 한서(漢書)나 소설 등을 읽고 문학이라는 것을 재미있다고 느껴 나도 해보고 싶다는 생각이 들기도 했다. 그래서 작고한 형에게 이야기했더니, 형은 문학은 직업이 될 수 없다, 그저 성취에 지나지 않는 것이다, 라며 오히려 나를 꾸짖었다. 하지만 곰곰이 생각해보니 나는 뭔가

취미가 될 수 있는 직업에 종사하고 싶었다. 또한 그 일은 뭔가 세상에 필요한 것이 아니면 안 된다. 왜냐고 묻는다면, 아무래도 나는 비뚤어진 성격이기 때문이다. 그때는 비뚤어진 성격이라는 게 무슨 뜻인지 잘 몰랐다. 하지만 나 스스로도 비뚤어졌다고 생각한 모양인지, 도저히 하나하나 내 쪽에서 세상에 맞춰가며 살 수는 없었다. 나 자신을 굽히지 않으면서도 취미가 될 수 있고 또 세상에 없어서는 안 되는 어떤 일이 있을 것 같았다.

그때 내 눈에 들어온 것은 지금도 스루가다이에 병원을 하고 있는 사사키 박사의 양부인 '사사키 도요'라는 사람이었다. 그 사람은 누구나 다 아는 괴짜이지만, 세상은 그를 필요로 한다. 게다가 자신을 굽히지 않고도 훌륭히 살아간다. 또 '이노우에 다쓰야'라는 안과의사도 역시 스루가다이에 살았는데, 그도 도요 씨처럼 괴짜이지만 세상이 필요로 하는 사람이었다. 그래서 나도 저렇게 훌륭하게 살고 싶다고 생각했다. 그런데 나는 의사가 싫었다. 의사가 아닌 뭔가 좋은 일이 있을 거라고 생각하며 하루하루를 보내고 있는데 문득 건축이 떠올랐다. 건축이라면 의식주 중의 하나로 세상에 없어서는 안 될 뿐 아니라 훌륭한 미술이다. 취미가 되는 동시에 세상에 필요한 것이다. 그래서 나는 마침내 건축 일을 해야겠다고 마음먹었다.

그런데 그때 마침 고등학교 동급생 중에 '요네야마 야스사부로'*라는 친구가 있었다. 그 친구야말로 진정한 괴짜로, 항상 우주가 어떻다는 둥, 인생이 어떻다는 둥 거창한 이야기만 했다. 어느 날 그 친구가 찾아와서 여느 때처럼 여러 철학자의 이름을 들려주며 이야기하던 끝에, 넌 뭐가 될 거야, 하고 물었다. 사실은 이러이러하다 하고 이야기하니, 그 친구가 대번에 말을 잘랐다. 그때 그 친구는 일본에서는 아무리 실력을 발휘해봤자 세인트 폴 대성당 같은 건축을 후세에 남길 수 없다나 뭐라나 하며 열변을 토했다. 그리고 그것보다는 문학 쪽이 아직은 생명이 있다고 했다. 처음부터 나의 생각은 그 친구의 말보다 훨씬 실제적이었다. 먹고사는 것을 출발점으로 해서 생겨난 생각이었다. 그런데 요네야마의 말을 들어보니 어쩐지 한없이 막막하기는 하지만 대단한 일이라는 것은 틀림없다. 먹고사는 문제 따위는 아예 안중에도 없는 것을 보고 나는 감탄했다. 친구의 말을 듣고 보니 정말로 그렇구나 하고 그날 밤 당장 내 생각을 철회하고 문학가가 되기로 결심했다. 나도 어지간히 태평한 인간이다.

---

* 고등학교 시절 소세키와 시키의 친구로 소세키가 영문학을 전공하게 된 계기가 된 인물이다. 도쿄제국대학 철학과에서 공간론을 전공한 수재였던 그는 스물아홉에 요절했다. 《나는 고양이로소이다》에 등장하기도 한다. 뒤에 실린 〈무제〉에도 잠깐 언급된다.

하지만 한문과나 국문과 쪽은 하고 싶지 않았다. 그래서 결국 영문과를 지망 학과로 정했다.

그런데 그때의 지망이라는 것은 참으로 막연하기 짝이 없는 것으로, 그저 영어영문에 통달해 외국어로 훌륭한 문학책을 써서 서양인을 놀라게 하겠다는 희망을 품고 있었다. 그런데 드디어 대학에 들어가 3년을 보내는 동안 그 희망은 점점 위태로워졌고, 졸업했을 때는 이런 사람도 학사인가 싶을 정도의 바보가 만들어졌다. 그래도 성적은 좋았기 때문에 의외로 사람들이 신용해주었다. 나도 세상에 대해 조금은 자랑스러웠다. 다만 내가 나 자신을 대하면 너무도 딱했다. 그렇게 우물쭈물하고 있는 사이에 나에 대한 딱한 마음이 굳어지기 시작하면서 그럴싸한 방식으로 체념하고 말았다. 나쁘게 말하면 나무가 서 있는 채로 썩어버리게 된 것이다. 그런 주제에 세상을 대할 때는 무척이나 기세등등했다.

그러던 중 서양에 가지 않겠느냐는 말이 나왔다. 나 같은 사람보다 더 괜찮은 사람이 있을 테니까 그런 사람을 보내는 게 어떻겠냐고 하니, 그런 말 하지 말고 가보는 게 좋을 거라고 하기에, 그렇다면 가보는 것도 괜찮겠다고 생각해 떠나게 되었다.

하지만 유학을 하는 동안 나는 점점 더 문학이 싫어졌다.

서양의 시 같은 것을 읽으면 아무런 느낌이 없었다. 그것을 억지로 즐긴다는 것은 왠지 있지도 않은 날개를 달고 날고 있는 사람, 돈이 없는데도 있는 척하는 얼굴로 걷고 있는 사람 같은 그런 기분이 들어 견딜 수가 없었다. 그런데 언젠가 독일에서 이케다 기쿠나에* 군이 와서 내 하숙방에 묵었다. 이케다 군은 과학자이지만 이야기해보니 훌륭한 철학자였다는 것에 놀랐다. 꽤 토론을 벌이고 꽤 논박을 당했던 것을 지금도 기억하고 있다. 런던에서 이케다 군을 만난 것은 나에게 매우 큰 도움이 되었다. 덕분에 유령 같은 문학을 그만두고 조직적이고 묵직한 연구를 해야겠다고 생각하기 시작했다. 그리고 그런 방침으로 조금 연구한 다음 모든 계획은 일본에서 마무리 지을 작정으로 서양에서 돌아왔다. 그런데 대학에서 영문학을 가르치면 어떻겠냐고 하기에, 그러면 그렇게 하겠다고 말하고 대학에 나가게 되었다. (이 일은 방금 말한 내 연구에 도움이 되지 않기 때문에 처음에는 거절했다.)

마사오카 시키는 옛 친구인데, 내가 런던에 있을 때 하숙집에서 겪은 어처구니없던 일을 편지에 써서 보냈더니 그가 그것을 잡지 《호토토기스》에 실었다. 《호토토기스》와는 원래부터 인연이 있었는데 그것이 계기가 되어 귀국했을 때

* 화학자. 일본 10대 발명 중 하나인 감칠맛 성분 글루탐산나트륨을 발견했다.

(마사오카는 이미 세상을 떠난 뒤였다) 편집자인 교시가 글을 좀 써주지 않겠냐고 부탁하기에 처음으로《나는 고양이로소이다》라는 것을 썼다. 그런데 교시가 그것을 읽고, 이걸로는 안 됩니다, 하고 말했다. 이유를 물어보니 몇 가지가 있다. 지금은 거의 잊어버렸지만 어쨌든 지당하다고 생각해 다시 고쳐 썼다.

그리고 교시가 그것을 크게 칭찬하며《호토토기스》에 실은 것인데, 사실은 그것 한 회로 끝낼 생각이었다. 그런데 교시가 재미있다고 계속 쓰라고 하는 바람에 점점 써 나가다 보니 그렇게 길어져 버린 것이다. 그렇기 때문에 나는 그저 우연히 그런 글을 쓴 것일 뿐 특별히 당시의 문단에 대해 이렇다 저렇다 하는 생각은 전혀 없었다. 그냥 쓰고 싶어서 썼고, 짓고 싶어서 지었을 뿐, 말하자면 나에게 그런 기회가 왔기 때문에 쓴 것이다. 다만 그 작품을 쓰기 시작했을 때와 끝냈을 때는 꽤 생각이 달랐다. 문체 같은 것도 남의 흉내를 내는 게 싫었기 때문에 그런 식으로 써보았을 뿐이다.

어찌 됐든 그런 식으로 지금까지 살아왔는데 이것을 전부 종합해서 생각해보니, 나는 무슨 일에든 적극적이지 않아 스스로 생각해도 놀랍다. 문과에 들어간 것도 친구가 권해서 그랬고, 교사가 된 것도 남이 그렇게 말해주어서 그랬고, 유학을 간 것도, 돌아와서 대학에 근무한 것도, 아사히 신문사에 입사한 것도, 소설을 쓴 것도, 전부 그랬다. 그러니까 나라는 사람은 한편으로 보면 남이 만들어준 것과도 같은 것이다.

문사의 생활

소세키의 담화를 받아쓴 글로, 작고하기 2년 전인 1914년《오사카 아사히 신문》에 처음 실렸다.
돈, 취미, 음식, 오락 등을 소재로 하여 소설가로서의 만년의 삶을 들려준다. 당시 저명한 인기 작가였음에도 의외로 소박한 일상생활을 보낸 것을 알 수 있다.

내가 엄청난 부를 쌓았다는 둥, 으리으리한 집을 지었다는 둥, 토지와 가옥을 매매해서 돈을 벌었다는 둥, 온갖 소문이 세상에 떠돌아다니는 모양인데 전부 다 거짓이다.

엄청난 부를 쌓았다면 무엇보다 이런 누추한 집에 살고 있을 리가 없다. 토지와 가옥 따위는 어떤 절차를 거쳐 사는지조차 모른다. 이 집만 해도 내 집이 아니다. 셋집이다. 다달이 집세를 내고 있다. 세상에 떠도는 소문이란 무책임하다는 생각이 든다.

먼저 내 수입부터 생각해보기 바란다. 내가 어떻게 엄청난 부를 쌓을 수 있다는 말인가. — 내가 이렇게 말하면, 그럼 당신 수입이 얼마인데요? 하고 물을지도 모르겠는데, 정기적인 수입이라면 아사히 신문사에서 받는 월급이다. 월급이 얼마냐, 그건 내 입으로 말해도 되는지 어떤지 잘 모르겠다. 알고 싶으면 신문사에 물어보기 바란다. 그리고 나머지 수입은 저작이다. 책은 열대여섯 종이 있는데, 전부 인세를 받는다. 그러면 또 인세는 몇 할이냐고 물어볼 텐데, 내 경우는 다른 사람보다 조금 높다고 한다. 이런 말을 하면 출판사에서 곤란해할지도 모르겠다. 가장 많이 팔린 것이 《나는 고양이로소이다》인데, 종래의 국판 사이즈 외에 최근에 축소판이 나왔다. 양쪽 다 합쳐서 35판이고, 부수는 초판이 이천 부, 재판 이후로는 대개 천 부다. 다만 이 35판이라는 것은 상권을 말하는 것이고, 중권과 하권은 더 적다. 인세를 몇 할로 받든 책으로 돈을 번다고 해봤자 뻔하다.

정말이지 나는 책을 써서 파는 일은 되도록이면 하고 싶지 않다. 팔려고 하면 조금은 욕심이 생겨, 좋은 평판을 받고 싶기도 하고 인기를 얻고 싶은 생각도 나도 모르게 든다. 나의 품성과 작품의 품위가 얼마쯤 천해지기 쉽다. 이상적으로 말하면, 자비로 출판해서 동호인들에게 무료로 나누어주는 것이 가장 좋겠지만, 나는 가난하기 때문에 그렇게는 할 수 없다.

의식주에 대한 집착이라면 나도 없지는 않다. 좋은 옷을 입고 맛있는 음식을 먹고 멋진 집에서 살고 싶은 생각이 없지는 않지만, 다만 그렇게 할 수 없기 때문에 이런 곳이라도 달갑게 여기고 산다.

아름다운 옷은 좋아한다. 굳이 유행을 좇을 생각은 없고 이제 나이도 들었으니 멋을 부려도 쓸데없다는 생각에 아내가 마련해주는 옷을 군말 없이 입고는 있지만, 그래도 여자들이 멋지게 차려입은 걸 보면, 과연 좋구나, 하는 생각이 든다.

음식은 술을 즐기는 사람처럼 담백한 것을 먹지는 않는다. 나는 맛이 진한 음식이 좋다. 중국요리, 서양요리가 좋다. 일본요리 같은 건 먹고 싶은 생각이 들지 않는다. 그렇다고 해서 중국요리든 서양요리든, 소위 미식가라는 사람들처럼 어느 식당의 무슨 음식이 아니면 안 된다고 할 만큼 미각이 발달하지는 않았다. 그저 유치한 미각에 기름진 음식을 좋아할 뿐이다. 술은 마시지 않는다. 청주 한 잔 정도는 맛있다고 생각하지만 두세 잔이 넘어가면 마시지 못한다.

그 대신 과자는 먹는다. 이것도 있으면 먹는 정도이지 일부러 사서 먹고 싶은 정도는 아니다. 녹차도 맛있어서 마시지만, 스스로 차를 끓여 내는 법은 모른다. 담배는 피운다. 한때 끊은 적도 있지만, 담배를 안 피운다는 것이 딱히 자랑거리도 아니라는 생각에 다시 피우기 시작했다. 너무 많이 피워서 혀가 깔깔해지거나 위가 안 좋아지면 잠시 끊었다가 나으면 또 피운다. 늘 집에 있는 게 아사히 담배라서 그것만 피운다. 가격이 얼마인지는 몰라도 아마 쌀 것 같은데, 아내가 이것만 사다 놓기 때문에 이걸 피운다. 밖에 나가서 살 일이 있으면 꼭 시키시마를 사서 피우는데, 10전 은화 하나를 주면 거스름돈 주고받을 일이 없어서 편하기 때문이다. 아사히보다 맛이 있는지 어떤지는 잘 모르겠다.

집에 대한 취미는 남들만큼은 갖고 있다. 얼마 전에도 아자부 골동품 가게를 구경하러 나갔다가 돌아오는 길에 남의 집들을 둘러보다 왔다. 눈에 들어오는 집 몇 채를 잠시 들여다보면서 하나하나 점수를 매겨보았다. 집을 짓는 일이 내 일생의 목적은 전혀 아니지만, 나중에 혹시 돈이라도 생기면 집을 지어보고 싶다. 하지만 가까운 장래에는 가능할 것 같지도 않아서 어떤 집을 지을까 굳이 설계해본 적은 없다.

내가 사는 집은 방이 일곱 칸인데, 내가 두 칸을 쓰고 있는 데다 아이들이 여섯이나 있어서 좁다. 집세는 35엔이다. 집주인은 다른 집들과의 관계가 있으니까 40엔이라고 말해달라고 했지만, 딱히 거짓말할 필요도 없다고 생각해 사람들에게 솔직하게 35엔이라고 말하고 있다. 집주인이 화를 낼지도 모르겠다. 땅 평수는 300평으로 뜰이 좁은 편은 아니다. 그래도 정원수는 전부 내가 손수 심었는데, 이런 뜰이 달린 집이라면 아마 35엔이나 40엔으로는 빌릴 수 없을 것 같다. 정원사라는 사람은 제멋대로라서 한 번 손질을 맡겼더니 이쪽에서 부르지도 않았는데 가끔 젊은이를 데려와 작업하러 온다. 한 달도 넘게 짤깍짤깍 손질하고 있을 때도 있다. 달리 거절하기도 뭐해서 아무 말도 하지 않고 있지만, 돈이 꽤 든다.

나는 더 밝은 집이 좋다. 더 깨끗한 집에서도 살고 싶다. 서재 벽은 낡아서 떨어지고, 천장은 빗물이 새고 얼룩이 져서 무척 지저분하지만, 굳이 천장을 보러 찾아오는 사람이 있는 것도 아니니까 그냥 이대로 둔다. 게다가 바닥은 다다미가 깔리지 않은 마루다. 마루 틈새로 바람이 새어 들어와 겨울에는 견딜 수가 없다. 채광도 나쁘다. 마룻바닥 위에 앉아서 책을 읽고 글을 쓰는 것이 괴롭지만, 신경 쓰기 시작하면 끝이 없기 때문에 내버려둔다. 얼마 전에 어떤 사람이 와서 천장에 바르는 종이를 주겠다고 했지만 사양했다. 딱히 내가 이렇게 어둡고 누추한 집을 좋아해서 살고 있는 건 아니다. 어쩔 수 없기 때문에 사는 것뿐이다.

오락 같은 것은 별로 관심이 없다. 당구도 칠 줄 모르고 바둑도 장기도 아무것도 모른다. 연극은 요즘 많이들 보는 것 같아서 나도 조금 보기는 했지만, 저절로 고개가 숙어질 만한 연극은 하나도 없었다. 당연히 재미있다는 생각은 들지 않는다. 음악도 마찬가지이다. 서양음악 중에 좋은 것을 들으면 어떨지 모르겠지만, 나는 지금껏 그런 서양음악을 들은 적이 없어서 그런지, 훌륭한 그림을 볼 때만큼의 감정을 느낀 적은 아직 한 번도 없다. 일본음악 같은 건 더더욱 하찮다고 생각한다. 다만 요쿄쿠(謡曲)*만큼은 배우고 있다. 햇수로 육칠 년이 되는데, 이것도 게으름을 피워서 그런지 그다지 나아지지 않는다. 호쇼류**이고, 선생은 호쇼 아라타 씨다. 다만 예술을 할 생각으로 배우는 건 아니고, 반쯤 운동 삼아 노래를 읊는 것뿐이다.

서화만큼은 조금 자신이 있다. 그렇다고 조예가 깊은 건 아니지만, 좋은 서화를 보았을 때만큼은 저절로 고개가 숙어지는 마음이 든다. 남의 부탁을 받아 글씨를 쓸 때도 있지만, 그저 내 방식대로 쓸 뿐 특별히 붓글씨를 배운 적은 없다. 정말로 부끄러워하며 쓴다. 골동품도 좋아하지만 그렇다고 흔히 말하는 골동품 수집광은 아니다. 일단 돈이 허락하지 않는다. 내 주머니 사정에 맞는 물건을 모으는 정도라서 지식은 전혀 없다. 어디 산(産)인지 시가는 얼마인지 그런 건 일절 모른다. 하지만 내 마음에 들지 않는 물건이라면 수만 엔의 고가품이라도 사양한다.

명창정궤(明窓淨机)***. 이것이 나의 취미일 것이다. 한적함

* 전통 가면극 노가쿠(能樂)에 쓰이는 시가. 연극에서의 각본에 해당한다.
** 노가쿠의 한 유파.
*** 밝은 창과 깨끗한 책상.

을 사랑하는 것이다.

몸을 움츠리고 무심하게 살고 싶다. 밝은 것이 좋다. 따뜻한 것이 좋다.

성격은 신경이 과민한 편이다. 사물에 격하게 감동해서 난처하다. 그런가 하면 또 신경이 둔감할 때도 있다. 의지가 강해 억누르는 힘이 있어 그런 것 같지는 않다. 그저 완전히 신경이 둔한 데가 어딘가에 있는 것 같다.

사물에 대한 애증이 많은 편이다. 가까이 있는 도구도 마음에 드는 것과 싫어하는 것이 많고, 사람도 말투, 태도, 일하는 방식 같은 것 때문에 좋아하는 사람도 있고 싫어하는 사람도 있다. 어떤 것을 좋아하고 어떤 것을 싫어하는지는 나중에 또 쓸 기회가 있을 것이다.

보통 아침 일곱 시에 일어나고 밤 열한 시 전후에 잠든다. 점심 식사 후 한 시간쯤 선잠을 잘 때가 있는데, 그러면 머리 회전이 무척 좋아지는 것 같다. 외출을 싫어해서 그다지 밖에 나가지는 않지만 가끔씩 산책은 한다. 잡다한 일로 외출해야 할 때도 가끔 있다. 사람들을 방문하러 나가기도 하지만, 설날이나 명절 때 인사하러 가는 일은 절대로 하지 않는다. 그럴 필요가 없다고 생각한다.

집필하는 시간은 특별히 정해진 건 아니다. 아침에 쓰기도 하고 오후나 밤에 쓰기도 한다. 신문 소설은 매일 한 회씩 쓴다. 한꺼번에 몰아서 쓰면 아무래도 잘 써지지 않는다. 역시 하루에 한 회씩 쓰고 펜을 놓고 다음 날까지 머리를 쉬게 하는 편이 잘 써지는 것 같다. 단번에 해치우는 식으로 쓰지는 않는다. 한 회 쓰는 데 대개 서너 시간이나 걸린다. 하지만 어떨 때는 아침부터 밤까지 써도 한 회를 다 못 쓸 때도 있다. 시간이 넉넉하다고 생각하면 역시 오래 걸린다. 오전밖에 시간이 없다고 생각하면 또 그 정해진 시간 안에 쓸 수 있다.

장지로 햇살이 비쳐드는 곳에서 글을 쓰는 것이 가장 좋지만, 이 집에서는 그럴 수가 없으니 가끔은 햇볕이 드는 툇마루로 책상을 들고 나가 머리 위로 햇볕을 쬐면서 펜을 쥘 때도 있다. 너무 더우면 밀짚모자를 덮어쓰고 글을 쓰기도 한다. 이렇게 하면 잘 써지는 것 같다. 뭐든지 밝은 것이 좋다.

원고지는 한 줄에 열아홉 자가 들어가는 열 줄의 괘선이 그어진 종이인데, 하시구치 고요가 테두리 그림을 그려준 것을 슌요도 출판사에 인쇄를 의뢰하여 만든 것이다. 한 줄에 열아홉 자로 맞춘 것은 이 원고지를 만들 당시 신문 한 줄에 열아홉 자가 들어갔기 때문이다. 필기구는 처음에는 G의 금 펜을 사용했는데, 오륙 년이나 썼을 것이다. 그 뒤로는 만년필을 썼다. 지금 쓰고 있는 만년필은 오노토인데 2

대째이다. 특별히 좋아서 쓰고 있는 건 아니다. 마루젠의 우치다 로안 군이 준 거라서 쓰고 있을 뿐이다. 붓으로 원고를 쓴 적은 아직 한 번도 없다.

강연

나의 개인주의

1914년 11월에 가쿠슈인의 동창회인 호진카이에서 강연한 내용으로 이듬해《호진카이 잡지》에 게재되었다.
가쿠슈인은 도쿄에 설립된 황족과 화족을 위한 교육 기관이었다. 런던 유학 시절의 체험이 구체적으로 나타났다는 점, 특히 소세키가 주장하는 '자기본위'의 원칙에 어떻게 다다르게 되었는지 그 과정이 드러나 있다는 점에서 중요한 자료라고 할 수 있다.

저는 오늘 처음으로 이 가쿠슈인이라는 곳 안에 들어왔습니다. 물론 이전부터 가쿠슈인이 아마도 이 근처쯤에 있다고는 생각했지만 확실히는 몰랐습니다. 안으로 들어온 건 물론 오늘이 처음입니다.

조금 전 오카다 씨가 소개하면서 잠깐 말씀하신 대로, 올봄에 강연을 좀 해달라는 요청이 있었습니다만, 그 당시에는 무슨 문제가 있어—저보다 기억력이 좋은 오카다 씨가 방금 여러분이 잘 이해할 수 있게 설명했지만— 어쨌든 일단 거절할 수밖에 없었습니다. 그렇지만 그냥 거절하는 것이 무척 실례라는 생각이 들어 다음번에는 가겠다는 조건을 달았던 것입니다. 그때 혹시나 해서, 다음번 강의는 언제입니까 하고 오카다 씨에게 물으니 올 10월이라고 하더군요. 속으로 봄부터 10월까지의 날짜를 대충 헤아려보니 그 정도 시간이 있으면 그 사이에 어떻게든 되겠지 싶어서, 좋습니다 하고 확실히 승낙한 것입니다. 그런데 다행인지 불행인지 병을 앓게 되어 9월 말까지 병석에 눕게 되었고 어느새 약속한 10월이 다가왔습니다. 10월에는 더 이상 누워 있지는 않았지만 그래도 몸이 휘청거리는 바람에 강연하기가 조금 힘들었습니다. 그래도 약속을 저버리면 안 되니까 속으로는 조만간 무슨 말을 하러 오겠지, 오겠지, 하며 내심 걱정하고 있었습니다.

그러는 동안 기력은 회복했지만 10월 말까지 아무 소식도 받지 못하고 지냈습니다. 물론 저는 제 병을 알리지 않았습니다만, 신문 두세 곳에 잠깐 실렸기도 했고, 또 그러한 사정을 헤아려 누군가가 저 대신 강연해주셨을 것으로 짐작해 마음을 놓고 있었습니다. 그런데 또 갑자기 오카다 씨가 찾아온 겁니다. 오카다 씨는 굳이 장화를 신고 왔습니다. (물론 비오는 날이기도 했습니다만) 그런 옷차림으로 와세다 안쪽까지 찾아와서, 전에 말한 그 강연은 11월 말까지 연기하기로 했으니 약속대로 부탁한다는 것이었습니다. 저는 이제 책임을 벗어났다고만 생각하고 있어서 사실 조금 놀랐습니다. 그래도 아직 한 달이나 여유가 있으니 그 사이에 어떻게든 되겠지 생각하며, 좋습니다 하고 답했습니다.

그런 사정으로 올봄부터 10월에 이르는 동안, 또 10월

말부터 11월 25일에 이르는 동안 뭔가 정리된 이야기를 준비할 시간은 충분히 있었지만, 아무래도 기분이 좀 내키지가 않고 그런 것을 생각하는 게 귀찮아서 견딜 수가 없었습니다. 그래서 11월 25일이 될 때까지 신경 쓰지 않겠다는 뻔뻔스러운 생각으로 질질 시간만 끌면서 하루하루를 보냈습니다. 드디어 강연일이 이삼일 앞으로 닥쳐와 뭔가 생각을 해야겠다는 마음이 조금 들었지만 여전히 생각하는 것이 유쾌하지 않아서 결국 그림을 그리며 시간을 보내고 말았습니다. 그림을 그린다고 하니까 뭔가 대단한 거라도 그리는 것처럼 들릴지도 모르지만, 사실은 시시한 그림이나 그려서 벽에 걸어두고 이틀이고 사흘이고 혼자 멍하니 바라보기만 했을 뿐입니다. 그런데 어제였나요, 어떤 사람이 와서 이 그림은 아주 재미있네요—아니, 재미있다고 한 건 아니고, 재미있을 때 그린 그림처럼 보인다고 하더군요. 그래서 이건 유쾌해서 그린 것이 아니라 불쾌해서 그린 거라고 제 마음 상태를 그 사람에게 설명했습니다. 세상에는 어찌할 바를 모를 정도로 너무 유쾌해서 그림을 그리고 문장을 쓰고 글을 짓는 사람이 있는 것처럼, 생각하는 것이 불쾌해서 어떻게든 좋은 기분이 되고 싶어 그림을 그리고 문장을 쓰는 사람도 있습니다. 그런데 신기하게도 이 두 가지의 심적 상태가 결과물로 나타난 것을 보면 용케도 일치하는 경우가 있습니다. 하지만 이것은 말이 나온 김에 한 말이고, 오늘 이야기의 줄거리와는 관계없는 것이니 더 깊게 들어가지는 않겠습니다. 어쨌든 저는 그 이상한 그림만 바라보며 강연 내용은 전혀 준비하지 않고 지냈던 것입니다.

그러는 사이에 드디어 25일이 왔고 싫든 좋든 여기에 얼굴을 내밀지 않으면 안 되게 되었습니다. 그래서 오늘 아침에 잠깐 생각한 것을 정리해보았습니다만, 아무래도 준비가 부족한 것 같습니다. 도저히 만족할 만한 이야기를 하기 어려울 것 같으니 그런 사정을 헤아려주시기 바랍니다.

이 모임이 언제부터 시작되어 오늘까지 이어지고 있는지는 모르겠지만, 매번 여러분이 외부에서 사람을 초빙해 강연을 하게 한다는 건 일반적인 관례로 볼 때 전혀 문제될 것이 없다고 생각합니다. 또 한편으로 보면 그 정도로 여러분이 희망하는 재미있는 강연은 아무리 어디에서 누구를 데려온다고 해도 쉽게 들을 수 있는 건 아닐 것입니다. 여러분 눈에는 그저 외부에서 온 사람이 신기하게 보이는 게 아닐까요?

제가 어느 만담가에게서 들은 이야기 중에 이런 풍자적인 것이 있습니다.

— 옛날에 어느 다이묘 두 명이 메구로 부근으로 매사냥을 나갔는데 이리저리 돌아다니다 보니 배가 몹시 고파졌

습니다. 하필 도시락도 준비하지 않고 가신들도 뿔뿔이 흩어지는 바람에 배를 채울 음식을 구할 수가 없었지요. 할 수 없이 두 사람은 거기 있는 어느 누추한 농가로 달려들어 뭐든지 좋으니 먹을 것을 달라고 했답니다. 그래서 그 농가의 노부부가 불쌍히 여겨 집에 있는 꽁치를 구워서 보리밥과 함께 두 다이묘에게 대접했다고 합니다. 두 사람은 그 꽁치를 반찬 삼아 아주 맛있게 밥을 먹고 그곳을 떠났는데, 다음날까지도 전날 먹은 꽁치 냄새가 코끝에 감돌아 도저히 그 맛을 잊을 수가 없었습니다. 그래서 두 사람 중 한쪽이 다른 한쪽을 불러 꽁치를 대접하기로 했습니다. 그 분부를 받고 놀란 것은 가신들이었습니다. 하지만 주군의 명이니 거스를 수도 없어 요리사에게 일러 꽁치의 가시를 일일이 다 발라내고 미림 같은 것에 재웠다가 알맞게 구워서 주군과 손님에게 내놓았습니다. 그런데 배가 고프지도 않은 데다가, 또 지나치게 공들여 요리한 탓에 꽁치 맛을 잃어버린 이상한 반찬을 젓가락으로 찔러보았지만 전혀 맛이 없었습니다. 그래서 두 사람은 마주 보며 역시 꽁치는 메구로가 제일 맛있군, 하고 희한한 말을 했다는 게 이 이야기의 끝입니다만, 제가 보기에 이 가쿠슈인이라는 훌륭한 학교에서 훌륭한 선생님들만 내내 접하는 여러분이 굳이 저 같은 사람의 강연을 들으려고 봄부터 가을이 끝날 때까지 기다린다는 것은 마치 맛난 진수성찬에 질린 나머지 메구로의 꽁치를 맛보고 싶어진 것과 같은 게 아닌가 하는 생각이 듭니다.

이 자리에 계시는 오모리 교수는 나와 같은 해이거나 혹은 그 즈음해서 대학을 나오신 분인데, 그 오모리 씨가 예전에 저에게, 아무래도 요즘 학생들은 자기 강의를 잘 듣지 않아서 골치 아프다, 너무 진지함이 부족해서 못마땅하다는 말을 한 적이 있습니다. 그 말은 이 학교 학생들이 아니라 어느 사립학교 학생들을 두고 평했던 말로 기억합니다만, 어쨌든 저는 그때 오모리 씨에게 실례되는 말을 했습니다.

여기서 다시 말하기도 부끄럽지만 저는 그때, 자네 같은 사람이 하는 강의를 고맙게 듣는 학생이 어느 나라에 있겠느냐고 말한 것입니다. 제 본심이 그때 오모리 씨에게 통하지 않았을지도 모르니, 이 기회를 이용해 오해를 풀고자 합니다. 저는 학생 시절, 그러니까 여러분과 동년배이거나 좀 더 나이를 먹었을 때는 지금의 여러분보다 훨씬 무례해서, 선생의 강의 같은 건 거의 들은 적이 없다고 해도 좋을 정도였습니다. 물론 이것은 나와 내 주변 사람을 위주로 말하는 것이니 그 밖의 사람들에게는 통용되지 않을지도 모릅니다만, 어쨌든 지금 그때를 돌아보며 생각해보니 그랬던 것 같습니다. 지금의 저를 보면 겉으로는 온순해 보일지 모르지만, 절대 강의 따위에 귀를 기울이는 성격이 아니었습니다. 항상 빈둥빈둥 게으름만 피웠지요. 그런 기억이 있어서인지 요즘의 진지한 학생들을 보면, 도저히 저는 오모리 씨처럼 그들을 나무랄 용기가 나지 않습니다. 그런 까닭으로 오모리 씨에게 미안하게도 거친 말을 했던 것입니다.

오모리 씨에게 사죄할 마음으로 일부러 오늘 이 자리에 나온 건 아니지만, 말이 나왔으니 다들 자리한 앞에서 사죄하겠습니다.

이야기가 그만 엉뚱한 데로 흘러갔으니 다시 본론으로 돌아와 조리 있게 말씀드리자면 결국 다음과 같은 말입니다.

여러분은 훌륭한 학교에 들어와서 항상 훌륭한 선생님들에게 지도를 받습니다. 그리고 그분들의 전문적인 또는 일반적인 강의를 매일 듣습니다. 그런데도 저 같은 사람을 특별히 외부에서 불러와 강연을 들으려는 것은 방금 전에 말한 다이묘가 메구로의 꽁치를 맛있게 먹은 것과 같은 것으로, 다시 말해 귀해 보이니 한입 먹어보자는 생각은 아닌가 하고 짐작이 됩니다. 사실 저 같은 사람보다 여러분이 매일 얼굴을 보는 상근 교수님들이 해주는 이야기가 훨씬 더 유익하기도 하고 재미도 있을 테지요. 만약 제가 이 학교의 교수라도 되었다면, 단지 새로운 자극이 없다는 이유만으로, 이만한 인원이 모여 제 강연을 들으려는 열성도 호기심도 생기지 않았을 것 같은데 어떻게 생각하시나요?

제가 왜 이런 가정을 하는가 하면, 제가 실제로 예전에 이 가쿠슈인의 교수가 되려고 한 적이 있어서입니다. 다만 제가 직접 움직인 건 아니었고 이 학교에 있던 지인이 저를 추천해주었던 거지요. 그때 저는 졸업할 때까지도 뭘 하며 먹고살아야 할지 몰랐을 만큼 세상 물정 모르는 사람이었습니다. 그런데 드디어 세상에 나가보니 손놓고 기다려봤자 하숙비가 들어오는 것도 아니어서, 교육자가 될 수 있나 없나 하는 문제는 차치하고 어쨌든 어디든 들어가야 했기 때문에 결국 그 지인이 말하는 대로 이 학교에 들어오려고 한 것입니다. 그런데 그때 저에게는 경쟁자가 한 사람 있었습니다. 하지만 제 지인이 계속 괜찮다고만 하기에 저도 벌써 임명이 된 것 같은 기분이 들어, 교수는 어떤 옷을 입어야 하는지 따위를 물어보기도 했습니다. 그러자 그 사람이 말하기를, 모닝코트를 입지 않으면 교단에 설 수 없다기에 저는 일이 결정되기도 전에 모닝코트를 맞춰버렸습니다. 그런 주제에 가쿠슈인이란 게 어디 있는 학교인지도 잘 몰랐으니 저도 어지간히 이상한 인간입니다.

그런데 막상 모닝코트가 완성되고 나니 생각지도 못하게,

한껏 기대하고 있던 가쿠슈인 쪽에서 저를 채용하지 않기로 결정한 것입니다. 그리고 다른 영어교사 한 명이 그 빈자리를 메우게 되었습니다. 그 사람의 이름이 뭔지는 잊어버렸습니다. 딱히 분하다거나 그런 마음이 들지는 않아서였겠지요. 확실치 않지만 미국에서 돌아온 사람이라는 말을 들었습니다. 그러니까 만약 그때 미국에서 온 그 사람이 채용되지 않고 제가 운 좋게 가쿠슈인의 교수가 되어 오늘까지도 계속 가르치고 있다면, 결국 오늘 이런 정중한 초대를 받고 높은 단상에서 여러분에게 이야기할 기회가 없었을지도 모릅니다. 그런데 여러분이 올봄부터 11월까지 강연을 기다리며 들어주시는 건, 바꿔 말하면 가쿠슈인의 교수 채용에 탈락한 제가 여러분에게 메구로의 꽁치처럼 희귀한 취급을 받고 있다는 증거가 아닐까요?

그럼 지금부터 가쿠슈인 채용에서 탈락한 후의 저에 대해 조금 말씀드릴까 합니다. 이것은 지금까지 제가 했던 이야기의 순서에 따른다기보다 오늘 강연에 필요한 부분이기 때문에 들어주시기를 바라는 것입니다.

저는 가쿠슈인에는 탈락했지만 모닝코트는 입었습니다. 그것 말고는 입을 양복이 없었기 때문에 어쩔 수가 없었습니다. 제가 그 모닝코트를 입고 어디에 갔을 것 같습니까? 그때는 지금과 달리 취직하기가 무척 쉬웠습니다. 어느 쪽을 봐도 적당한 취업문이 열려 있었던 것 같습니다. 일할 사람이 부족해서였겠지요. 저 같은 사람도 고등학교와 고등사범 두 곳에서 거의 동시에 불러주었습니다. 그런데 고등학교를 주선해준 선배에게 반쯤 승낙의 뜻을 전하면서 고등사범 쪽에도 어정쩡한 말을 해버려 일이 이상하게 꼬이고 말았습니다. 제가 그때 젊어서 실수가 잦고 조심성이 없는 탓에 결국 사달이 난 거라고 한다면 어쩔 수 없지만, 어쨌든 난처해진 건 사실입니다. 저는 선배인 고등학교 고참 선생에게 불려가서, 이리로 오겠다고 하고서 다른 곳과도 의논을 하면 중간에 있는 자기가 곤란해진다며 책망을 들었습니다. 저는 나이도 어린 데다 쓸데없이 불끈하는 성격이어서, 그럼 차라리 둘 다 거절하는 게 낫겠다 싶어 그렇게 처리하려고 했습니다. 그런데 어느 날, 당시의 고등학교 교장, 지금 아마 교토대 이과대학장을 맡고 있는 구하라 씨가 잠시 학교로 와달라는 통지를 보냈기에 바로 가봤더니, 고등사범 교장 가노 지고로 씨와 저를 소개해준 선배가 그 자리에 와 있었습니다. 그리고 이야기는 끝났다, 이쪽은 신경 쓰지 않아도 되니 고등사범 쪽으로 가는 게 좋겠다, 라고 일러주었습니다. 일이 그렇게 진행되어가는 상황에서 싫다고 할 수도 없어 승낙하겠다고 답했습니다. 하지만 속으로는 일이 번거롭게 됐구나 하는 생각만 들었습니다. 왜냐하면, 지금 생각하면 죄송한 말이지만, 당시에 저는 고등사범 따위는 그다지 달갑게 여기지 않았기 때문입니다. 가노 씨를 처음 만났을 때도, 그렇게 당신처럼 교육자로서 학생의 모범이 되라고 주문한다면 나는 도저히 해낼 수가 없을 것 같다고 말하며 망설였을 정도입니다. 가노 씨는 노련한 사람이라, 그렇게 솔직하게 말하니까 더더욱 당신이 와주었으면 좋겠다며 저를 놓아주지 않았습니다. 그런 연유로, 양쪽 학교에 양다리를 걸치려는 욕심은 전혀 없었음에도 불구하고 일 처리에 미숙했던 저는 관계자들을 쓸데없이 번거롭게 한 후에야 결국 고등사범에 가게 되었습니다.

하지만 교육자로서 뛰어난 사람이 될 수 있는 자격이 처음부터 없었기 때문에 저는 너무도 갑갑해서 질리고 말았습니다. 가노 씨도, 당신은 너무 정직해서 곤란해, 하고 말했을 정도였으니 좀 게으름을 피웠더라면 좋았을지도 모릅니다. 그러나 아무리 해도 저에게는 맞지 않는 곳이라는 생각만 들었습니다. 솔직히 털어놓으면, 당시의 제 모습은 생선 장수가 과자 가게에 도와주러 간 것 같은 꼴이었습니다.

1년 후 저는 드디어 시골 중학교에 부임했습니다. 이요의 마쓰야마에 있는 중학교입니다. 여러분은 마쓰야마의 중학교라는 말을 듣고 웃으시는데, 아마도 제가 쓴 《도련님》을 읽은 것이겠지요. 《도련님》에는 '붉은 셔츠'라는 별명을 가진 사람이 나오는데, 그 당시에 그 사람이 대체 누구냐는 질문을 자주 받았습니다. 당시 그 중학교에 문학사라고는 저 혼자뿐이었으니 만약 《도련님》 속 등장인물이 하나하나 실재 인물이라고 한다면, 붉은 셔츠는 저 말고는 될 사람이 없었기에—매우 다행스럽게도 운이 좋았다고 말씀드릴 수 있겠습니다.

마쓰야마에도 딱 1년만 있었습니다. 떠날 때 지사가 말렸지만 이미 다른 쪽과 약속이 되어 있었기 때문에 결국 거절하고 그곳을 떠났습니다. 그 다음에는 구마모토의 고등학교로 자리를 옮겼습니다. 그런 순서로 중학교에서 고등학교, 고등학교에서 대학 순으로 가르친 경험이 있습니다만, 소학교와 여학교에서는 아직 가르친 적이 없습니다.

구마모토에는 꽤 오래 있었습니다. 갑자기 문부성에서 영국으로 유학을 떠나면 어떻겠냐는 말이 나온 건 구마모토로 간 지 몇 년 뒤였을 겁니다. 저는 그때 유학을 거절할 생각이었습니다. 저 같은 사람이 아무 목적도 없이 외국에 간다 한들 딱히 국가를 위해 도움이 될 것 같지 않다고 생각했기 때문입니다. 그런데 문부성의 뜻을 전해 준 교감이, 그건 그쪽의 생각이니 자네가 스스로를 평가할 필요는 없다, 어쨌든 가는 게 좋을 것이다, 하기에 저도 굳이 가지 않을 이유도 없어서 명령대로 영국으로 갔습니다. 하지만 아니나

다를까 아무것도 할 게 없었습니다.

그걸 설명하려면 그때까지의 저라는 사람에 대해 먼저 이야기를 해야 합니다. 그 이야기가 오늘 강연의 일부분을 구성하기 때문에 그렇게 생각하고 들어주시기 바랍니다.

저는 대학에서 영문학을 전공했습니다. 영문학이라는 게 어떤 거냐고 물으실지도 모르겠지만, 그건 3년을 전공한 저도 뭐가 뭔지 몰라 마치 꿈속 같았습니다. 그 당시에 딕슨이라는 사람이 가르쳤습니다. 저는 그 선생 앞에서 시를 읊기도 하고 문장을 낭독하기도 하고, 작문을 하다가 관사가 빠졌다고 야단을 맞기도 하고, 발음이 틀렸다고 혼이 나기도 했습니다. 시험에는 워즈워드가 몇 년에 태어나 몇 년에 죽었나, 셰익스피어의 폴리오*는 몇 개인가, 스콧이 쓴 작품을 연대순으로 나열하라, 그런 문제들뿐이었습니다. 젊은 여러분도 대충 상상이 가겠지만, 도대체 그런 것들이 영문학이 무엇이냐 하는 것과 관계가 있을까요? 영문학은 그렇다 치더라도 문학이 무엇인지도 그런 걸로는 도저히 이해할 수가 없습니다. 그렇다면 자력으로 그것을 깨우칠 수 있는가 하면 장님이 담 너머를 엿보는 격이어서, 도서관에 가서 아무리 돌아다녀본들 실마리도 찾지 못합니다. 그것은 내 능력이 모자라서일 뿐만 아니라 그 분야에 관한 책도

* 셰익스피어의 희곡을 엮어 출간한 작품집.

부족했기 때문이라고 생각합니다. 아무튼 3년을 공부했지만 결국 문학을 이해하지 못했습니다. 제 고민은 무엇보다 여기에 뿌리를 두고 있었다고 해도 틀리지 않을 겁니다.

저는 그런 어정쩡한 태도로 세상에 나왔고, 스스로 교사가 되었다기보다 어쩔 수 없이 교사가 된 것이었습니다. 다행히 어학 쪽은 미심쩍은 부분이 있어도 어찌어찌 대충 가르칠 수 있어서 하루하루 무사히 넘어갔지만, 마음속은 늘 공허했습니다. 공허하다면 차라리 끝내는 편이 좋았는지도 모르지만, 뭔지 모를 불쾌하고 어정쩡하고 막연한 것이 여기저기에 숨어 있는 것만 같아 견딜 수가 없었습니다. 또 한편으로는 제 직업인 교사라는 것에 조금도 흥미가 생기지 않았습니다. 교육자의 자질이 제게 없다는 건 처음부터 알고 있었지만, 교단에서 영어를 가르치는 것이 벌써부터 귀찮게 여겨져 어쩔 수가 없었습니다. 저는 늘 어정쩡한 태도로 틈만 나면, 나 자신의 본령으로 날아가야지 하는 생각뿐이었습니다. 그런데 그 본령이란 게 있는 것도 같고 없는 것도 같아서 어느 쪽으로도 과감히 날아갈 수가 없었습니다.

이 세상에 태어난 이상 뭔가를 해야 한다, 라면서도 뭘 해야 좋을지 전혀 짐작이 가지 않고, 마치 안개 속에 갇힌 고독한 인간처럼 꼼짝도 못하고 멈춰섰습니다. 그리고 어디선가 한 줄기 빛이 비치지 않을까 하고 희망하기보다는, 내 쪽에서 탐조등을 이용해 단 한 줄기라도 좋으니 앞을 환히 보고 싶은 기분이었습니다. 하지만 불행히도 어느 쪽을 바라봐도 흐릿했습니다. 어렴풋했습니다. 마치 자루 속에 갇혀 빠져나올 수 없는 사람 같은 기분이 들었습니다. 내 손에 단 한 개의 송곳만 있다면 어디 한 군데를 찔러 보일 텐데, 하며 초조해했습니다. 하지만 안타깝게도 그 송곳은 남이 주지도, 나 스스로 발견하지도 못했고, 그저 마음속으로만 나는 앞으로 어떻게 될까 하며 남몰래 우울한 나날을 보냈던 겁니다.

나는 이런 불안을 품고 대학을 졸업하고, 똑같은 불안을 안고 마쓰야마에서 구마모토로 자리를 옮겼으며, 또 똑같은 불안을 가슴속에 담은 채 마침내 외국에까지 건너갔습니다. 하지만 일단 외국으로 유학하는 이상, 당연히 크고 작은 책임을 새롭게 자각하게 됩니다. 그래서 나는 할 수 있는 한 온 힘을 다해 뭔가를 하려고 노력했습니다. 하지만 무슨 책을 읽어도 여전히 나는 자루 속에서 빠져나올 수가 없었습니다. 자루를 찢을 송곳은 온 런던을 다 뒤지며 걸어도 찾을 수 있을 것 같지 않았습니다. 나는 하숙방에서 생각했습니다. 시시하다는 생각이 들었습니다. 아무리 책을 읽어도 마음을 채울 수는 없을 것 같아서 단념했습니다. 동시에 뭘 위해서 책을 읽는 건지 나 스스로도 그 의미를 알 수 없게 되었습니다.

그때 나는 비로소 문학이란 어떤 것인가, 라는 개념을 나 자신의 힘으로 근본적으로 세우는 수밖에 달리 나를 구할 길이 없다는 걸 깨달았습니다. 지금까지는 완전히 '타인본위(他人本位)'로 뿌리 없는 부평초처럼 여기저기 되는 대로 떠돌아다녔기 때문에 모든 게 허사였다는 걸 그제야 깨달았던 것입니다. 내가 여기서 타인본위라고 하는 것은, 자신의 술을 남에게 마시게 한 다음에 그 품평을 듣고 거기에 무조건 따르는 것으로, 이른바 남의 흉내를 내는 것을 말합니다. 이렇게 한마디로 말하면 바보 같은 소리처럼 들리고, 아무도 그렇게 남을 흉내 내지는 않는다며 믿지 않을지도 모르지만, 사실은 결코 그렇지 않습니다. 요즘 유행하는 베르그손이나 오이켄도 서양 사람들이 다들 이러쿵저러쿵 말들을 하니까 일본인들도 덩달아 떠들어댑니다. 하물며 그 당시에는 서양인이 말하는 거라면 뭐든지 맹종하며 잘난 체했습니다. 그래서 쓸데없이 가타카나*를 늘어놓고 사람들에게 퍼뜨리며 우쭐대는 사람은 하나같이 다 그렇다고 할 만큼 널려 있었습니다. 남을 욕하는 게 아닙니다. 이렇게 말하는 저도 실제로 그랬습니다. 예를 들어 어느 서양인이 갑이라

* 가타카나는 주로 외래어 표기에 사용된다. 여기서는 외래어를 뜻한다.

는 같은 서양인의 작품을 평한 것을 읽었다고 합시다. 그 평의 옳고 그름은 전혀 생각하지 않고, 수긍이 가든 말든 무작정 그 평을 퍼뜨립니다. 이해가 안 돼도 그냥 외우는 기계적인 지식, 다시 말해 결코 내 소유라고도, 내 피라고도, 내 살이라고도 할 수 없는 어색한 것을 마치 내 것인 양 떠들고 다니는 것입니다. 하지만 시대가 시대인 만큼 다들 그걸 칭찬합니다.

하지만 아무리 남들에게 칭찬을 받는다고 해도 남에게 빌린 옷을 입고 잘난 체하는 것이니까 내심 불안해합니다. 어이없게도 공작의 날개를 몸에 붙여 거들먹거리는 셈이니까요. 그래서 실속 없는 화려함과 실질을 붙잡지 않으면 마음속은 아무리 시간이 흘러도 안심할 수 없겠다는 것을 깨닫기 시작했습니다.

예를 들면 서양인이 어떤 시를 보고 훌륭한 시다, 어조가 대단히 좋다, 라는 말을 해도 그건 그 서양인이 본 것일 뿐, 참고할 게 없다고 할 수는 없지만, 나 스스로 그런 생각이 들지 않는다면 도저히 그 말을 있는 그대로 받아들일 수는 없습니다. 내가 독립한 한 개인으로서의 일본인이고 결코 영국인의 노예가 아닌 이상 이 정도의 식견은 국민의 한 사람으로서 갖춰야 할 뿐 아니라, 전 세계에 공통된 정직이라는 덕목을 중시하는 점에서 보더라도 나는 내 개인의 의견을 굽히지 말아야 합니다.

— 그런데 나는 영문학을 전공한다. 그 본고장의 비평가들이 말하는 것과 내 생각이 모순된다면 보통의 경우 아무래도 주눅이 들게 마련이다. 그렇기 때문에 그런 모순이 대체 어디서 나오는가를 생각해야 한다. 풍속, 인정, 습관, 거슬러 올라가면 국민성까지 이 모든 것들이 그러한 모순의 원인이 된 것임에 분명하다. 보통 학자들은 단순히 문학과 과학을 혼동하여, 갑의 국민이 좋아하는 것은 반드시 을의 국민이 칭찬할 것이고, 그런 필연성이 포함되어 있다고 오인하고 있다. 그것은 잘못이라고 말해야 한다. 설령 이 모순을 융화하기는 불가능하다 해도 그것을 설명할 수는 있을 것이다. 그리고 단지 그 설명만으로도 일본 문단에 한 줄기 빛을 비출 수 있다.

— 그때 나는 비로소 이렇게 깨달았던 것입니다. 참으로 때늦은 깨달음이라 부끄럽기 그지없습니다만 사실이니까 거짓 없이 말씀드립니다.

나는 그때부터 문예에 대한 내 입지를 확실히 다지기 위해, 다진다기보다는 새롭게 세우기 위해, 문예와는 전혀 상관없는 책들을 읽기 시작했습니다. 한마디로 말하면, '자기본위'라는 네 글자를 생각하고 그 자기본위를 입증하기 위해 과학적인 연구와 철학적인 사색에 열중하기 시작했습니다. 지금은 시대가 달라졌기 때문에 이 정도는 다소 지식이 있는 사람이라면 이해하겠지만, 그 무렵의 나는 유치한 데다 세상이 아직 그렇게 진보하지도 않았기 때문에 내가 따른 방식은 사실 어쩔 수 없었습니다.

나는 이 자기본위라는 말을 손에 쥐고 나서부터는 대단히 강해졌습니다. 그 사람들이 뭐라고, 하는 기개가 생겼습니다. 그때까지 망연자실했던 나에게 여기에 서서 이 길에서 이렇게 가야 한다고 알려준 것은 바로 이 '자기본위'라는 네 글자였습니다.

고백하자면 저는 이 네 글자로부터 새롭게 출발한 것입니다. 지금처럼 남이 탄 말에 올라타 헛되이 떠들어대는 건 너무나 불안한 일이니, 그렇게 서양인인 척하지 않아도 되는 확고한 이유를 보란듯이 그들 앞에 내놓는다면, 나도 유쾌할 테고 남들도 좋아할 거라고 생각해, 책이나 그 밖의 다른 수단으로 그것을 성취하는 것을 내 평생의 사업으로 삼겠다고 생각했습니다.

그때 나의 불안은 완전히 사라졌습니다. 나는 경쾌한 마음으로 음울한 런던을 바라보았습니다. 비유하자면, 나는 오랫동안 고뇌한 결과 간신히 내 곡괭이로 단단한 광맥을 찾아낸 것 같은 기분이었습니다. 되풀이해서 말하면, 그때까지 안개 속에 갇혀 있던 사람이 어느 방향으로 분명히 나아가야 할지 그 길을 알아낸 것입니다.

이렇게 제가 깨우친 것은 유학을 떠난 지 벌써 1년이 지났을 때였습니다. 그래서 저는 도저히 외국에서는 내 사업을 완성할 수 없다, 어쨌든 가능한 한 많은 자료를 정리해 본국으로 돌아가서 훌륭히 마무리 짓겠다고 생각했습니다. 말하자면 외국으로 떠났을 때보나 돌아왔을 때 어떤 힘을 얻게 된 것입니다.

그런데 돌아오자마자 저는 먹고살기 위해 바삐 돌아다녀야 했습니다. 고등학교에도 나갔습니다. 대학에도 나갔습니다. 나중에는 돈이 부족해서 사립학교도 한 군데 나가서 돈을 벌었습니다. 게다가 저는 신경쇠약에 걸렸습니다. 마지막에는 하찮은 창작물 따위를 잡지에 실어야 할 처지가 되고 말았습니다. 이런저런 사정으로 저는 제가 기획한 사업을 도중에 중지하고 말았습니다. 제가 저술한《문학론》은 그 기념이라기보다는 오히려 실패의 유해(遺骸)입니다. 그것도 기형아의 유해입니다. 혹은 멋지게 건설하기도 전에 지진으로 무너진 완성되지 못한 시가지의 폐허 같은 것입니다.

하지만 그때 내가 깨달은 자기본위라는 생각은 여전히 계속되고 있습니다. 아니, 해가 거듭될수록 점점 더 강해집니다. 저작 사업으로는 실패로 끝났지만 그때 확실히 붙잡은, '자기'가 주인이고 남은 손님이라는 신념은 지금 저에게 큰 자신감과 안심감을 줍니다. 저는 그것을 이어받아서 오늘을 살아갈 수 있다고 생각합니다. 사실 이런 높은 단상에서서 여러분을 상대로 강연하는 것도 역시 그 힘 덕분인지도 모릅니다.

지금까지는 제 경험만 대충 말씀드렸는데, 이 이야기를 한 이유는 여러분에게 참고가 되지 않을까 하는 노파심 때문입니다. 여러분 모두는 앞으로 학교를 떠나 세상에 나갈 것입니다. 그때까지 아직 꽤 시간이 걸리는 사람도 있겠고, 이제 곧 실제 사회에서 활동할 사람도 있겠지만, 어느 쪽이 됐든 제가 한 번 경험했던 번민(비록 종류는 다를지라도)을 되풀이하지 않을까 추측합니다. 아마도 저처럼 어딘가로 뚫고 나가고 싶어도 나갈 수가 없고, 뭔가를 붙잡고 싶지만 맨들맨들한 대머리만 붙잡고 애타하는 사람이 있을 거라고 생각합니다. 만약 여러분 중에 이미 자기 힘으로 길을 개척한 사람이 있다면 그 사람은 예외이고, 또한 다른 사람의 뒤를 쫓는 것으로 만족하고 기존의 옛길을 가려는 사람도 (자기에게 안심감과 자신감이 확실히 갖춰져 있다면) 절대 나쁘다고 할 수는 없지만, 만약 그렇지 않다면 아무래도 자신만의 곡괭이로 광맥에 닿을 때까지 파보지 않으면 안 됩니다. 안 된다고 말하는 이유는 만약 광맥을 발견하지 못한다면 그 사람은 평생 불쾌하고 항상 어정쩡한 태도로 우물쭈물 살아가야만 하기 때문입니다. 제가 이것을 역설하는 것은 오로지 그 때문이며, 저를 모범으로 삼으라는 말은 결코 아닙니다. 저 같은 시시한 사람도 스스로 길을 찾아서 나아갈 수 있었다는 자각이 있는 한, 여러분의 눈에 그 길이 아무리 시시하게 보인다 해도 그것은 여러분의 비평과 관찰일 뿐, 저는 아무렇지도 않습니다. 저 자신은 그것으로 만족할 생각입니다. 하지만 제가 그것으로 자신감과 안심감을 얻었다고 해서 그 길이 똑같이 여러분의 모범이 되는 것은 절대 아니니까 오해해서는 안 됩니다.

그거야 어찌됐든 제가 경험한 번민이 여러분에게도 종종 일어날 것이 분명하다고 생각하는데, 어떻습니까? 만약 그렇다면 무언가에 부딪힐 때까지 가보는 것은 학문을 하는 사람, 교육을 받는 사람이 평생의 일로, 혹은 10년, 20년의 일로 삼을 필요가 있지 않을까요? 아아, 여기에 내가 가야 할 길이 있다! 드디어 찾았다! 그렇게 마음속에서 감탄사를 외칠 때 여러분은 비로소 마음을 놓을 수 있을 것입니다. 쉽사리 무너지지 않는 자신감이 그 외침과 함께 불끈불끈 고개를 들지 않을까요? 이미 그 경지에 도달한 사람도 많을지도 모르지만, 만약 도중에 안개나 아지랑이 때문에 고민하는 사람이 있다면, 어떤 희생을 치르더라도, 아아,

여기구나 하는 곳을 찾을 때까지 계속 가보는 게 좋을 것입니다. 꼭 국가를 위해서만은 아닙니다. 또한 여러분의 가족을 위해서도 아닙니다. 여러분 자신의 행복을 위해서 그것이 절대로 필요하지 않을까 생각하기 때문에 말씀드리는 겁니다. 혹시 제가 걸어온 길을 이미 지나왔다면 어쩔 수 없지만, 만약 어딘가 거리낌이 있다면 그것을 짓밟아서라도 나아가지 않으면 안 됩니다. — 물론 앞으로 나아가려 해도 어떻게 나아가야 할지 모르니 뭔가에 부딪힐 때까지 갈 수밖에 달리 방법이 없습니다. 여러분에게 충고하는 듯한 말을 할 생각은 전혀 없지만, 그것이 장래에 여러분의 행복 중 하나가 될지도 모르니 잠자코 있을 수가 없습니다. 마음속에서 확실하지 않은, 철저하지 않은, 이래도 그만 저래도 그만이라고, 해삼처럼 흐물흐물한 정신으로 멍하니 있으면 불쾌하지 않을까 생각해서 하는 말입니다. 불쾌하지 않다면 그걸로 그만이고, 또 그런 불쾌함은 이미 넘어섰다고 한다면 그것 또한 좋습니다. 아무쪼록 넘어섰기를 바라는 마음입니다. 그렇지만 저는 학교를 나오고 서른이 넘어서까지 그걸 넘어서지 못했습니다. 그 고통은 물론 묵직한 통증이기는 했지만, 해마다 느끼는 아픔인 것이 분명했습니다. 그래서 만약 나처럼 병을 앓았던 사람이 혹시라도 이 중에 있다면, 부디 용감하게 나아가기를 바라 마지않습니다. 만약 거기까지 갈 수 있다면, 여기에 내가 자리 잡을 곳이 있구나 하는 사실을 발견하고 평생 안심감과 자신감을 얻을 수 있을 것이라고 생각하기에 드리는 말씀입니다.

지금까지 말씀드린 것은 이 강연의 제1편에 해당하는 것으로, 이제부터는 제2편으로 넘어갈까 합니다.

가쿠슈인이라는 학교는 사회적 지위가 높은 사람이 들어가는 학교로 세간에 알려져 있습니다. 그리고 그건 아마 사실일 것입니다. 만약 내 추측대로 여기가 매우 가난한 사람은 들어올 수 없고 상류층 자제들만 모인 곳이라면, 앞으로 여러분을 따라다니는 것 중에 첫 번째로 들 수 있는 것은 권력입니다. 바꿔 말하면, 여러분이 세상에 나가면 가난한 사람이 세상에 섰을 때보다 더 많은 권력을 사용할 수 있습니다. 앞서 이야기한, 일을 하면서 뭔가를 찾아낼 때까지 나아간다는 것은 결국 여러분의 행복을 위하고 안심을 위한 것임이 분명합니다. 그런데 왜 이것이 행복과 안심을 가져다주는가 하면, 여러분의 타고난 개성이 그곳에 부딪히면서 비로소 제자리를 찾기 때문입니다. 그리고 그곳에 자리를 잡고 조금씩 앞으로 나아간다면 그 개성이 점점 발전할 것이기 때문입니다. 여러분의 일과 여러분의 개성이 서로 딱 맞아떨어졌을 때 비로소, 아아, 여기에 내가 만족할 수 있는 지위가 있구나, 라고 말할 수 있을 것입니다.

이와 같은 의미에서 방금 말씀드린 권력이라는 것을 음미해보면, 권력이란 조금 전에 말한 자신의 개성을 타인의 머리 위에 억지로 내리누르는 도구입니다. 도구라고 단정하는 게 걸린다면, 그런 도구로 사용될 수 있는 편리한 것입니다.

그리고 권력에 버금가는 것은 금력(金力)입니다. 이것도 여러분은 가난한 사람보다 더 많이 소유하고 있을 게 분명합니다. 이 금력 또한 그런 의미에서 보면 마찬가지로 자신의 개성을 확장하기 위해 타인을 유혹하는 도구로 사용될 수 있는 대단히 중요한 것입니다.

그러고 보면 권력과 금력이란, 여러분이 자신의 개성을 가난한 사람보다 더 많이 타인에게 덮어씌운다거나, 또는 타인을 그 쪽으로 유인한다는 점에서 대단히 편리한 도구라고 하지 않을 수 없습니다. 이런 힘이 있기 때문에 대단한 것 같지만 실은 굉장히 위험한 것입니다. 조금 전에 개성은 주로 학문이나 문예, 취미 등에서 자기가 자리잡을 만한 곳에 가서야 비로소 발전한다고 말했습니다만, 사실 그것의 응용은 매우 넓어서 단지 학문과 예술에 그치는 것이 아닙니다.

제가 아는 어떤 형제가 있는데 동생은 집에 틀어박혀 책 읽기만 즐기는 데 반해, 형은 몸을 해칠 만큼 낚시에 빠져 있습니다. 형은 동생이 소극적인 데다 집에만 틀어박혀 있는 걸 몹시 못마땅하게 여깁니다. 끝내는 낚시를 하지 않아서 저렇게 염세적으로 되었다고 생각해 억지로 동생을 낚시터로 끌고 가려고 합니다. 동생은 불쾌해서 견딜 수 없었지만, 형이 고압적으로 낚싯대를 메게 하고 어롱을 들게 하며 따라오라고 명령하니까 할 수 없이 눈 딱 감고 따라가 징글맞은 붕어 따위를 잡아서 돌아옵니다. 그래서 형의 계획대로 동생의 성격이 변했는가 하면 전혀 그렇지 않고 점점 더 낚시라는 것에 반항심이 생깁니다. 말하자면, 낚시는 형의 성격에 딱 들어맞아서 그 사이에 어떤 틈도 없지만, 그것은 형의 개성일 뿐 동생과는 전혀 상관이 없습니다. 이것은 금력에 관한 예는 아닙니다만, 권력이 타인을 위압하는 경우를 설명한 것입니다. 형의 개성이 동생을 압박하여 억지로 물고기를 잡게 했으니까요. 물론 어떤 경우에는—예를 들어 수업을 받을 때나 군대에 있을 때, 또는 기숙사에서도 군대식으로 생활할 때는— 이런 고압적인 수단을 피할 수는 없습니다. 하지만 나는 주로 여러분이 독립하여 세상에 나갔을 때를 말하는 것이니 그런 의미로 들어주시기 바랍니다.

그래서 앞서 말한 대로 다행히 자신이 좋다고 여기는 것, 자신이 좋아하는 것, 자신의 성향과 맞는 것들과 만나서 자신의 개성을 발전시켜 가는 동안에는 나도 모르게 자신과 타인의 구별을 잊어버리고 상대방을 어떻게든 내 편으로 끌어 들이려는 마음이 생깁니다. 그럴 때 권력이 있으면 앞에서 말한 형제처럼 이상한 관계가 생기기도 하고, 또 돈이 있으면 그걸 휘둘러 타인을 자신과 같은 사람으로 만들려고 합니다. 다시 말해, 돈을 유혹의 도구로 사용해 그 유혹의 힘으로 타인을 자신의 마음에 들도록 변화시키려는 것입니다. 어느 쪽이든 아주 위험한 일이 발생합니다.

그래서 나는 평소에 이렇게 생각합니다. 첫째, 여러분은 자신의 개성이 발전할 수 있는 곳에 자리를 잡을 수 있도록 자신과 꼭 맞는 일을 발견할 때까지 매진하지 않으면 평생 불행하다는 것입니다. 그러나 자신이 스스로의 개성을 그만큼 존중할 수 있도록 사회로부터 허락받는다면, 타인에 대해서도 그 개성을 인정하고 그들의 성향을 존중하는 것이 당연한 도리일 것입니다. 나는 이것이 꼭 필요하면서도 올바른 일이라고 생각합니다. 자신의 천성이 오른쪽을 향한다고 해서 상대방이 왼쪽을 향하는 걸 괘씸하게 여기는 건 옳지 않다고 생각합니다. 물론 복잡한 요소로 얽힌 선악이나 옳고 그름 같은 문제들은 조금 정밀한 해부의 힘을 빌리지 않으면 안 되겠지만, 그런 문제와는 관계없는 경우나 또는 관계가 있어도 별문제 없는 경우에는, 자신이 타인으로부터 자유를 누리고 있는 한, 타인에게도 같은 정도의 자유를 주고 동등하게 대해야 한다고 믿는 수밖에 달리 방법이 없습니다.

요즘 자아라는 둥 자각이라는 둥 하는 말이 뭐든지 제멋대로 해도 된다는 의미로 사용되는 모양인데, 그중에는 대단히 미심쩍은 것이 많습니다. 그들은 자신의 자아를 끝까지 존중하는 듯이 말하면서 타인의 자아에 대해서는 털끝만큼도 인정하지 않습니다. 적어도 공평한 눈을 가지고 정의의 관념을 지닌 이상, 자신의 행복을 위해 자신의 개성을 발전시켜 나가는 동시에 그러한 자유를 타인에게도 마땅히 주어야 한다고 믿어 의심치 않습니다. 우리는 타인이 자신의 행복을 위해서 자신의 개성을 마음대로 발전시키는 것을 합당한 이유 없이 방해해서는 안 됩니다. 내가 왜 여기에 '방해'라는 말을 쓰는가 하면 여러분 중에는 앞으로 틀림없이 방해할 수 있는 지위에 설 사람이 많기 때문입니다. 여러분 중에는 권력을 이용할 수 있는 사람이 있고, 금력을 이용할 수 있는 사람도 많이 있기 때문입니다.

처음부터 의무가 붙어 있지 않은 권력이란 것이 세상에 있을 리가 없습니다. 제가 이렇게 높은 단상 위에서 여러분을 내려다보며 한 시간이고 두 시간이고 제가 하는 말을 정숙하게 들어주기를 바라는 권리를 가지는 이상, 저도 여러분을 정숙하게 할 만한 이야기를 해야 할 것입니다. 혹시 평범한 강연을 한다고 해도 나의 태도라든가 자세가 여러분이 예의를 갖출 수 있을 만한 훌륭함을 지녀야 합니다. 나는 그저 손님이고 여러분은 주인이니까 점잖게 행동해야 한다, 이렇게 말하지 못할 것도 없지만, 그것은 단지 표면적인 예절에 불과할 뿐, 정신과는 아무 관계도 없는 관습 같은 것이기 때문에 처음부터 논할 거리도 안 됩니다. 다른 예를 들어보면, 여러분은 교실에서 선생님에게 야단을 맞는 일이 있을 겁니다. 그런데 만약 세상에 항상 야단만 치는 선생이 있다고 하면 그 선생은 물론 수업을 할 자격이 없는 사람입니다. 야단치는 대신 온 힘을 다해 가르치는 것이 당연합니다. 야단치는 권리를 가지는 선생은 가르치는 의무도 가지고 있으니까요. 선생은 규율을 바로잡기 위해, 질서를 지키기 위해 주어진 권리를 충분히 사용하겠지요. 그 대신 그 권리와 떼어놓을 수 없는 의무를 다하지 않으면 교사의 직무를 다했다고 할 수 없습니다.

금력도 마찬가지입니다. 내가 생각하기에는 책임을 모르는 재력가는 세상에 있어서는 안 됩니다. 그 이유를 한마디로 말하면 이렇습니다. 금전이라는 것은 지극히 귀중한 것으로 어디서든 자유자재로 사용할 수 있는 융통성이 있습니다. 예를 들어 지금 내가 여기서 투기로 10만 엔을 벌었다고 하면, 그 10만 엔으로 집을 지을 수도 있고 책을 살 수도 있고 또는 화류계에서 흥청거릴 수도 있습니다. 그러니까 돈은 어떤 형태로도 변할 수 있습니다. 그중에서도 인간의 정신을 사는 수단으로 사용될 수 있기 때문에 무섭지 않습니까? 말하자면 돈을 휘둘러 인간의 도덕심을 몽땅 사버리는, 즉 그 사람의 영혼을 타락시키는 도구로 사용되는 겁니다. 투기로 번 돈이 도덕적, 윤리적으로 큰 위력을 가지고 쓰일 수 있다면, 아무래도 부적절한 응용이라고 하지 않을 수 없을 것입니다. 그렇게 생각은 하지만, 실제로 그런 식으로 돈이 쓰이고 있는 이상 어쩔 수 없습니다. 단지 돈을 소유한 사람이 그에 맞는 도덕심을 가지고 돈을 도의적으로 해가 되지 않도록 잘 사용하는 것 외에는 사람 마음의 부패를 막을 길이 없습니다. 그래서 나는 금력에는 반드시 책임이 따라야 한다고 말하고 싶습니다.

자신은 지금 이만큼의 부(富)를 가진 사람이지만, 그것을 이런 방면에 이렇게 쓰면 이런 결과가 되고, 저런 사회에서 저렇게 이용하면 저런 영향을 미친다고 이해할 수 있을 만큼의 식견을 키워야 할 뿐만 아니라, 그 식견에 따라 책임을 갖고 자신의 부를 사용하지 않으면 세상에 죄스러운 일입니다. 아니, 자기 자신에게 죄스러운 일입니다.

지금까지의 논지를 간추려보면 첫째, 자기 개성의 발전을 이루려고 한다면 동시에 타인의 개성도 존중해야 한다. 둘

째, 자기가 소유한 권력을 사용하려고 한다면 그에 따르는 의무를 알아야 한다. 셋째, 자기의 금력을 보여주고자 한다면 그에 따르는 책임을 중시해야 한다. 결국 이 세 가지로 귀결됩니다.

이것을 달리 말하면, 적어도 윤리적으로 어느 정도의 수양을 쌓은 사람이 아니면 개성을 발전시킬 가치도 없고, 권력을 사용할 가치도 없으며, 또 금력을 사용할 가치도 없다는 말이 됩니다. 다시 말하면, 이 세 가지를 자유롭게 누리기 위해서는 이 세 가지의 배후에 있어야 할 인격의 지배를 받을 필요가 있습니다. 만약 인격이 없는 사람이 함부로 개성을 발전시키려고 하면 타인을 방해하게 되고, 권력을 사용하려고 하면 남용으로 흐르게 되고, 금력을 사용하려고 하면 사회의 부패를 초래하게 됩니다. 상당히 위험한 현상이 나타나게 됩니다. 그러니까 이 세 가지는 여러분이 장래에 가장 접근하기 쉬운 것이기 때문에 여러분은 어떻게 해서든 인격을 지닌 훌륭한 인간이 되어야 한다고 생각합니다.

이야기가 잠시 샛길로 빠집니다만, 아시는 바와 같이 영국이란 나라는 대단히 자유를 존중하는 나라입니다. 그만큼 자유를 사랑하는 나라이면서 또 영국만큼 질서를 잘 지키는 나라는 없습니다. 사실 저는 영국을 좋아하지 않습니다. 싫어하지만 이건 사실이니까 어쩔 수 없이 말씀드리는 겁니다. 그만큼 자유로우면서 그만큼 질서정연한 나라는 아마도 세상에 없을 겁니다. 일본 따위는 도저히 비교도 안 됩니다. 그러나 그들이 단지 자유로운 것만은 아닙니다. 자신의 자유를 사랑하는 동시에 타인의 자유를 존중하도록 어릴 때부터 사회적인 교육을 제대로 받고 있습니다. 그렇기 때문에 그들의 자유 뒤에는 반드시 의무라는 관념이 따릅니다.

"England expects every man to do his duty."* 넬슨 제독이 했던 이 유명한 말은 결코 그 상황에만 한하는 의미의 말은 아닙니다. 그들의 자유와 표리 관계를 이루어온 뿌리 깊은 사상임에 틀림없습니다.

그들은 불만이 있으면 자주 시위운동을 합니다. 그러나 정부는 결코 간섭 같은 건 하지 않습니다. 그냥 내버려둡니다. 그 대신 시위운동을 하는 쪽도 분별력이 있어서 함부로 정부에 폐가 되는 과격한 행동은 하지 않습니다. 요즘 여권 확장론자라고 하는 사람들이 과격하게 행동하는 것처럼 신문에 나오는데, 그건 예외일뿐입니다. 예외라고 하기에는 너무 많다고 한다면 어쩔 수 없지만, 아무리 봐도 예외로 볼 수밖에 없을 것 같습니다. 결혼을 하지 않는다거나 직업을

* 영국은 만인이 자신의 의무를 다하기를 기대한다.

구하지 않는다거나 또는 옛날부터 길러진 여성 존중의 기풍을 기회로 삼는다거나 하는 것들은 오히려 영국인의 평소 태도와는 다른 것 같습니다. 명화를 파손하고, 감방에서 단식을 하며 교도관을 곤란하게 하고, 의회 벤치에 자기 몸을 묶고 일부러 소란을 피웁니다. 이런 것들은 의외의 현상입니다만, 어쩌면 자신들이 무슨 행동을 해도 내버려두니까 괜찮다는 의미로 그러는 건지도 모르겠습니다. 아무튼 어떤 이유에서든 통상적인 것에서 벗어난 것 같은 느낌이 듭니다. 일반적인 영국 기질이란 방금 말씀드린 대로 의무 관념을 벗어나지 않는 정도에서 자유를 사랑하는 것 같습니다.

그렇다고 제가 영국을 모범으로 삼겠다는 뜻은 아니지만, 요컨대 의무감이 없는 자유는 진정한 자유가 아니라고 생각합니다. 무슨 말이냐 하면, 그런 제멋대로인 자유는 결코 사회에 존재할 수 없기 때문입니다. 설령 존재한다고 해도 다른 사람으로부터 배척되고 짓밟힐 것이 틀림없기 때문입니다. 저는 여러분이 자유롭게 살기를 간절히 바랍니다. 동시에 여러분이 의무라는 것을 이해하기를 바라 마지않습니다. 그런 의미에서 나는 개인주의다, 라고 공언해도 거리낄 것이 없습니다.

이 개인주의라는 것의 의미에 오해가 있어서는 안 됩니

다. 특히 여러분 같은 젊은 사람들에게 오해를 불러일으키면 안 되기 때문에 그 부분은 충분히 주의해주시기 바랍니다. 시간이 촉박하니까 되도록 간단히 설명하겠습니다. 개인의 자유는 조금 전에 말씀드린 개성의 발전에 매우 필요한 것이며, 또한 그 개성의 발전은 여러분의 행복에 중요한 관계가 있습니다. 그렇기 때문에, 타인에게 영향을 주지 않는 한, 나는 왼쪽을 향하고 너는 오른쪽을 향해도 지장이 없을 정도의 자유는 자신도 가져야 하고 타인에게도 부여해야 한다고 생각합니다. 그것이 바로 제가 말하는 개인주의입니다.

금력과 권력의 경우에도 마찬가지입니다. 내가 좋아하지 않는 사람이니까 내치고, 마음에 들지 않는 사람이니까 야단치고, 잘못한 것도 없는데 그런 일들을 함부로 한다면 어떻게 될까요? 인간의 개성은 완전히 파괴되는 동시에 인간의 불행도 거기에서 발생할 수밖에 없습니다. 예를 들면 내가 아무 잘못도 하지 않았는데 단지 정부의 마음에 들지 않는다고 해서 경시총감이 순사를 시켜 내 집을 포위하게 한다면 어떻겠습니까? 경시총감에게 그만한 권력이 있는지는 모르겠지만 도덕은 그러한 권력의 사용을 그에게 허락하지 않습니다. 또는 미쓰이나 이와사키 같은 부호들이 나를 싫어한다는 이유로 내 집의 일꾼을 매수하여 사사건건

나에게 반항하게 한다면 이것은 또 어떻겠습니까? 만약 그들이 가진 금력의 배후에 조금이라도 인격이 있다면 그들은 결코 그런 무법한 행동을 할 마음이 생기지 않을 것입니다.

이런 폐해는 모두 도덕상의 개인주의를 이해하지 못하기 때문에 일어나는 것으로, 권력이나 금력으로 오로지 자신만을 일반에게 널리 미치게 하려는 방자함이라고 하지 않을 수 없습니다. 그렇기 때문에 개인주의, 내가 여기서 말하는 개인주의라는 것은 결코 세상 사람들이 생각하는 것처럼 국가에 위험을 초래하는 것이 아니며, 타인의 존재를 존중하는 동시에 자신의 존재를 존중한다는 것이 나의 해석이므로, 나는 훌륭한 주의라고 생각합니다.

더 이해하기 쉽게 말하면, 당파심이 없고 옳고 그름이 있는 주의입니다. 붕당을 결성하고 단체를 만들어 권력과 금력을 위해 맹목적으로 움직이지 않는다는 것입니다. 그렇기 때문에 그 이면에는 남들이 모르는 외로움도 숨어 있습니다. 당파가 아닌 이상, 나는 내가 가야 할 길을 내 맘대로 갈 뿐, 그와 동시에 타인이 가야 할 길을 방해하지 않기 때문에, 어떤 경우에는 인간이 뿔뿔이 흩어지지 않으면 안 됩니다. 그것이 외로운 것입니다. 제가 전에 아사히 신문의 문예란을 담당하고 있었을 무렵, 누가 미야케 세쓰레 씨에 대해 험담을 쓴 적이 있었습니다. 물론 인신공격은 아니었고 그냥 비평일 뿐이었습니다. 게다가 겨우 두세 줄의 글이었습니다. 신문에 나간 게 언제였을까요, 제가 담당자이긴 했지만 병을 앓았기 때문에 병중이었을 수도 있고, 아니면 병중이 아니라 내가 실어도 좋다고 허락했을지도 모르겠습니다. 어쨌든 그 비평이 아사히 문예란에 실렸습니다. 그런데 《일본과 일본인》 잡지의 회원들이 화가 난 겁니다. 내 집으로 직접 찾아오지는 않았지만, 당시 내 밑에서 일하던 사람에게 기사를 삭제해달라는 요청을 해왔습니다. 그런데 본인이 요청한 게 아니었습니다. 세쓰레 씨의 부하가— 부하라고 하면 왠지 도박꾼처럼 들려 이상하지만—, 아무튼 그 잡지 동인이었겠지요, 이 사람들이 어떻게든 삭제하라는 겁니다. 그것이 사실관계의 문제라면 지당한 일이지만, 비평이기 때문에 어쩔 수 없지 않습니까. 내 쪽에서는 이쪽의 자유다, 라고 할 수밖에 달리 방도가 없습니다. 게다가 삭제를 요청한 《일본과 일본인》 쪽 사람들 중에는 매호에 내 험담을 쓰는 사람이 있었기 때문에 더더욱 놀랄 일입니다. 내가 직접 담판하지는 않았지만, 그 이야기를 간접적으로 들었을 때 이상한 기분이 들었습니다. 왜냐하면 나는 개인주의로 행동하는 데 반해 상대방은 당파주의로 활동하는 것 같았기 때문입니다. 당시 나는 내 작품을 나쁘게 평한 사람조차 내가 담당하는 문예란에 실었을 정도여서, 흔히 말하는 동인인 그들이 세쓰레 씨에 대해 한 번 비평한 것이 마음에 안 든다고 화를 내는 것을 보고 놀랍기도 하고 이상하다고 느끼기도 했습니다. 실례되는 말이지만 시대에 뒤쳐졌다고도 생각했습니다. 봉건시대 사람들의 단체 같다는 생각도 들었습니다. 그러나 그렇게 생각한 나는 결국 일종의 외로움에서 벗어날 수 없었습니다. 나는 의견의 차이는 아무리 친한 사이라고 해도 어쩔 수 없는 것이라고 생각했기 때문에, 내 집에 들락날락하는 젊은이들에게 조언은 해줘도 그들이 의견을 말할 때는 중대한 이유가 없는 한 절대로 억압한 적이 없습니다. 나는 타인의 존재를 그만큼 인정하고 있습니다. 즉, 타인에게 그만큼의 자유를 주고 있습니다. 그렇기 때문에 상대방이 내켜하지 않으면, 아무리 내가 수치스러움을 느끼는 일이 있어도 절대로 도움을 부탁하지 않습니다. 그것이 개인주의의 외로움입니다. 개인주의는 사람을 목표로 하여 입장을 결정하기 전에 먼저 옳고 그름을 분명히 하고 태도를 정하는 것이기 때문에, 어떤 경우에는 홀로 외톨이가 되어 외로운 기분이 듭니다. 그건 당연한 겁니다. 잡목이라도 다발로 묶이면 마음이 든든한 법이니까요.

그리고 또 하나 오해를 방지하기 위해서 한마디 해두고

싫습니다. 왠지 개인주의라고 하면 국가주의에 반하는 것으로, 국가를 쳐부수는 것처럼 받아들이는데, 그렇게 도리에 맞지 않는 멍청한 것이 아닙니다. 일단 무슨무슨 '주의'라는 말을 저는 별로 좋아하지 않는데, 인간이란 그런 하나의 주의로 정리될 수 있는 것이 아니라고 생각합니다. 하지만 설명이 필요하기 때문에 여기서는 어쩔 수 없이 '주의'라는 주제로 이것저것 말씀드리겠습니다.

어떤 사람은 지금의 일본은 어떻게 해서든 국가주의가 아니면 살아갈 수 없다는 말을 퍼뜨리고 있고 또 그렇게 생각하고 있습니다. 게다가 개인주의라는 것을 짓밟지 않으면 국가가 망할 것처럼 주장하는 사람도 적지 않습니다. 하지만 그런 어처구니없는 일은 절대 일어나지 않습니다. 사실 우리는 국가주의이면서 세계주의이기도 하고 동시에 개인주의이기도 합니다.

개인의 행복의 기초가 되어야 할 개인주의는 개인의 자유가 그 내용임에 틀림없지만, 각자가 누리는 자유는 국가의 안위에 따라 온도계처럼 오르기도 하고 내리기도 합니다. 이것은 이론이라기보다는 오히려 사실에서 나오는 이론이라고 하는 편이 좋을지도 모르겠습니다. 다시 말해 자연의 상태가 그렇게 되어 있는 것입니다. 국가가 위험해지면 개인의 자유가 줄어들고, 국가가 태평할 때는 개인의 자유가 늘어나는 것이 당연합니다. 적어도 인격을 가진 이상, 국가가 망할지도 모르는 상황에서 잘못된 판단으로 무작정 자기 개성의 발전만 목표로 하는 사람은 없습니다. 내가 말하는 개인주의에는, 예를 들어 화재가 진압되었는데도 여전히 방화모를 써야 한다고 말하며, 이제 쓸모도 없는 것을 뒤집어 쓰고 갑갑해하는 사람에 대한 충고도 포함되어 있다고 생각해주십시오. 또 다른 예도 있는데, 옛날에 제가 고등학생일 때 어떤 모임이 창설된 적이 있었습니다. 그 모임이 무슨 이름인지, 뭘 주장하는지 자세한 건 잊어버렸지만, 어쨌든 국가주의를 표방한 시끌벅적한 모임이었습니다. 물론 나쁜 모임 같은 건 아닙니다. 당시의 교장 기노시타 히로지 씨 등은 꽤 지지해주었던 것 같습니다. 그 회원은 전부 메달을 걸고 있었습니다. 저는 메달만큼은 사양했지만 그래도 회원은 될 수 있었습니다. 물론 저는 발기인이 아니어서 꽤 이견도 있었지만, 들어가도 지장은 없다는 생각에 회원이 되었습니다. 그런데 넓은 강당에서 발회식이 열렸을 때, 무슨 기회가 있었는지, 회원 한 명이 단상에 올라가 연설을 했습니다. 저는 회원이기는 했지만 제 의견과는 상당히 반대되는 것들이 있었기 때문에 발회식 전에 그 모임의 주의를 꽤 공격했던 것으로 기억하고 있습니다. 그런데 드디어 발회식에서 방금 말한 그 사람의 연설을 들어보니, 완전히 내 주장을 반박하는 내용에 지나지 않았습니다. 고의였는지 우연이었는지는 모르겠지만, 당연히 나는 그에 대해 답변할 필요가 생겼습니다. 나는 어쩔 수 없이 그 사람의 연설이 끝난 뒤 연단에 올라갔습니다. 당시의 내 태도나 행동거지는 대단히 꼴사나웠던 것 같지만, 그래도 간결하게 할 말은 하고 내려왔습니다. 그러면 그때 내가 무슨 말을 했는지 물어보실지도 모르겠지만, 사실 아주 간단합니다. 저는 이렇게 말했습니다.

— 국가가 중요할지도 모르지만, 그렇게 아침부터 밤까지 국가, 국가를 외치며 마치 국가에 홀린 것처럼 행동하는 것은 도저히 우리에게 가능한 일이 아니다. 온종일 국가 말고는 생각해서는 안 된다고 말하는 사람이 있는지도 모르지만, 그렇게 끊임없이 한 가지 일만 생각하는 사람은 실제로 있을 수 없다. 두부장수가 두부를 팔러 돌아다니는 것은 결코 국가를 위해 그러는 것이 아니다. 근본적인 생각은 자신이 먹고살아갈 돈을 얻기 위함이다. 그러나 본인이 어떻게 생각하든 그 결과는 사회에 필요한 것을 제공한다는 점에서 간접적으로 국가에 이익이 될 지도 모른다. 이와 마찬가지로, 오늘 내가 점심에는 밥을 세 그릇 먹었는데 저녁에는 네 그릇으로 늘린 것도 꼭 국가를 위해 증감한 것은 아니다. 솔직히 말하면 위장의 상태에 따라 결정된 것이다. 그

러나 그것도 간접적으로 세상에 영향을 주지 않았다고 할 수 없고, 보는 관점에 따라서는 세계의 대세와도 어느 정도 관계가 없다고도 할 수 없다. 하지만 정작 본인이 그런 생각을 하며 국가를 위해 밥을 먹거나, 국가를 위해 세수를 하거나, 또는 국가를 위해 화장실에 간다면 큰일이 난다. 국가주의를 장려하는 것은 아무리 해도 상관없지만, 실제로 불가능한 일을 마치 국가를 위해 하는 것처럼 위장하는 것은 거짓이다. —

제 답변은 대충 그런 내용이었습니다.

일단 국가가 위험해지면 국가의 안위를 생각하지 않을 사람은 아무도 없습니다. 국가가 강해서 전쟁이 일어날 위험이 적고 그래서 외부의 침입을 받을 염려가 없어질수록 국가적 관념은 적어지게 되고, 그 공허함을 채우기 위해 개인주의가 들어오는 것은 당연한 이치라고 할 수밖에 없습니다. 지금의 일본은 그 정도로 평안하지도 않을 것입니다. 가난한 데다 나라가 작습니다. 따라서 언제 어떤 일이 일어날지 모릅니다. 그런 의미에서 보면 우리는 국가를 생각하지 않으면 안 됩니다. 하지만 일본이 지금 당장에라도 무너진다거나 멸망할 위험에 처하지 않은 이상, 그렇게 국가, 국가 하고 떠들어댈 필요는 없습니다. 불이 나기도 전에 방화복을 입고 갑갑해하며 온 동네를 뛰어다니는 것과 다르지 않습니다. 요컨대 이런 일은 실제로는 정도의 문제로서, 결국은 전쟁이 났을 때나 또는 죽느냐 사느냐 같은 위급한 경우가 되면, 생각할 능력이 있는 사람, 즉 생각하지 않고는 살 수 없을 만큼 인격 수양이 쌓인 사람은 자연히 그쪽으로 향하게 마련이고, 개인의 자유를 속박하고 개인의 활동을 제한해도 국가를 위해 힘쓰는 것은 자연스러운 일이라고 할 수 있습니다. 그렇기 때문에 이 두 가지 주의가 언제나 모순을 일으키고 언제나 서로를 죽이는 골칫거리는 결코 아니라고 믿습니다. 이 점에 대해서도 좀 더 자세히 말하고 싶지만 시간이 없어서 이 정도로 하고 마무리 지을까 합니다. 다만 한 가지 주의해주셨으면 하는 것은, 국가의 도덕이란 것은 개인의 도덕과 비교하면 훨씬 단계가 낮은 것으로 보인다는 점입니다. 원래 국가와 국가 사이에는 인사치레가 아무리 떠들썩해도 도덕심은 그다지 없습니다. 사기를 치고, 거짓말을 하고, 속임수를 쓰고, 엉망진창입니다. 그렇기 때문에 국가를 표준으로 하는 이상, 국가를 하나의 집단으로 보는 이상, 훨씬 저급한 도덕에도 아무렇지도 않게 만족하고 살아야겠지만, 개인주의를 기초로 하여 생각하면 도덕이 매우 높아지기 때문에 개인주의를 기초로 생각해야 합니다. 그래서 국가가 평온할 때는 역시 도덕심이 높은 개인주의에 무게를 두는 편이 제가 보기에는 아무래도 당연한 것 같습니다. 이것에 관해서는 시간이 없기 때문에 오늘은 더 이상 이야기하지 않겠습니다.

모처럼 초대해주신 자리이니까 오늘 여기에 나와서, 가능한 한 개인으로서의 일생을 보내야 할 여러분에게 개인주의의 필요성을 말씀드렸습니다. 이것은 여러분이 세상에 나간 후에 조금은 참고가 될 거라고 생각해서입니다. 제 말이 여러분에게 통했는지 어땠는지는 잘 모르겠지만, 만약 제 말 중에 의미가 불분명한 데가 있으면 그것은 제 표현이 부족했거나 나빴기 때문일 것입니다. 그러니 제 말에 만약 애매한 점이 있으면 적당히 판단하지 말고 저희 집으로 찾아와 주십시오. 언제든 할 수 있는 데까지 설명해드릴 테니까요. 그런 수고를 하지 않고도 제 본의를 충분히 이해하셨다면 저로서는 그보다 더 만족스러운 일은 없습니다. 너무 시간이 길어졌으니 이것으로 마치겠습니다.

무제

1914년 1월 도쿄고등공업학교(현 도쿄공업대학)에서 강연한 내용이다. 공업을 전문으로 하는 학생들에게 공업에 관한 직업과 문예와의 차이를 설명한다.
글 속에 나오는 영어 표기는 원문에는 영어 그대로 기재되어 있지만, 독자의 편의를 위해 여기서는 우리말로 번역하고 원문의 영어 단어를 병기했다.

저는 이 학교는 처음입니다. 아 참, 방문은 처음이지만 강연 의뢰를 받은 건 처음이 아니군요. 이삼 년 전에 다나카 씨에게서 부탁을 받은 적이 있습니다. 그때 부탁하러 오셨던 분은 아마 졸업하셨을 테지요. 그 후로도 열 몇 번의 의뢰를 받았습니다만 전부 거절했습니다. 거절하는 게 재미있어서가 아니라 어쩔 수 없는 사정이 있어서 그랬긴 했는데, 어쩔 수 없는 사정이란 게 자꾸 거듭되다 보니 미안한 마음에 결국 오늘 이렇게 나오게 되었습니다. 말하자면 버티기 싸움에서 끈기가 바닥이 나버린 셈이지요. 그래서 재미있는 이야기를 들려드리기는 어렵겠지만 어쨌든 지금부터 한 시간 정도 이야기를 하겠습니다. 따라서 제목 같은 건 없습니다.

저는 전공이 여러분과 완전히 다릅니다. 이런 기회가 없었다면 여러분과 얼굴을 마주할 일도 없었을지 모르지만,

이래 봬도 저는 한때 공업 분야의 전문가가 되려고 했던 적이 있습니다. 건축가가 되려고 생각했지요. 왜 그런 생각을 했는지는 중요하지 않습니다만 기왕 말이 나왔으니까 이야기할까요.

나는 어릴 때부터 집에 재산이 없었기 때문에 스스로 밥벌이를 해야 한다는 걸 알았습니다. 그래서 너무 바쁘지도 않고 그렇다고 너무 시간이 남아돌지도 않으면서 먹고살 수 있는 일이 뭘까 곰곰이 생각했습니다. 그러다가 훌륭한 기술만 있으면 괴짜가 됐든 고집쟁이가 됐든 사람들이 일을 맡겨줄 거라는 생각이 들었습니다.

사사키 도요라는 의사가 있었습니다. 굉장한 별난 사람으로 마치 환자를 장난감이나 인형처럼 대하는 무뚝뚝한 사람입니다. 그런데 그 때문에 병원 운영이 잘 안 되었나 하면 그렇지도 않아 희한할 정도로 잘 되어서 문전성시를 이루는 겁니다. 저렇게 무뚝뚝한 사람이 저토록 잘나가는 건 역시 기술이 있어서라고 생각했습니다. 그래서 나도 건축가가 되면 문전성시를 이룰 수 있겠다고 생각했지요. 그때가 마침 고등학교에 다닐 무렵이었는데, 내 친구 중에 요네야마 야스사부로라는 사람이 있었습니다. 그 친구는 요절했습니다만, 저를 간곡히 설득하는 겁니다. 세인트 폴 대성당 같은 건물은 이 나라에서는 세울 수가 없다, 시시한 건물을 짓기보다는 문학자가 되라, 이렇게 말한 겁니다. 문학자가 되라는 말을 한 걸 보면 상당한 자신감이 있었기 때문이 아닐까요. 그래서 저는 그길로 건축가가 되려는 생각을 단번에 접었습니다. 저는 돈을 벌고 문전성시를 이룰 생각이나 하는 고집쟁이에다 괴짜였지만, 요네야마는 저보다 훨씬 기특하다는 생각이 들었습니다. 우리 둘을 비교하니 나 자신이 어찌나 하찮게 여겨지던지, 그때까지 하던 생각을 그만 접어버렸습니다. 그리고 저는 문학자가 되었습니다. 그 결과는 — 모르겠습니다. 아마 죽을 때까지 모르겠지요.

그렇게 해서 저와 여러분은 서로 전공이 달라졌습니다만, 오늘 이 모임은 문예 모임으로 베르그손 같은 사람도 나오니까 조금은 공통된 부분도 있지 않을까 생각합니다. 그래서 이렇게 나와서 이야기하게 된 것입니다. 강연이라고 하면 흔히 서양인들의 이름 같은 게 자주 나와서 알아듣기 어렵다는 사람도 있는 모양이지만, 오늘 제 이야기에는 외국인 이름은 나오지 않습니다.

예전에 제가 어떤 곳에서 부탁을 받아 강연한 적이 있는데, '일본 현대의 개화'라는 제목으로 이야기를 했습니다. 하지만 오늘은 제목이 없습니다. 몰랐기 때문에 준비를 하지 않았습니다.

예전의 그 강연에서는 개화의 정의(definition)를 내렸습니다. 개화란 인간 에너지의 발현 경로로, 이 활력이 두 개의 서로 다른 방향으로 뻗어가다가 뒤엉키며 생긴 것입니다. 그 하나는 활력을 절약하려는 행동, 그러니까 에너지를 절약하려는 우리의 노력을 말하고, 또 하나는 활력을 소모하려는 성향, 다시 말해 에너지의 소비(consumption of energy)를 뜻합니다. 개화를 구성하는 커다란 요소(factors)는 이 두 가지가 전부일 뿐, 그 외에는 아무것도 없습니다. 따라서 이 두 가지는 개화의 요소로서 필요충분(sufficient and necessary)하다고 할 수 있습니다.

그 첫 번째 요소인, 활력을 절약하려는 노력은 여러 방향으로 나타나는데, 우선 거리를 좁히고 시간을 절약합니다. 손으로 하면 한 시간 걸릴 일도 기계로는 30분이면 해치웁니다. 혹은 손으로 하면 한 시간에 한 개 만들 것을 기계로는 열 개, 스무 개나 만듭니다. 그렇게 해서 우리는 생활에 편리를 꾀합니다. 이것이 바로 여러분들이 전문으로 하는 일이지요.

또 다른 요소, 즉 에너지 소비의 노력은 적극적인 것입니다. 어떤 부류의 사람들은 이것을 국력이라는 입장에서 보며 소극적인 것으로 오해하기도 하는데, 문학, 미술, 음악, 연극 등이 이 방면에 속합니다. 이런 것들은 없어도 살 수는 있지만, 있으면 좋은 것들입니다. 이것들은 한쪽에서 쓰고 남은 에너지를 다른 쪽으로 보낸 것인데, 어찌 보면 콧대가 센 편입니다. 우리는 바로 이쪽 방면으로 나아갑니다. 이쪽 방면은 시간이나 거리 따위는 생각하지 않습니다. 비행기처럼 빠를 필요도 없고, 튼튼할 필요도 없으며 숫자로 해결할 필요도 없습니다. 평생에 단 하나라도 좋은 작품을 쓰면 됩니다. 다시 말해 우리 쪽과 여러분 쪽은 이렇게나 정반대 편에 서 있는 것입니다.

이 두 가지 성질을 개괄해보면, 여러분 쪽은 규율에 따라 진행되고 우리 쪽은 규율 없이 진행됩니다. 그 대신 우리는 보수가 대단히 적습니다. 부자가 될 사람, 부자가 되고 싶은 사람은 규율에 복종해야 합니다. 여러분 쪽은 기계적 과학(mechanical science)의 응용이고 우리 쪽은 정신적(mental)이라서 우리 쪽이 수지가 맞아 보일지도 모르지만, 사실은 대단히 손해를 보고 있습니다. 하지만 여러분은 자유가 적고, 우리는 자유가 없으면 안 되는 일을 하지요. 바꿔 말하면, 여러분은 일에 복종하고 '자아'를 없애지 않으면 안 됩니다. 각자가 개개의 방면으로 나아간다면 일이 진행되지 않겠지요. 반대로 우리는 자아를 발휘하지 않으면 아무것도 할 수 없습니다.

그런데 여러분이 하는 일을 보면, 보편적인(universal) 성질을 가지고 있습니다. 반면에 우리 쪽은 보편적이 아니라 개성적인(personal) 성질을 가지고 있습니다. 좀 더 부연해서 말하면, 여러분은 공식을 먼저 머릿속에 넣고 그것을 적용(application)하는 것이 필요합니다. 공식은 인간이 만든 것임에 틀림없지만, 싫다고 해서 거부할 수는 없습니다. 보편적이라는 것은 개성(personality)이라는 개인으로서의 인격이 아니라, 개성을 제거(eliminate)할 수 있는 것입니다. 철도를 누가 부설했느냐 하는 것은 비전문가에게는 별로 중요하지 않습니다. 이 강당을 누가 지었는지도 문제가 되지 않습니다. 저기에 매달린 게 램프인지 전깃불인지는 모르겠지만, 그것에는 어떠한 개성도 없습니다. 말하자면 자연 법칙을 적용(apply)한 것일 뿐입니다.

그렇다면 우리의 문예는 법칙을 완전히 무시하는 것인가 하면 그렇지는 않습니다. 베르그손의 철학에는 일종의 법칙 같은 것이 있습니다. 요즘 프랑스에서는 베르그손의 입장을 바탕으로 한 프랑스 문학이 등장했습니다. 그렇지만 성(sex) 문제나 자연주의(naturalism)같은, 세상에 널리 알려진 법칙 등에서 출발하는 것들은 추상(abstraction)이라는 윤곽을 그려서 그 안에 집어 넣는 식이라서 생생하게 다가오지 않습니다. 안에서부터 발생한 것이 아니라 흉내 낸 모조품일 뿐입니다. 다시 말해, 우리 쪽은 추상으로부터는 세워질 수가 없습니다. 그렇다면 문학자가 만든 것에서 하나의 법칙을 추출할 수는 없냐고 묻는다면, 그렇게 할 수는 있습니다. 하지만 그것은 작가가 자연스럽게 있는 그대로 쓴 것을 다른 사람이 보고 거기에 철학적인(philosophical) 해석을 부여했을 때 그 작품 속에서 나오는 것일 뿐, 처음부터 법칙을 갖고 시작해서 거기에 살을 덧붙이는 것이 아닙니다. 우리 쪽도 때로는 법칙이 필요합니다. 어째서 필요한가 하면, 거기에서 작품의 깊이(depth)가 생기기 때문입니다. 여러분 쪽의 법칙은 보편적이지만, 우리 쪽의 경우는 개성적인 것 속에 법칙(law)이 있습니다. 이미 완성된 작품을 읽는 사람들의 머리를 하나로 이어주는 공통된 것이 있을 때 거기에 추상적인 법칙(abstract law)이 존재한다는 말입니다. 개성적인 것이 보편적이지는 않더라도 백 명, 이백 명의 독자를 얻었다면, 그 독자들의 머릿속에는 서로를 연결하는 공통된 것이 있어야 합니다. 이것이 말하자면 하나의 법칙입니다.

문예는 법칙에 의해 지배(govern)되어서는 안 됩니다. 문예는 개성적(personal)입니다. 문예는 자유(free)입니다. 이렇게 말하니까 터무니없는 소리처럼 들리겠지만, 결코 그렇지 않다고 말씀드립니다.

이렇게 여러분과 우리는 출발점이 서로 다릅니다.

그 성질에 대해 말하자면, 우리 쪽은 개성적이기 때문

에 작품을 보면 그것을 만든 사람에게 생각이 미칩니다. 전차의 궤도는 누가 놓았는지 생각할 필요가 없지만, 예술가의 작품은 누가 만들었는지가 문제가 됩니다. 따라서 작품에 대한 정서가 이 문제로 옮겨가고, 작품에 대한 호불호의 감정이 작가에게로 옮겨갑니다. 이것이 더 나아가면 작가 자신에 대한 호불호로 변하고, 결국에는 도덕적인 문제로 이어집니다. 그렇기 때문에 당연히 작품을 통해서만 얻을 수 있는 감정이 작가에게까지 미치게 되고, 끝내는 정의(justice)라는 것이 사라지면서 편애라는 것이 생깁니다. 예능인에게 특히 이런 편애가 심하지요. 스모 같은 것도 그렇습니다. 내 친구 중에 스모를 좋아하는 사람이 있는데, 이 사람은 이기는 선수를 좋아한다고 말합니다. 이런 사람이야말로 정의롭고 공평하며 절대로 편애하지 않습니다. 하지만 편을 들기 시작하면 그렇게 될 수가 없습니다. 이렇게 예술을 떠나서 사람 그 자체를 좋아하는 것은 스모 선수나 배우의 경우에서 흔히 볼 수 있는 현상입니다. 문예 작품의 경우에는 그 정도까지는 아닌 것 같습니다.

그 정도로 예술이나 문예라는 것은 개성적입니다. 개성적이기 때문에 자기에게 중점을 둡니다. 자기가 없으면 개성적일 수 없는 것은 당연한 일이며, 자기가 없어지면 예술은 헛된 것일 뿐입니다.

하지만 여러분에게 중요한 것은 자기가 아니라 기술입니다. 기술만 있으면 모든 게 능사라고 해도 좋겠지요. 공장에는 인간들이 더 이상 필요 없을 정도로 많지만, 그들은 결국 기계의 일부분과 같은 것입니다. 기계적(mechanical)으로 일하고 기계보다 더 교묘하게 일하는 기술이 필요합니다. 하지만 우리 쪽은 인간이라는 것이 중요합니다. 사회 내에서 보면 모두가 사회의 일원이기는 하지만, 여러분에 비해 우리 쪽은 인간이라는 것이 중요합니다.

그런데 기술도 없고 머리도 없는 어떤 종류의 사람이 있습니다. 자본가라는 사람입니다. 이 자본가(capitalist)가 되면, 기술도 인간도 중요하지 않고 오로지 돈만 중요해집니다. 자본가에게서 돈을 빼버리면 제로가 됩니다. 아무것도 못 합니다. 마찬가지로 여러분에게서 기술을 빼앗아도 아무것도 안 됩니다. 우리는 기술도 돈도 빼앗겨도 되지만, 인간을 빼앗기면 그야말로 큰일이 납니다.

여러분에게는 기술과 자연 사이에 어떠한 모순도 없습니다. 하지만 우리 쪽에는 모순이 있습니다. 즉, 속임수가 통하는 것입니다. 슬프지도 않은데 울기도 하고, 기쁘지도 않은데 웃기도 하며, 화나지도 않는데 화를 내기도 하고, 이런 강단 위에 올라 여러분 앞에서 잘난 척하기도 합니다. (그리고 이것은 어느 정도 성공을 거둡니다.) 이것은 일종의 예술(art)입니다. 예술과 인간 사이에는 거리가 생겨서 모순이 일어나기 쉽습니다. 여러분 중에도 인격에 없는 예술을 가지고 술책을 부리는 경우가 많을 겁니다. 예를 들어, 졸리는데도 졸리지 않는 척하는 경우가 그런 것이지요. 이렇게 예술은 무서운 것입니다. 우리에게는 인격이 먼저이고 예술은 그다음입니다. 공자가 아니면 인격은 없다, 그런 뜻이 아닙니다. 인격이라고 해서 대단한 것도, 대단하지 않은 것도 아닙니다. 개인의 사상이나 관념 등을 중심으로 생각한다는 것입니다.

한마디로 말해, 문예가가 하는 일의 본질(essence)은 인간이며, 그 밖의 것들은 전부 부속품이고 장식품입니다.

이러한 견지에서 세상을 바라보면 재미가 있지요. 이렇게 말하는 건 저 한 사람뿐인지도 모르겠지만, 세상은 자기 자신을 중심으로 생각해야 합니다. 물론 나는 부모님에게서 나왔고, 부모님은 부모님의 부모님이 낳은 것이니, 나 혼자 어디 나무에서 툭 하고 떨어진 게 아닙니다. 그래서 이런 문제가 생깁니다. 즉, 인간은 자신을 통해 조상을 후세에 전하는 방편으로 태어난 것인가, 아니면 바로 자기 자신을 후세에 전하기 위해 태어난 것인가, 하는 문제 말입니다. 어느 쪽이든 괜찮지만 두 가지 방식으로 생각해볼 수 있습니다. 부모가 죽었기 때문에 그 대리로 살고 있다고 생각할 수도 있고, 그게 아니라 나는 나 자신이 살고 있는 것이니 부모는 나를 낳기 위한 방편이다, 자신이 사라지면 안타까우니까 자식에게 자신을 전해주는 것이다, 라고 생각해도 별 상관은 없습니다. 아무튼 이런 논리로 보면, 예술가가 옛날의 예술을 후세에 전하기 위해 살고 있다고 하는 것도, 식견이 부족한 생각이기는 하지만 역시 필요한 것이겠지요. 특히 옛날의 연극 같은 것이 좋은 예가 됩니다. 그림도 마찬가지입니다. 나는 가노 모토노부*를 위해 살고 있다, 그렇기 때문에 결코 나 자신을 위해 살아가는 것이 아니다, 라고 주장하는 사람도 많이 있습니다. 이런 사람은 자신의 몸을 희생해서 인(仁)을 행하는 것이겠지요. 그러나 개성의 논리로 보면 그런 것은 논할 가치도 없습니다. 그런 사람들은 그냥 그대로 두고, 여러분은 진정으로 자각(自覺)을 해보는 게 어떨까요. 즉, 개성에서 출발하자, 가노를 위해 살아가기를 멈추고 자기 자신을 위해 살아가기로 하는 게 어떨까요.

세상에는 완전히 똑같은 일은 절대로 다시 일어나지 않습니다. 과학(science)에서는 어떤지 모르겠지만, 정신세계에서는 완전히 똑같은 것이 두 번 일어나지 않습니다. 따라서 아무리 옛 모습을 지키려고 해도 완전히 똑같은 옛날로는 돌아갈 수 없습니다. 그렇다면, 생각할 수 있는

* 16세기 무렵의 수묵화 화가.

또 다른 하나의 길은 옛것으로 돌아가지 않고 새롭게 출발(departure)하는 것입니다. 그렇게 함으로써 본질적인(essential) 개성을 발휘할 수 있습니다.

옛것을 전하는 문예가와 미술가도 필요할지 모르지만, 인간의 본분으로서 모든 사람은 자각을 해야 합니다. 이것은 중요한 것이라서 충분히 설명을 해야 하지만 오늘은 시간이 없으니 이만 마쳐야겠습니다.

나는 오늘 여러분과 우리 쪽의 직업 차이에서 출발하여, 우리 쪽에 대해서 좀 더 자세히 말씀드렸지만, 여러분도 어느 정도까지는 응용할 수 있을 것이라고 생각합니다. 여러분의 직업에 어느 정도는 참고할 만한 것이 있지 않을까 합니다. 무엇보다 이곳은 문예부 모임이니까, 설령 응용하지 못한다고 하더라도 그렇게 할 수 있다고 당당해질 권리는 있습니다. 어쨌든 개인적으로든 직업적으로든 여러분에게 참고가 될 수 있다면 저는 대단히 기쁘겠습니다. 단지 그뿐입니다.

서간

소세키의 편지는 현재까지 남아 있는 것만 해도 2500통 가까이나 된다. 제자 모리타 소헤이에게 보낸 편지에서 "나는 남에게 편지 쓰는 것과 받는 것을 아주 좋아하네"라고 했을 만큼 그는 편지를 좋아하고 즐겨 썼다. 친구, 아내, 제자들은 물론, 모르는 사람이 보낸 편지에도 일일이 답장을 보냈다.

제자 스즈키 미에키치는 "제자를 비롯해 선생의 집을 드나드는 사람들은 온갖 고민을 호소하거나 감상이나 의견을 말하러 왔는데 선생은 귀찮아하지 않고 종종 긴 편지도 써 보내며 위로하거나 타이르거나 지도했다"라고 했다.

소세키 특유의 유머와 위트가 담긴 수많은 편지 중에서 그의 인생관이 잘 드러나는 것들을 뽑아 실었다. 소세키가 스물셋에 친구 마사오카 시키에게 보낸 것부터 작고하기 넉 달 전 제자 아쿠타가와에게 쓴 편지까지 연대별로 싣는 것을 원칙으로 하고, 다만 수신인이 같은 경우는 묶어서 실었다. 그리고 독자의 이해를 돕기 위해 편지의 수신인과 내용의 배경에 대한 간략한 설명을 덧붙였다.

1889년 12월 31일

마사오카 시키에게*

귀성 후는 어떠하고 아픈 몸은 어떠하고, 독서는 어떠하고 집필은 어떠한가. 이 긴 세월을 어찌 보내고 계시는가. 오늘은 섣달그믐이라 온 집안이 시끌벅적한데 그와는 반대로 가난한 서생은 고맙게도 아무 할 일이 없어, 그저 낮에는 책과 밥상을 마주하고 밤에는 이부자리 속으로 파고들기만 할 뿐이네. 점잖게 말하면, 한가로움 속의 한가로움, 고요함 속의 고요함을 가지고 있는 것이네. 속되게 말하면, 돈이 없으니 할 수 없이 바지춤 속 불알만 붙잡고 멍하니 지저분한 동네에 틀어박혀 있는 것일세.

이번 방학에는 칼라일의 논문을 하나 읽었네. 또 이삼일 전부터는 아놀드의 《문학과 도그마(Literature and Dogma)》

---

* 하이쿠의 근대화에 큰 공헌을 한 하이쿠 시인. 도쿄대학 예비문 시절 동급생인 소세키와 죽을 때까지 깊은 우정을 나누며 문학과 인생에 관한 솔직한 생각을 편지로 주고받았다. 소세키가 영국 유학에서 돌아오기 한 달쯤 전 폐결핵으로 서른네 살에 세상을 떠났다.

라는 걸 읽고 있네.

자네가 쓰려고 하는 자네 취향의 소설은 이미 쓰고 계시는가. 이번에는 어떤 문체로 쓰실 생각인지. 자세한 건 읽고 나서 비평할 생각이지만, 어쨌든 대형(大兄)의 문장은 나긋나긋해서 여성적인 느낌을 벗어나지 못하네. 그래도 그게 요즘은 고손* 풍으로 변해서 예전 모습과 완전히 달라졌다고는 하지만, 그렇다 해도 여전히 진솔한 힘이 부족해서 사람들이 책상을 치며 기뻐할 만한 곳은 적은 듯하네.

모든 문장은 마음속의 사상을 꾸밈없이 평범하게, 거짓없이 있는 그대로 쓰는 것에 그 묘미가 있다고 생각하네. 물병의 물을 머리 위에 들이붓는 듯한 감정을 불러일으키지도 않고, 가슴속에는 아무 사상도 없이 그저 글자만 가지고 노는 무리야 말할 필요도 없지만, 설령 사상이 있다 해도 쓸데없이 단락의 끝맺음 따위에만 얽매여 천진난만한 볼거리가 없으면 사람을 감동시키기 어려울 것이네.

지금 세상의 소설가라고 자칭하는 무리들은 오리지널 사상이라고는 전혀 없고 그저 문장의 끝맺음만 갈고닦고 비평하며 스스로 대가라고 자부하는 자들로, 홋카이도 시골뜨기에게 도시인의 옷을 입혀 놓은 것만 같네. 물론 머리 장식이며 옷의 무늬, 재봉질로만 보자면 한 치의 빈틈도 없

* 아에바 고손. 메이지 시대의 소설가이자 비평가.

을지 모르지만, 그런 사람의 가치라고는 서푼어치도 안 되고 그 사상이라고는 일고의 가치도 없을 뿐 아니라, 코를 막고 뒷걸음질쳐야 할 자들뿐인 것 같네. 그래도 딱 한 사람 고손 옹만큼은 솔직하게 마음속의 것을 있는 그대로 쓰고 있지. 가끔 그 천진난만한 모습이 종이 위에서 뛰어다닐 때가 있기는 하지만, 그 또한 그저 질박한 노옹이 불쾌감을 없애려고 그런 것일 뿐, 시골뜨기보다야 백번 낫지만 그래도 사람들이 한 번 보고 감탄하거나 감동하기에는 엄숙함이나 수려함, 너그러움 같은 것이 부족하다는 생각이 드네.

그래서 소생이 생각하기에, 문단에서 만세(萬世)에 깃발을 날리려는 욕심이 있다면 무엇보다 사상을 함양시켜야 하네. 사상이 익어서 뱃속에 꽉 차면 곧바로 붓을 들고 생각하는 바를 서술하고, 억수 같이 쏟아지는 소나기처럼 큰 강이 바다로 흘러가는 기세가 있어야 하네. 문장의 아름다움, 단락의 법칙 같은 건 그 다음에 생각할 것으로, 생각 그 자체(Idea itself)의 가치를 증감시킬 정도는 아니라고 생각하네.

물론 그런 거야 자네도 알고 있겠지만, 자네처럼 아침부터 밤까지 쉬지 않고 글을 쓴다고 해서 이 Idea itself를 키울 여지는 없을 것 같으니 걱정이라네. 물론 글쓰는 것이 즐거움이라고 한다면 억지로 그만두라 할 수는 없지만, 매일 밤낮으로 쓰고 또 쓴다 한들 어린아이의 습작과 다를 바가 없을 것이고, 독창적인 생각(original idea)이 종이 속에서 영혼을 드러내지는 않을 걸세. 이 Idea를 얻는 즐거움이 습작보다 백번 낫다는 건 이 소생이 보증하겠네 (그다지 믿을 건 못 되지만).

엎드려 바라건대 (농담이 아니라), 자네, 잠시 습작을 멈추고 여가를 갖고 독서에 힘을 써보시게나. 자네는 병자일세. 병자를 꾸짖으려고 병자가 좋아하지도 않는 일을 시키려고 하니 가혹한 것 같지만, 습작을 하며 사는 것도 그다지 훌륭하지는 않네. 차라리 지식(knowledge)을 얻고 죽는 편이 더 낫지 않을까.

더러운 세상에 덧없는 목숨이지만 어제와 오늘을 살아가는 것도 인간 세상에 행복(happiness)이 있기 때문일세. 하지만 열 배의 행복을 버리고 십분의 일의 행복을 바라며 그걸로 만족한다고 생각하시게나. 그래도 역시 Idea를 얻기보다 습작하는 게 더 재미있다고 생각한다면 그만하겠네. 더 이상 답해줄 건 없네. 다만 한 조각 나의 진심을 토로하여 연말연시의 인사말을 대신하는 것이네. 송구스럽군.

자네가 이 글을 읽고 냉소를 지으며 "바보 같은 놈" 하고 말하지나 않을지. 아무튼 자네의 쌀쌀맞음(coldness)에는 두 손 들었네.

1890년 8월 9일

마사오카 시키에게

그 뒤로 눈병이 좀처럼 낫지 않아서 책도 붓도 벼루도 죄다 내팽개쳐두었네. 이 긴 여름날을 보내기가 힘들어 할 수 없이 베개를 길동무 삼아 화서(華胥)국의 흑첨(黑甜) 마을에서 노닐고 있지만*, 아직 연못가에 향기로운 풀이 자라게 하지는 못했네**. 또한 배 위에 소나무가 자라지도 않고*** 이렇다 할 진기한 이야기도 듣지 못하니, 요즘은 이렇게 시간 때우기도 지루하군. 그렇다고 해서 좌선하고 묵상하는 건 더더욱 못 하겠네. 찻잎 담근 물로 입안을 씻는 풍류도

---

* 평화롭게 낮잠을 자며 지내고 있다는 뜻이다. 여기서 '화서'란 중국의 태곳적 황제가 어느 날 꿈에서 화서라는 태평한 나라에 가서 즐겁게 노닐었다는 데서 유래된 말로, 좋은 꿈을 일컬어 '화서지몽'이라고 한다. 그리고 '흑첨'은 문자 그대로는 깜깜하고 달콤하다는 뜻으로 '낮잠'을 의미한다.

** 주희의 시에 나오는 미각지당춘초몽(未覺池塘春草夢)에 빗댄 말. 연못가 봄풀이 아직 꿈에서 깨지 않았다, 즉 아이가 아직 꿈속에서 지내며 어른이 되지 않았다는 뜻으로, 아직도 꿈속을 헤매고 있는 소세키가 자신의 모습을 빗대어 표현한 말이다.

*** 삼국지에 나오는 오나라의 정고가 꾼 꿈에 빗대어 한 말이다.

못 누린다면, 하는 수 없이 '잠자며 사는/ 사람도 있다네/ 꿈속에서' 하고 시를 읊으며 혼자 멋도 부려보지만, 그저 오기에서 나온 고상한 마음이라고 불쌍히 여기고 웃어주시게.

그런데 소생의 눈병은 질질 시간만 끌고 좋아지지도 나빠지지도 않네. 그래서 풍경과 멀어지는 것을 면했다고 기뻐할 것도 없지만, 후원에 핀 꽃이 또렷이 보이지 않는다고 탄식할 것도 없다네. 안경 너머로 가을 해당화가 애처로이 핀 것을 우습다며 바라보는 정도라면 아무 문제가 없다네.

가끔은 뜰에 나가 (요네야마 법사처럼 매미를 잡지는 않지만) 이런저런 장난을 친다네. 차나무 밑동에 꽈리인지 뭔지 붉은 열매가 뒹굴고 있기에 무심코 뜯었는데, 생각해보니 딱히 줄 사람도 없더군. 어린 여동생이라도 있으면 좋을 텐데 했지만 어쩔 수 없지. 패랭이꽃 시든 사이로 도라지 한두 줄기가 껑충 솟아 있었는데, 비를 맞고 이끼를 베개 삼아 드러누워 있고, 보라색 꽃잎을 따라 작은 개미들이 줄지어 기어가는 모습이 눈병 난 눈에도 잘 보였다네. 여랑화가 어쩌다 열매를 뿌려 놓은 것을 진짜 먹이인 줄 알고 참새들이 모여 쪼아 먹는 걸 보고, 허허 짐승은 참으로 바보구나 생각하다가도, 그런 인간 역시 이 참새와 오십보백보이니 욕할 수도 없겠지. 나팔꽃은 매달릴 가지가 없어 여기저기 기어오른 끝에 겨우 소나무 밑둥치에 있는 금색 사각 등롱을 휘감고 슬픈 듯이 달랑 한 송이 꽃을 피웠지만 그저 녹슬어 초라한 등롱의 모습일 뿐이네. 병을 앓다가 이제 막 자리에서 일어난 미인이 장사의 팔에 매달려 있다고 해야 할까. 하하하. 그럼 뜰 풍경은 이쯤에서 마치기로 하지.

요즘은 왠지 세상이 싫어져 아무리 마음을 고쳐먹어도, 싫고 또 싫은 마음을 떨쳐버릴 수가 없네. 하지만 그렇다고 자살할 만큼의 용기도 없는 건, 역시 인간다운 데가 얼마쯤 남아 있어서가 아닐까. 파우스트가 손수 독약을 만들어 입가에까지 가져갔지만 끝내 마시지 못했다는 괴테의 작품을 떠올리니 절로 쓴웃음이 나는군.

소생은 지금껏 남을 신경 쓰고 고민하면서 살지도 않았고, 큰 재난을 겪어 남선북마(南船北馬)*하며 세월을 보낸 적도 없네. 그저 칠팔 년 전부터 자취방 부뚜막에서 얼굴에 검댕을 묻히기도 하고, 기숙사 쌀에 위장병을 얻기도 하고, 어떤 때는 하숙집 이층에서 먹을거리 때문에 결투를 벌이기도 하면서 그야말로 태평하게 지냈는데, 요즘은 그것도 질려서 이제는 내 집에서 먹고 자는 행복한 신세가 되었네. 하지만 50년 운명의 여로를 아직 절반도 지나지 않았는데 벌써부터 이렇게 숨이 막히니, 자네 보기에 부끄럽고 스스

* 늘 여기저기로 떠돌아다니는 것.

로도 한심한 놈이라는 생각이 들지만 이것도 인간혐오적인 (misanthropic) 병이라면 어쩔 수 없지. 아무리 평등하고 무차별하다 생각해도 무차별하지 않으니 우습다네. 인생이란 두 무한 사이의 한 점(life is a point between two infinities)이라고 여기고 체념하려 해도 체념할 수가 없으니 어쩔 수 없네.

We are such stuff
As dreams are made of, and our little life
Is rounded by a sleep.*

우리는 꿈이 만들어지는 재료이고,
우리의 짧은 인생은
잠으로 둘러싸여 있다.

이런 것쯤은 오래전부터 알고 있네. 태어나기 전에도 잠을 자고, 죽고 나서도 잠을 자고, 살아 있는 동안의 움직임은 모두 다 꿈이라는 걸 알고 있지만, 그렇게 느끼지는 못하는 게 한심하다네.

---

* 셰익스피어의 《템페스트》에 나오는 프로스페로의 대사. 희곡 원문에는 'made of'가 아니라 'made on'으로 되어 있고, 'by a sleep'이 아니라 'with a sleep'으로 되어 있다.

"자기도 모르게, 태어나서 죽는 사람은 어딘가에서 와서 어딘가로 떠난다. 자기도 모르게 잠시 머물다 가는 이 세상에서 누구를 위해 고민하고, 무엇으로 눈을 즐겁게 할 것인가."

가모노 초메이*가 했던 이 깨달음의 말은 기억하지만, 그 알맹이는 흔적도 없이 사라졌네. 마음이라고 하는 정체를 알 수 없는 녀석이 다섯 자 몸뚱이 안에 칩거하고 있기 때문에 그렇다고 생각하니, 얄밉다는 마음이 들더군. 그래서 살 속에 박히고 골수에 숨은 것을 이리저리 찾아보았지만, 아직 실마리조차 찾지 못했네. 그저 번뇌의 불꽃만이 드세어질 뿐, 달콤한 이슬 같은 비는 기다려도 오지 않네. 욕망의 바다에 파도가 거칠어, 언제 피안에 다다를지 모르네. 멈춰라, 멈춰라. 눈은 멀고, 귀는 먹고, 육체는 재가 되어라. 무미 무취한 묘한 것으로 변하여,

I can fly, or I can run,
Quickly to the green earth's end,
Where the bowed welkin slowly doth bend;
And from thence can soar as soon
To the corners of the moon.**

---

* 12세기 말 헤이안 시대의 가인이자 수필가.
** 존 밀턴의 가면극 《코무스(Comus)》 중의 한 구절.

하늘이 천천히 활처럼 굽은
저 푸른 땅끝까지 빠르게
나는 날 수 있네, 나는 뛸 수 있네
그곳에서 달의 구석구석까지
재빨리 날아오를 수 있네

이렇게 말할 것만 같은 홀가분한 몸이 되고 싶네.

아아, 마사오카 군, 살아 있기에 근거 없는 비난과 칭찬에 괴로워하고, 내용 없는 칭찬과 폄훼에 애를 태우다가, 쥐똥이 대들보에서 떨어지는 것만 봐도 화들짝 놀란다면, 선승의 웃음거리가 되지 않겠는가. 법어집의 문구는 아니지만, 두 눈을 오래 감고 숨을 한 번 오래 멈출 때는 군신도 없고 부자(父子)도 없다네. 도덕도 권리도 의무도 다 귀찮은 사람이 진정으로 공공적적(空空寂寂)*하게 될 수만 있다면, 그것을 낙으로 삼으며 살겠네.

관 뚜껑을 덮으면 모든 게 끝일세. 나의 백골이 곡괭이 끝에 걸릴 즈음에는 어느 누가 나쓰메 소세키가 살아 있던 때를 알겠는가. 송구스럽군.

* 완전히 비어 지극히 고요함을 뜻하는 불교 용어.

소생, 지금까지 이렇게 불만 가득한 편지를 자네에게 보낸 적이 없네. 이런 넋두리를 늘어놓는 건 이번이 마지막일 걸세. 떨떠름한 표정 짓지 말고 읽어주게나.

1897년 1월

마사오카 시키에게*

나 한 번 구르면 원숭이가 될 것이고, 나 한 번 구르면 신이 될 것이고, 나의 지나간 30년이 미간에 새겨져 있다. 맑은 거울 속의 내가 어찌 나를 속일 수 있으리. 원숭이의 동족인지, 신의 친척인지, 모름지기 자신의 얼굴을 응시하며 한번 헤아려보라. 나는 내 부모의 묘비명이고, 내 자식은 내 전기의 초록(抄録)이다. 사람의 얼굴을 한, 두 발 달린 말이 진선미를 태우고 무한의 공간을 달린다. 내가 달리지 않으면 그들은 멀어지고, 또 다른 잘 달리는 자를 찾아가겠지. 날은 저무는데 길은 멀어 서둘러도 닿을 수가 없다. 시간에는 양이 없어, 등 뒤에 찍힌 철 채찍 자국은 한 줄 한 줄에 시(時)와 분(分)과 초(秒)와 밤낮이 새겨져 자각의 재료를 이

* 소세키는 시키에게 하이쿠를 배웠다. 시키에게 하이쿠를 지어 보내면 시키는 그것을 첨삭해서 다시 보냈다. 소세키는 이 글과 함께 하이쿠 21구를 따로 보냈는데 평소의 편지와는 형식과 문체가 달라 다른 서간들과는 큰 차이가 있다.

룬다. 자신을 채찍질하지 않는 자는 시간을 자각할 능력이 없고, 시간을 자각할 능력이 없는 자는 죽은 자나 마찬가지이다. 요(堯)는 이를 순(舜)에게 전하고, 순은 이를 우(禹)에게 전하고, 우는 이를 주공과 공자에게 전한다. 선조의 유산을 전하기가 어렵지는 않지만, 나는 바라건대 이를 두 배, 세 배, 백배로 전하려 한다. 부모의 주전자를 물려받아 이를 자손에게 전해줄 수 있다면, 나는 그저 하나의 전신줄에 지나지 않겠지.

소세키, 끝내 원숭이로 퇴화할까, 장차 신으로 승진할까. 처음부터 다시 도로아미타불일까. 나무아미타불.

태어날 수 있어

경사스럽다

얼굴의 봄

1901년 1월 22일

나쓰메 교코에게*

그 후로 어떻게 지내고 있는지 밤낮으로 걱정이 되오. 우선 다들 건강한지 궁금하오. 당신도 건강하게 지내고 아마 지금쯤은 순산했을 것이라 생각하오. 나도 무사히 하루하루 공부에 여념이 없소. 걱정하지 마시오. 아이를 낳은 뒤에는 특별히 더 적절한 주의가 필요하다고 생각하오. 이곳의 겨울은 너무나 지독해 안개가 자욱하게 낄 때는 달밤보다 더 어두워서 불쾌하기가 그지없소. 어서 일본으로 돌아가 광풍제월(光風霽月)**과 청천백일(青天白日)***을 보고 싶구려. 이 땅에 일본인은 수두룩하지만 교제를 하면 시간을 뺏기고 돈도 들기 때문에 되도록 집에서 독서에만 열중하고

---

* 소세키의 아내. 1900년 9월에 런던으로 떠난 소세키는 이국의 외롭고 힘든 생활에 대해 아내에게 자주 편지를 쓴다. 가족을 그리워하며 아내에게 자상한 모습을 보이지만 자주 편지하지 않는 아내에게 불만을 터뜨리기도 한다.

** 비가 갠 뒤의 맑은 바람과 밝은 달.

*** 맑은 하늘과 빛나는 태양.

있다오. 다행히 도착한 후로 한 번도 감기에 걸리지 않은 것이 무엇보다 고마운 일이오. 요즘 배 상태가 조금 좋지 않지만 그래도 별다른 일은 없는데, 부디 유학 중에는 병에 걸리지 않도록 빌고 있소.

런던 시내를 산책하다 보면 갖고 싶은 물건이 넘쳐서, 귀국할 때 선물로 사 가고 싶은 것도 정말 많지만 능력이 모자라 아무것도 살 수가 없구려. 그래서 산책할 때는 변두리 시골길만 걷는다오.

다음에 기회가 있으면 작년에 구마모토에서 후데*와 함께 찍은 사진 한 장 보내주시겠소? 두꺼운 판지 사이에 끼워서 겹실로 감아 우편으로 보내주시오. 여기는 사진 한 장을 찍으려면 10엔쯤 내야 해서 나는 당분간은 보내기 어려울 듯하오.

타지에서 홀로 지내는 것은 국내라고 해도 불편한 것이오. 하물며 풍속과 습관이 다른 영국이니 꽤나 번거로운 일이 많소. 아침에 일어나 찬물로 몸을 씻고 수염을 깎고 머리를 빗는 데만 해도 상당한 시간이 걸리오. 게다가 흰 셔츠를 갈아입고 단추를 푸는 일 따위는 정말이지 짜증이 나는구려. 서양인과는 특별히 사귈 기회가 없을뿐더러 시간도 돈도 없기 때문에 될 수 있으면 교제는 하지 않으려고 하고

* 소세키의 장녀 후데코.

있소.

이곳의 물건은 비싼 대신 전부 튼튼하오. 그중에서도 남자 양복은 파리보다 런던이 좋은데 정말로 훌륭하오. 나도 여기서 프록코트와 연미복을 맞추었소. 변두리 지역이라 대단히 조잡하오. 게다가 프록코트는 만듦새가 허술하오. 이건 여비에서 좀 남은 돈으로 맞춘 것이오. 그런데 프록코트는 소매통이 넓은데 외투는 소매통이 좁아서 참 난감하구려. 여기 있는 일본인 중에는 남들보다 서너 달 먼저 왔다고 런던통이라 자부하면서 새로 온 일본인의 복장 같은 것을 보고 놀리는 사람들이 있소. 그런 주제에 자기들은 어지간히 희한한 양복을 입고 잘난 체를 하고 있다오. 양복점에 속아서 바가지를 쓰고도 자신은 남들보다 비싼 돈을 주고 맞췄으니 물건도 재봉질도 남들보다 훨씬 고급이라며 으스대는 멍청이들이라오.

여기는 물가가 높아서 구두 한 켤레 사는데도 10엔 정도가 드니까 한 번 생각을 해보시오. 모직물은 비교적 싼 편이오. 옷깃이 매우 희고 단단해 일본 것과는 도저히 비교할 수가 없소. 밖에 나가서 점심 한 끼 먹으면 육칠십 전이오. 일본의 1엔이 여기서 10엔 정도 되는 것 같소. 그렇다 보니 나도 모르는 사이에 사치를 하게 되는구려. 유학생이 일본에 돌아가면 사치를 부린다는 말을 듣는 것도 당연하오. 이것을 꼭 사치라고는 할 수 없는데, 여기서 보통 이하의 생활이 일본에서 보면 매우 사치스럽게 여겨지는 것 같소.

날씨는 꽤 춥지만 대체로 도쿄보다는 참을 만하오. 요새 이삼일은 봄 날씨처럼 좋았는데 매년 이런지는 모르겠소. 도쿄는 꽤 춥겠구려. 여기는 정월 같은 기분은 전혀 들지 않소.

연극은 서너 번 보러 갔소. 어디를 가도 극장 안에 붉은 벨벳을 멋지게 깔아놓아서 깜짝 놀랐소. 무대 장치나 의상의 아름다움 역시 관객을 놀라게 하오. 그중에서도 오륙십 명의 여자들이 하늘거리는 무대 의상을 입고 어지러이 춤추는 모습은 모두에게 보여주고 싶을 만큼 아름다웠다오. 그중의 한 여자가 철삿줄 장치에 매달려 두둥실 공중으로 날아오르자, 머리와 가슴과 손에 전깃불이 켜지면서 얇은 비단과 보석이 빛나는데, 상상만 해도 아름답지 않소? 하지만 진지한 연극을 좋은 자리에서 구경하려면 연미복을 입고 흰 옷깃을 달아야 하고, 담배는 당연히 피울 수 없으니 참으로 답답하오. 일반 양복에 붉은색 구두를 신고 들어갔다가 아주 낭패를 본 적이 있소.

이곳의 상인과 신사, 그리고 신분이 좀 있는 사람은 평소에 꼭 연미복을 입고 실크햇을 쓰오. 그중에는 넝마장수한테서 얻은 것 같은 실크 모자를 쓰고 요상한 프록코트를 입은 사람도 있는데 영락한 낭인이라고 불러야 할 정도요. 남자들의 복장은 무척 수수해 양복도 검정이 많고, 바지는 줄무늬가 있어도 검은색이라 멀리서 보면 민무늬처럼 보이는 것뿐이오. 중류층 밑으로는 하복과 동복을 같이 입는데, 조금 상류층으로 가면 밤에는 꼭 연미복을 입고 식사하는 것이 풍습이오. 연미복은 반드시 밤에 입는 예복으로 정해져 있소. 하지만 장례식이나 결혼식 같은 큰일이 있을 때는 식을 진행하는 사람은 낮에도 꼭 프록코트를 입어야 하오.

프록코트를 입든 연미복을 입든 일본인에게는 어울리지 않소. 일본에 있을 때는 이렇게까지 피부가 노랗다고는 생각하지 못했는데 여기 와서 보니 나 자신의 노란 피부에 정나미가 떨어지는구려. 게다가 키가 작다는 생각이 들면 무척 주눅이 든다오. 저쪽에서 이상한 녀석이 오는구나 생각했는데 실은 내 그림자가 커다란 거울에 비친 것이었던 적이 여러 번 있었소. 얼굴 생김새야 어쩔 수 없지만 키만큼은 크고 싶으니, 아이들은 되도록 방바닥이 아니라 의자에 앉히는 게 좋겠다고 생각하고 있소. 이곳에 오래 살고 있는 사람은 대체로 깨끗하고 세련되기는 했지만, 키만큼은 10년을 살아도 커지지 않으니 어쩔 수가 없소. 거리에서 나보다 키가 작은 서양인을 볼 때는 정말 기분이 좋소. 하지만 대개는 여자들도 나보다 크다오. 뭐라 할 말이 없소.

살면서 정이 안 드는 곳은 왠지 모르게 싫구려. 더군다나 돈이 없을 때는 이러지도 저러지도 못하는 지경이오. 하숙방에 틀어박혀 공부하는 수밖에 없고, 밖에 나가면 돈을 쓸까 봐 걱정이라오.

후데는 아마 많이 컸을 테지. 가끔 자라는 소식을 전해주구려. 조금씩 걸음마를 시작하게 되면 위험할 수 있소. 다치지 않도록 신경 써주시오.

스즈키 다다시 씨에게는 편지를 한 통도 보내지 못하는 실례를 범했는데, 기회가 있으면 안부 좀 전해주시오.

자주 편지를 보내고는 싶지만 시간이 아까워서 그다지 많이 쓰지는 않고 있소. 그렇게 알고 있어 주시구려. 답장은 항상 공사관 앞으로 보내도록 하고, 하숙집은 지금 있는 곳에서 옮길 생각은 없지만 바뀔 수도 있을 것이오. 다카하마가《호토토기스》잡지를 보내주었소. 도착한 후로 벌써 세 권이나 받았소.

출산 경과가 좋고 몸이 건강해지면 틀니를 맞추도록 하시오. 돈이 없으면 장인어른께 빌려서라도 하시오. 내가 돌아가면 갚아드리겠소. 머리는 틀어 올려 묶지 않는 편이 머리카락을 위해서도 뇌를 위해서도 좋다오. 오드퀴닌*이라는 물이 있소. 비듬을 없애는 약이오. 한 번 써보시오. 머리가 덜 빠질지도 모르오.

너무 길게 쓰면 시간을 낭비하게 되니 이 정도로 해두겠소.

* 프랑스에서 만들어진 것으로 탈모 방지에 도움이 된다고 한다.

1906년 1월 10일

모리타 소헤이에게*

또 편지를 쓰네. 조금 있으면 이래저래 바빠져서 도저히 답장을 할 수 없을 것 같으니 지금 잠시 시간을 내서 쓰고 있다네.

자네는 대체로 긴 편지를 써서 보내주었군. 그만큼 편지를 쓰려면 꽤 시간이 걸렸을 게 틀림없을 테지. 나를 위해 그런 노력을 쏟았구나 생각하면서 무척 든든한 마음으로 읽었다네. 불평이든 의논이든 털어놓고 싶은 게 있으면 시간 있을 때 언제든지 나한테 써서 보내주게나. 나는 기꺼이 읽겠네. 그 대신 꼭 그에 필적할 만한 긴 답장을 보내지는 못할지도 모르네.

자네가 《들국화의 무덤》의 평을 써준다면 글쓴이, 즉 우

* 소세키의 제자. 아사히 신문 문예란의 편집을 담당했다. 한 여성과의 자살 미수 사건으로 세상이 떠들썩했을 때 소세키가 그를 보호해준다. 개인적으로 여러 가지 불행한 일을 많이 겪은 이유로 소세키가 많이 감싸준 제자였다.

유 가게 주인*도 분명 기뻐하겠지. 아무쪼록 써주게나. '이토 사치오'라는 사람은 이름도 들어본 적이 없는 인물이라서 아무도 상대해주지 않는다네. 모처럼 뛰어난 문장을 썼는데 아무도 상대해주지 않는다면 참으로 안타까운 일이지. 자네가 평을 써준다면 나도 왠지 기분이 좋을 것 같네. 그렇지만 나쁘다고 느낀 점은 거리낌 없이 말해주게. 본인에게도 참고가 될 걸세.

내가 우유 가게 주인을 마음에 들어 한 이유는 그 인물 됨됨이가 훌륭해서이네. 우유 가게 주인이 대학 강사보다 기품이 있다고 생각했네. 얼굴도 제법 고상하게 생겼어. 그런 글을 쓸 것 같지가 않아.

자네는 먹고사는 일 때문에 학문을 충분히 할 수 없는 것이 괴롭다고 생각하는 모양인데 지당한 말이네. 나도 가난해서 열여덟, 열아홉 살부터 사립학교에서 학생들을 가르치며 졸업할 때까지 공부했지만, 그 무렵에는 딱히 뭘 해야겠다는 생각도 없었기 때문에 그다지 고민하지도 않았네. 그런데 만약 지금의 자네였다면 나 역시 크게 고민했을 것 같네. 예전에 여름방학 때 돈이 없어서 대학 기숙사에만 틀어박혀 지낸 적도 있었지. 한 방에 있던 사람이 떠나면서 벼룩을 온통 내 몸에 남기고 갔을 때는 어이가 없었네. 또 오

---

* 《들국화의 무덤》을 쓴 소설가 이토 사치오. 그는 젖소를 키우고 우유를 팔며 소설을 썼다. 이 소설은 소세키에게 좋은 평가를 받았다.

쓰카 군이 새 가방을 사와서 다음 날 오키쓰에 놀러 간다고 떠들고 다녔을 때는 부러웠다네. 선생님까지 여행지에서 본 미인에게 반한 이야기를 하는데 그 말을 들으니 더더욱 부러웠어.

내가 그때부터 진짜 공부(자네가 말하는 소위 지혜를 얻는 공부)에도 열심이었더라면 지금쯤 좀 더 인간답게 되지 않았을까 생각하네. 그 시절에는 책 이름을 외워서 남들에게 떠벌리는 게 학자라고 생각했네. 취미 같은 것도 수준이 낮았지. 사물의 이치도 요즘 젊은이들만큼은 전혀 이해하지 못했지. 말하자면 지금도 어리석지만 그때는 더더욱 어리석었다네. 물론 식견이야 있었지만 그건 그저 남을 깔보는 식견이었고, 나 스스로 체득한 적극적인 식견은 아니었네.

그래서 나도 아주 총명한 사람이 되고 싶네. 학문을 하고 독서를 하고 싶네. 그래서 어떻게든 대학 일을 그만두고 싶다는 생각뿐이네. 선배인 반스이가 연하장을 보내 아직도 교수가 안 됐냐고 하기에, "인간이면 교수나 박사를 명예라고 생각해서는 안 됩니다. 《실낙원》을 번역한 도이 반스이 정도 되는 사람이 그런 말을 진지하게 하는 건 좋지 않습니다. 소세키는 거지가 되어도 소세키입니다……" 하고 써서 보냈다네. 참 어린애 같은 거침없는 생각이란 걸 나중에 깨달았지.

자네가 남의 작품을 읽는 태도는 아주 좋다고 생각하네. 그렇지 않으면 남을 비평할 수가 없네. 다만, 남의 장점을 다치지 않게 할 만큼의 공평한 눈을 반드시 키워야 하네. 나는 남의 작품은 그냥 재미있게 읽고 싶네. 읽어주고 싶다는 마음이 먼저 드네. 하지만 다 읽고 감단했다고 할 만한 작품은 별로 없네. 역시 서양인 쪽이 그런 느낌을 불러일으키는 경우가 많아. 하지만 서양인이라고 해서 꼭 더 낫다는 마음으로 읽는 건 절대 아니네. 이삼일 전 교카가 쓴 《해이기(海異記)》라는 글을 읽고 놀랐네. 너무 황당하다는 느낌밖에 들지 않았어. 그리고 그가 문장을 쓰는 방식이 왠지 잘난 체하는 것 같아 싫었네. 물론 경구는 많았어. 그걸 왜 좀 더 멋지게 연결하지 않았을까 하고 생각했지. 이렇게 생각하기는 하지만 나는 교카에게 증오심이든 뭐든 아무런 감정도 없네. 오히려 호의를 가지고 읽고 있다네. 이런 건 역시 타고난 취향의 차이일 것이네.

자네의 편지를 읽으면 자네라는 인간을 꿰뚫어 보는 것 같은 기분이 든다네. 자네와는 두세 달 만났지만 그렇게 잘 알지는 못하네. 남에게 자기를 고백한다는 건 대담한 행위네. 하지만 고백을 받은 사람은 그 대담함을 칭찬해서는 안 되네. 그저 다른 사람에게 털어놓지 못하는 것을 나에게만 고백해주었다는 특별한 허락을 기뻐해야 할 것이네.

자신의 약점을 다루는 데는 두 가지 방법이 있지. 하나는 그것을 감추고 자신의 허영심을 실망시키지 않는 것이네. 이 방법은 누구나 쓰고 있지. 나도 쓰고 있고. 그렇지만 절대 만족을 얻을 수는 없네. 또 하나는 고백이네. 그러나 쓸데없는 사람이나 고백을 듣고 경멸하는 사람, 또는 그것을 이용하여 내게 해를 입히려는 사람에게는 고백하고 싶지 않네. 그러니까 이 경우에는 내가 믿는 사람이나 존경하는 사람, 아니면 가르침을 주며 훈계해줄 수 있는 사람에게 고백해야 하네. 그때는 아주 유쾌한 기분이 들 걸세. 나 자신이 유쾌할 뿐만 아니라 상대방도 기분이 좋아지지. 자네가 만약 자네의 글에서 자신의 약점도 개의치 않고 털어놓을 수 있다면 그럼으로써 자네는 유쾌해질 것이네. 내가 자네의 고백을 들을 수 있는 상대가 된다면 나 역시 유쾌할 것이네.

앞으로 바빠지면 언제 또 이런 긴 편지를 쓸 수 있을지 모르겠네. 일단 이 정도로 하고 그만 펜을 내려놓겠네. 이상.

1906년 2월 13일

모리타 소헤이에게

귀한 편지 잘 받아보았네.

자네의 마음 상태가 과연 자네가 말하는 것과 같다면 자네는 조금 병이 든 게 분명하네. 병이 나쁘다고만 할 수는 없지. 좋다고도 할 수 없는데, 말하자면 자신이 괴로운 만큼 불행하다고 할 수밖에 없으니까 말이네.

먼저 보낸 편지에서도 말했지만, 자네는 감정이 너무 격하기 때문에 그 예민한 감정에 지나치게 빠진 결과 오늘에 이르게 된 것 같네. 그럴 때는 남이 다른 의견을 말해주고 위로해준들 쉽게 나아지지 않지. 자연에 맡기면서 기분을 풀 수밖에 달리 방법이 없네. 그럴 때는 신경을 자극하는 문학책 같은 건 읽어서는 안 되네. 되도록이면 다른 방면의 사람들과 이야기도 하고, 자네 취향이 아닌 책을 읽기도 하고, 또 남과 다퉈보기도 하고, 돈을 빌려서 펑펑 써보기도 하고, 혹은 누군가에게 편지를 보내 울적함을 털어놓는 것도 좋다고 생각하네. 자네는 마지막 수단에 매달려 내게 편지를 보냈는지도 모르겠지만, 그렇다고 내가 자네를 동정하며 우는소리를 늘어놓는다면 자네에게 조금은 의지가 될지는 몰라도, 병은 점점 더 심해질 것이네. 그렇다고 해서 내가 냉담한 답장을 보내면 그 또한 나쁘겠지. 또 흔해 빠진 설교 조의 말을 한다 한들 아무 효과도 없을 것이네. 그러니 나도 좀 난처하군.

나도 옛날에는 아주 바보 같고 의지박약에다 거만할 뿐 아니라 세상 사람들을 무척 두려워했지만 지금은 많이 변했다네. 성격은 최근 삼사 년 사이에 눈에 띄게 변했어. 그래도 마음만큼은 여전히 젊어서 학생들도 친구 같은 느낌이 드네.

요즘 내가 글을 쓰는 사람이 되고 나서는 사람들이 이런저런 말들을 한다네. 오마치* 같은 사람은 내 험담을 두 번이나 거듭했지. 《인민신문》에 내가 《나는 고양이로소이다》를 쓰고 나서부터 아내와 사이가 나빠졌다고 쓴 모양이야. 또 어떤 사람은 내가 가네다 부인에게 협박을 당해서 난처해한다고 했다는군. 나도 아마 10년 전이었다면 그것에 대해 진지하게 해명했을 테지만 지금은 그럴 생각이 전혀 없네. 오마치 게이게쓰 같은 사람은 처음부터 바보라고 생각

* 오마치 게이게쓰. 메이지 시대의 시인이자 비평가.

했네. 신문에서 무슨 말을 하든 상관하지 않겠다고 마음먹었다네. 왜 이렇게 변했는지는 모르겠군. 또 이것이 좋다고 단언할 수도 없네. 하지만 옛날보다 마음이 편안하네. 인간에게 마음이 편안한 편이 좋은 건 분명하지. 인간으로서 나는 결코 자네의 모범이 될 만한 자격이 없네. 하지만 나도 저렇게 훌륭한 사람이 되고 싶다, 하고 내가 이 세상에서 숭배하는 사람은 아무도 없네. 그러니까 자네도 자네 혼자서 헤쳐 나간다면 그것으로 어엿한 한 사람인 것이니 상관없지 않은가.

남들이 비웃어서 그렇다면 그건 당연하다고 할 수 있겠지만, 지금 문단에서 남의 웃음을 사지 않는 작품을 쓰는 사람은 거의 없네. 마치 친구나 지인 중에 바보 같은 인간이 없는 사람은 아무도 없는 것과 마찬가지이지.

조금 전에 말한 오마치 게이게쓰 같은 사람은 바보 중에서도 일등이야. 지쿠후 선생도 그런 사람이지. 조규 따위를 숭배하는 사람도 많이 있지만 그런 아니꼬운 문사는 없네. 하지만 다들 자기 주장을 하며 태연히 있는 것이네. 그러니 자네 혼자 입 다물고 있을 필요는 없네. 시시하다는 생각에 문단을 떠나버리겠다면 그 마음은 이해하지만, 그렇게 나 혼자만 이상한 사람이라고 생각할 필요는 없네. 내가 오마치나 그 밖에 다른 사람들을 이렇게 바라보는 것처럼, 그들

역시 내가 모르는 곳에서 나를 비평하고 있네. 하지만 전혀 상관하지 않네. 등 뒤에서 하는 말 따위는 아무래도 상관없네. 글도 질릴 때까지 쓰다가 죽을 작정이네.

타인은 결코 자기보다 훨씬 뛰어나지는 않아. 또한 결코 자기보다 훨씬 뒤떨어지지도 않지. 특별한 이유가 없다면 나는 이런 마음으로 사람을 대하고 있네. 그걸로 아무 문제가 없다고 생각하네.

자네, 약한 소리를 하면 안 되네. 나도 약한 남자이지만 약한 대로 죽을 때까지 해볼 것이네. 하고 싶지 않더라도 하지 않으면 안 되겠지. 자네도 마찬가지야. 죽는 것도 좋겠지. 하지만 죽는 것보다야 차라리 아름다운 여인의 동정이라도 얻어서 죽고 싶은 마음이 사라지는 편이 낫지 않을까.

얼마 전에 우울병에 걸렸다는 사람에게 이렇게 대답해주었네.

돈 백 엔을 빌려 탕진하면 우울병이 낫는다. 하지만 방탕이 오래 계속되면 그 방탕에서 또 우울병이 생긴다. 그러면 방탕을 그치고 공부를 한다. 이것이 보통의 인간들이 행하는 가장 자연스러운 방법이다. 일시적인 방법이지만 누구나 할 수 있다. 그러나 그런 번거로운 짓을 했다가 말았다가 하느니 단번에 천하태평해지고 싶으면, 죽을 각오로 마음을 다잡고 요즘 유행하는 '자각'이라는 것도 해봐야 한다. 자각이란 게 뭐냐고 묻는다면 나도 모르니까 한마디로 답할 수는 없다…….

내 글을 평해주었다니 참으로 고맙네. 그건 다음에 만나면 따로 이야기하지. 이상.

1906년 2월 15일

모리타 소헤이에게

또 편지를 보내네.

자신의 작품에 대해 후회한다는 건 예술적 양심이 예민해서 그러는 것이니 그보다 더 좋은 것은 없네. 그런 생각이 없다면 문학자가 될 자격이 없다고 생각하네.

스스로 자신의 가치를 쉽게 알 수는 없지. 예로부터 문예에 조금도 뜻이 없던 사람이 갑자기 붓을 쥐고 훌륭한 작품을 쓴 예는 많이 있네. 그때까지 자신이 어떤 사람인지 몰랐던 것이지. 하지만 소설이라는 건 단번에 대작을 쓸 수는 없어. 갑자기 대단한 작품을 쓴다는 건 하늘이 내린 자질이 충분히 발휘되어 때가 무르익었을 경우에만 가능하기 때문에, 그렇지 않은 사람은 계속 쓰고 계속 성숙하며 나아가는 것이네.

나 같은 사람은 도저히 문학가의 예가 되지 못하지만, 내가 자네 정도 나이였을 때는 지금 자네가 쓰는 정도의 삼분의 일도 쓰지 못했다네. 그 사상은 참으로 천박하고 좁았었네. 내가 스물서너 살에 쓰기 시작한 소설이 열대여섯 장쯤 남아 있었는데 읽어보니 참 바보 같고 서툴렀더군. 너무 창피해서 얼마 전에 아내에게 내다 버리라고 말했다네.

물론 지금도 나는 자네가 읽고 있는 정도의 작품밖에 쓰지 못하지만, 그래도 그때에 비하면 꽤 발전한 것이야. 그래서 나는 죽을 때까지 나아갈 생각이네.

오늘 있었던 일을 예로 들어 말해보겠네. 《나는 고양이로소이다》를 한 꼭지 쓰고 나니 이다음에는 더 쓸거리가 없다는 생각이 들었네. 그런데 막상 때가 되면 하나하나 생각이 떠올라. 그리고 일단 앞 편에서 쓴 분량만큼은 쓸 수 있네. 모든 건 끝까지 해보지 않으면 자신의 머릿속에 얼마만큼 들어 있는지는 자기 자신도 모르는 걸세.

자네도 죽을 때까지 나아간다는 생각으로 하면 되지 않겠는가. 작품을 쓴다면 온 힘을 다해 열심히 쓰면 되지 않겠는가. 후회하는 건 괜찮지만 그것은 자기의 예술적 양심에 관한 것일 뿐, 세상의 비평가들 따위의 말로 후회할 필요는 없네.

자네는 자아의 위축을 탄식하면서도 정작 편지 속에서는 그 자아를 크게 내세우고 있네. 자네가 편지에서처럼 자아를 내세우면서도 자아가 작다고 탄식하는 건 분명 어느 정도 거짓이 담겨 있는 것이네.

고백 문학은 괜찮네. 고백 문학만큼 사람에게 가르침을 주는 건 없지. 그러니 훌륭한 작품을 많이 쓰는 게 좋네. 세상이 받아들이지 못할 건 없어. 자네는 아직 그 방면에서 크게 떨쳐보지 않았으니 말이네.

자네의 문장에는 자네 정도 연배치고는 생각보다 경구가 곳곳에 보이네. 그것만으로도 자네는 일종의 보석을 갖고 있는 셈이네. 그리고 자네 편지를 보면 표현법이 꽤 멋진 데가 있어. 타인이 후회하지 않는 바를 원망하는 부분은 멋지게 썼네. 또 자네 편지에는 표현이 묘한 말도 있지. "시궁창 쥐처럼 소리도 없이 꽁꽁 얼어 죽고 싶다"는 문장은 색다르더군.

자네의 비평을 보면 일반 잡지 기자들보다 훨씬 더 식견이 엿보이네. 잘 읽고 있네. 그러니까 자네의 작품에도 분명 그런 식견이 응용될 수 있을 것이네.

나는 이렇게 자네의 장점을 인정하고 있네. 그런데 어째서 위축된다는 말인가. 오늘 훌륭한 작품을 쓰지 못한 것이 평생 쓰지 못한다는 의미는 되지 않네. 비록 훌륭한 작품을 썼다고 해도 세상에 받아들여질지 아닐지는 그 누구도 장담할 수 없네. 그저 내가 할 수 있는 만큼 하는 것이네.

물론 먹고살기 힘들다는 것쯤은 각오해야겠지. 넉넉한 생활을 하면서 좋은 문장을 쓰겠다면 벌 받을 일이네.

올여름에 자네가 졸업을 하는군. 졸업하면 빵 때문에 괴로워하겠지. 당연한 일이네. 그게 싫다면 곧바로 중학교 선생 자리라도 구해서 시골로 내려가는 게 좋아.

내가 비뚤어진 게 아니네. 세상이 비뚤어진 거지.《나는 고양이로소이다》 속의 고양이는 괴로운데도 억지로 웃고 있는 게 아닐세. 정말로 웃고 있는 것이네.

이 편지에 따로 답장할 필요는 없네. 그저 분발하여 공부하게나. 이상.

1906년 10월 22일

모리타 소헤이에게

자네가 밤에 쓴 편지를 읽고 있는데 도요조가 찾아와 나가자는 바람에 편지를 양복 호주머니 속에 숨겨 넣고, 시나가와 근처의 사메즈에 있는 가와사키야라는 요릿집에서 밥을 먹었네. 그사이에 나는 자네의 편지를 찢었고, 찢은 종잇조각은 아직도 내 호주머니 속에 뭉쳐져 있네*.

나는 온몸으로 동정하며 편지를 읽었고, 온 마음으로 동정하며 그것을 찢었네. 그 편지를 본 사람은 편지 겉봉에 쓰여 있는 나쓰메 긴노스케**뿐이네. 자네의 목적은 이루어졌고, 그 목적 이외의 일이 일어날 염려는 결코 없네. 그러니 안심하고 나의 동정을 받아주기 바라네.

내가 아는 사람 중에 두세 명이 자네와 같은 처지에 있

* 그때 모리타가 보낸 편지에는 자신이 어머니의 불륜에 의해 태어난 자식이 아닐까 하며 괴로워하는 고백이 쓰여 있었는데, 소세키는 그 편지를 읽고 바로 찢어버렸다.

** 나쓰메 소세키의 본명.

네. 아니, 그런 처지에 놓인 사람이라는 말을 들었네. 하지만 그들은 다들 나름대로 성공한 사람들이네. 자네도 나름대로 성공한다면 그 불행을 잊을 수 있지 않을까. 나는 자네가 그 일을 내게 고백한 것이 참으로 기쁘네. 나를 그만큼 중하게 여기는 자네의 진심이 기쁘네. 또한 그 일을 내게 고백하지 않으면 안 될 만큼 자네의 마음을 괴롭히는 그 원인(만약 있다면)을 저주하네. 동시에 그 일을 내게 고백하지 않을 수 없을 만큼 자네의 신경이 쇠약해진 것이 슬프네.

남자는 당당해야 하네. 그것은 자네가 고민할 것들이 아니네. 자네의 인생은 이제부터일세. 공적은 백 년 후에 그 가치가 정해지는 법이네. 백 년 후에 대체 누가 그 일로 자네를 괴롭히겠는가. 또 자네가 만약 큰일을 이룬다면 그 일이 오히려 자네를 위해 빛을 발할 걸세. 그저 눈앞의 일에 급급해 앞으로 나아가지 못하는 것은 박사가 되지 못함을 괴로워하고 교수가 되지 못함을 괴로워하는 것이나 마찬가지이네.

백 년 후, 백 명의 박사는 흙으로 변하고, 천 명의 교수는 진흙으로 화할 것이네. 나는 나의 글이 백대 후에까지 전해지기를 바라는 야심가라네. 눈앞의 사람들과 싸운다는 것은 그들을 의식하지 않으면 안 된다는 것이네. 그들을 의

식한다면 더 몸을 사리고 좋은 평판을 받으려고 애를 쓰겠지. 내가 그 정도도 모를 만큼 어리석지는 않아. 그저 1년, 2년 혹은 10년, 20년 이어질 호평이나 악평은 털끝만큼도 신경 쓰지 않네. 왜냐하면 나는 언제나 가장 빛나는 미래를 상상하기 때문이지. 나는 그들을 안중에 둘 만큼 소심하지는 않네. 나는 그들에게 본체를 드러낼 만큼 바보가 아니네. 나는 그들이 정체를 꿰뚫어 볼 수 있을 만큼 얕은 사람도 아니네. 나는 주변의 칭찬을 바라지 않고 천하의 믿음을 바라네. 천하의 믿음을 바라지 않고 후세의 숭배를 기대하네. 이 희망이 있을 때 비로소 나는 나의 위대함을 느끼네. 자네도 나와 똑같은 사람일세. 자네의 위대함을 절실히 느낄 수 있을 때, 모든 일의 인과(因果)는 붉은 화로 위에 떨어지는 눈송이처럼 사라질 것이네. 노력하고 또 노력하게.

1906년 2월 15일

아네자키 마사하루에게*

오늘 학교에서 이야기하다가 서로 의견이 맞지 않은 부분도 있었기 때문에 다시 편지로 내 뜻을 전하네. 실은 ○○씨가 나를 만나고 싶다거나 혹은 공문서 같은 것을 보내기라도 하면 또 일이 번거로워질 테니까 자네에게 미리 말해두는 것이네.

시험 위원으로 촉탁된 것을 사절한 건에 대해서는 그것으로 이야기가 끝났다고 생각했는데 뜻밖에도 자네들에게 심려를 끼치게 된 것 같아 미안하네. 그 일은 내가 깊이 사과하네. 사과는 할 테니까 내가 터놓고 하는 말을 듣고 판단해주기 바라네.

내가 시험 위원을 사절하는 이유는 바쁘기 때문이네. 나

* 평론가이자 종교학자. 도쿄제국대학 문과대학에서 영어학 시험을 치르는데, 대학 측에서 강사인 소세키에게 문제 출제, 감독, 채점 등 시험을 주관하는 위원을 맡아달라고 요청했지만 소세키는 바쁘다는 이유로 거절했다. 그때 불거진 문제로 소세키가 당시 문과대학 교수였던 아네자키에게 보낸 편지다.

는 일주일에 서른 시간 가까이 일을 맡고 있는데 이것만으로는 생활비를 다 충당할 수가 없네. 그래서 그밖에 다른 일도 하고 있고 또 책도 읽어야 하네. 그러니까 내가 바쁘다는 말은 거짓이 없는 점에서 지당한 이유이네.

그다음 이유는 내가 강사라는 것이네. 강사라는 게 어떤 건지는 모르겠지만 나는 손님 격이라고 생각하네. 대학에서 보통의 교수 이상으로 정중한 취급을 받아도 된다고 생각하네. 대학 측은 그렇게 생각하지 않을지도 모르지만 나는 그렇게 해석하고 있네. 그러니 담당 업무 외에는 되도록이면 번거롭게 하지 않는 것이 예의이네.

하지만 그 대신 강사에게는 교수들이 가지는 권력이 없네. 자신이 맡은 수업 이외에는 참견할 수가 없지. 그런 것들은 전부 교수 회의에서 알아서 정하지 않는가. 어학 시험의 규칙이라는 것도 강사인 나는 아무것도 모른다네. 나도 모르는 사이에 그런 게 생긴 것이네.

그러니까 거기에서 발생하는 번거로움은 그걸 정한 선생들과 당국이 처리하는 것이 당연하네. 자기들이 제멋대로 번거로운 일을 만들어놓고 그에 따르는 수고는 아무 관계도 없는 손님인 강사에게 하라는 건 이치에 맞지 않네.

물론 의논하여 결정하려는 거라면 괜찮네. ○○○는 보수가 없어서 내가 맡지 않는 거라고 교수 회의 자리에서 보고 했다더군. 그 해석은 지당하네. 나도 그렇게 생각하네. 나에게 담당 수업 외에 번거로운 일을 맡기려면 금전이든 사례든 의뢰든 어떤 식이 됐든 보수가 필요하지. 그런 것도 없이 그냥 '촉탁되었음을 알려드립니다' 같은 명령조의 글을 보낸다면 나 역시 이렇게 바쁘니까 거절하는 것이 당연하네.

만약 나의 거설에 대해 학장을 비롯해 다른 교수들이 온당치 못하다고 한다면 그들은 강사라는 것에 대한 해석을 나와는 완전히 달리 하고 있는 것이네. 내 생각에는 강사를 쓰려면 교수를 쓸 때보다 더 조심스러워야 하네. 보게나, 강사는 교수 회의에서 아무런 권리도 없지 않은가. 봉급 면에서 보더라도 심지어 무급 강사도 있지 않은가. 교수에 비해 그런 특권이 주어진 것도 아닌데 강사가 담당 업무 이외의 일을 억지로 떠맡고 예, 예 해야 할 이유는 없지 않은가.

나는 내가 맡은 여섯 시간의 강의만 하면 강사의 의무는 더 이상 없다고 믿고 있네. 그렇기 때문에 문과대학 앞으로 사절 답장을 보낸 것이네. 만약 내 문장 표현이 나빴다고 한다면 거기에도 이유가 있네. 문과대학에서 받은 편지인 만큼 개인에게 보내듯이 애교 섞인 문장을 쓸 수는 없네. 문과대학 앞으로 보내는 만큼 형식적인 말밖에 할 수가 없다네.

자네가 친절하게도 여러모로 나를 걱정해주고 이노우에

씨도 마찬가지라고 하니까 일단 내 생각을 말하는 것이니 영단을 내려주기 바라네. 어쨌든 이번 일은 거절하겠네.

이 편지는 ○○씨에게 보이든, 이노우에 씨에게 보이든, 혹은 교수 회의에서 낭독을 하든 나는 상관하지 않겠네. 자네도 수고스럽겠지만 일이 묘하게 꼬인 듯하니 잘 조처해주기를 바라네.

1906년 2월 17일

아네자키 마사하루에게

자네 편지는 잘 받아보았네. 개인적인 충고는 고맙게 생각하네. 절대 악의를 품고 보지는 않네.

하지만 학장이 또 한 번 답신을 보낸다면 내가 뭐라고 답해야 할지에 대해 미리 자네와 의논할 수는 없네. 그뿐 아니라 나 스스로도 잘 모르겠네. 경우에 따라서는 단호히 거절할 수도 있네. 하지만 결코 자네의 호의를 무시하려는 생각에서 그러는 건 아니니 오해하면 곤란하네.

매년 고등학교 입학시험이 있네. 그때는 학교장이 자주 내 집에 의뢰하러 오곤 하지. 하지만 나는 바쁘다는 이유로 매번 사절한다네. 그러면 그걸로 끝이네. 담백하지. 세상은 그것으로 충분하네.

그렇게 하는 게 나쁘다고 한다면 형식에 얽매인 말세의 풍습이네. 20세기는 말세라서 어쩔 수 없다지만, 속물 같은 관리 사회나 배우지 못한 사회라면 몰라도 학자들이 모여 있는 대학에서조차 그런 말을 하기 어렵다면, 그건 대학이 무사안일주의, 명분주의, 관리주의로 가득하기 때문이네.

대학은 어학 시험 관리를 촉탁하고, 나는 바빠서 사절한다. 이 둘 사이에는 어떤 불평도 필요하지 않네. 만약 그것이 내 일신상이나 영문과에 불이익이 된다면 그건 내가 나빠서 그런 게 아니네. 대학이 나쁜 것이지.

어학 시험 위원 같은 건, 바빠서 곤란하다는 나를 억지로 끌고 오지 않아도 일이 없는 교수로도 충분히 메울 수 있는 일이네.

나 같은 사람은 바쁜 와중에 조금이라도 시간이 나면 책 한 장이라도 읽는 편이 나를 위해서도 영문과의 장래를 위해서도 도움이 된다고 생각하네. 어학 시험 위원을 맡지 않은 것을 괘씸하게 여긴다면 마음대로 생각해도 좋네. ○○씨 같은 사람이 뭐라고 생각하든 상관없네. 가끔은 이런 거절을 당하는 편이 인간이라는 걸 이해할 수 있는 기회가 될 테니까 좋을 걸세. 학장이라는 사람이 역사학의 대가가 됐다고 그걸로 끝나서는 안 되네. 세상 사람들 중에는 이런 이상한 인간도 있다, 아무리 강사라도 자기 마음대로 호락호락 넘어가지 않는 사람도 있다는 걸 알게 해주는 것이 좋네.

1906년 7월 3일

다카하마 교시에게*

그 후로 오래 소식이 없었네. 소생은 이제 겨우 점수를 다 매기고 느긋하게 있는 중이네. 어제 호토토기스 잡지를 보니 다음 호에도 고양이를 써줄 것을 의뢰하고 싶다고 나와 있더군. 나도 모르게 미소를 지었지. 사실은 요즘 논문만 읽는 머리를 식히려고 소설을 읽기 시작했네. 그랬더니 희한하게도 10분에 30초씩 뭔가 막연히 감흥이 솟구치는 거네. 하지만 그저 막연히 솟구치기만 할 뿐 정리가 된 건 아니네. 하지만 그것이 10분에 30초쯤 되니까 아주 양이 많은 셈이지. 그 막연히 솟구치는 것을 하나하나 쭉 늘려 길게 만들 수 있는 시간과 끈기가 있다면 아마 이 나라에서 제일가는 문호가 될 것이네. 그렇다고 해도 그중에서 실제로 작

* 하이쿠 시인이자 소설가. 마사오카 시키의 문하생으로 시키의 소개로 소세키와 인연을 맺게 된다. 영국 유학에서 돌아온 소세키에게 소설을 쓰도록 권유하여 소세키는 잡지 《호토토기스》에 소설을 연재했는데, 그것이 그의 첫 소설 《나는 고양이로소이다》였다.

품이 되는 건 백에 하나쯤일 것이네. 풀꽃의 씨앗이라도 천 만 개 중에 자라나는 건 하나쯤일 테고. 그렇지만 어쨌든 묘한 기분이 드는군. 소생은 그것을 '인공적 인스피레이션'이라고 이름 붙였다네. 소생 같은 사람에게는 하늘이 내려주는 영감이란 넝쿨째 굴러든 호박 같은 것이라서 기대할 수가 없으니, 스스로 인공적인 영감을 만드는 것이네. 근래에는 기계로 알을 부화하는 인큐베이터라는 것도 생겼지. 오늘날은 문명이 발달해서 인위적 인스피레이션이 있는 것도 당연하네. 그래서 이번 7월에는 뭐든지 네 편쯤 쓸 생각이라네. 조금 전에 막연히 끝도 없이 떠오른다고 한 생각들은 구름처럼 많기는 하지만 정작 정리된 건 하나도 없네. 무엇을 정리할지, 또 어떻게 정리할지는 아직 생각하지 않았네. 사실 다음 학기 강의를 준비하지 않아도 된다면 큰 작품을 쓰거나 책을 많이 읽을 작정이었는데, 강의란 녀석은 참으로 고역이구려. 그건 8월 이후부터 쓰기 시작할 생각이네.

덴시*는 문학사가 될 것이네. 소생도 문학사네. 그렇다면 덴시와 나는 동료인 셈이지. 동료인 이상 앞으로는 모든 일에 똑같은 대접을 받을 생각이네.

내가 평생 얼마나 글을 쓸 수 있을까, 나는 그걸 생각하

* 노무라 덴시. 소세키의 제자로 소설가이다.

는 낙으로 살고 있네. 또한 앞으로 몇 년이나 싸움을 계속 할 수 있을지도 낙이네. 인간은 자기 자신의 능력이라고 하더라도 스스로 시험해보기 전에는 알 수 없는 법이네. 손아귀 힘 같은 거야 1분만 있어도 시험해볼 수 있겠지만, 자신의 인내력이나 문학적인 능력과 끈기 같은 건 자기가 할 수 있는 만큼 해보지 않고는 스스로도 짐작할 수 없는 것이네. 옛사람들은 대개 자신을 충분히 발휘할 기회를 얻지 못하고 죽었을 것이네. 안타까운 일이지. 기회가 있으면 뭐든지 피하지 말고 자신의 역량을 있는 그대로 시험해보는 것이 가장 좋은 것 같네.

《나는 고양이로소이다》를 영어로 번역한 사람이 있네. 좀 읽어달라고 하면서 우편으로 백 페이지 정도를 보내왔더군. 참 고마운 일이지. 하지만 인간으로 태어난 이상 고양이 같은 글을 번역하기보다는 자신의 글을 한 페이지라도 더 쓰는 편이 가치가 있다고 생각하네.

소생은 뭘 하더라도 나만의 방식으로 하는 것이 나에 대한 의무이자 하늘과 부모에 대한 의무라고 생각하네. 하늘과 부모가 이런 인간으로 낳아준 이상, 이런 인간으로 살아가라는 의미라고밖에 달리 해석할 수 없네. 이런 인간으로 태어난 이상, 내 능력보다 더 나은 일이나 더 못한 일을 억지로 하려는 것은 하늘의 책임을 내가 짊어지고 고생하는 것이나 마찬가지라고 생각하네. 이 논리로 말하자면, 설령 부모와 다툼이 있다 해도 충분히 자기의 의무를 다하고 있는 것이네. 하늘의 뜻을 어긴다 해도 자신의 의무를 다하고 있는 것이네. 하물며 주변 사람이나 도쿄 시민, 일본 국민, 나아가서 온 세상 사람들의 의사에 반한다고 해도 스스로는 훌륭히 도리를 다하고 있는 것이네. 너무 기염을 토했나 보구려. 시간이 얼마쯤 있으니 조금 더 쓰겠네.

예전에 이런 생각을 하던 때가 있었지. 올바른 사람이 오명을 얻고 죄를 뒤집어쓰는 것만큼 비참한 일은 없다고 말이네. 그런데 지금은 완전히 생각이 달라졌다네. 바라건대 그런 사람이 되어보고 싶네. 나무 기둥에 매여 발밑을 내려다보며, 온 세상을 상대로 이 바보 같은 놈들아, 하고 마음속으로 경멸하면서 죽고 싶네. 물론 나는 겁쟁이라서 진짜 나무 기둥에 매달려 창에 찔려 죽는 건 좀 무섭다네. 교수형 정도라면 기꺼이 바라겠네. (중략)

이것저것 많이 썼구려. 쓰려면 얼마든지 쓰겠지만 이 정도로 마칠까 하네.

어떤가, 하루쯤 어딘가에서 풍류를 즐기지 않겠나?

1906년 10월 23일

가노 고키치에게*

자네에게서 편지가 왔네. 무슨 일인가 싶어 뜯어보니 별 일은 아니고 그냥 안부 편지더군. 그래서 놀랐네. 자네라는 사람은 용건이 없으면 편지를 쓰는 사람이 아니고, 또 편지를 보낸다 해도 꼭 무슨 관청에서 보내는 통지서 같을 거라고 생각했기에 놀랐다네. 마치 내가 편지를 쓸 때처럼 아무런 용건도 없어서 이상하다고 생각했네. 자네가 어지간히 한가해졌거나 그게 아니면 교토의 공기를 들이마시다가 갑자기 문학적으로 변한 거라고 단정했지. 그거야 어찌 됐든 상관없네. 자네가 내 분야에 가까워졌다는 것이니 불평할 일은 아니지. 그뿐 아니라 아주 기쁜 마음으로 읽었다네. 자네가 만약 이런 사람이라면 나도 앞으로는 이런 편지를 써

* 철학자이자 교육가. 교토제국대학 문과대학 학장이던 가노는 소세키에게 교토대학 교수로 오지 않겠느냐고 요청했는데 이 편지는 그에 대한 소세키의 답변이다. 이날 소세키는 연달아 두 통의 편지를 보냈다.
앞에 실린 〈교토의 저녁〉에는 이듬해 가노가 소세키를 교토에 초대했을 때의 추억이 실려 있다.

서 보낼까도 생각했다네.

그건 그렇고 자네가 내 꿈을 꾸었다는 말이군. 내가 양어머니와 그 딸과 함께 있고, 아나하치만 신사(神社)가 나오고, 그 양어머니의 이름이 '나카'라는 꿈 이야기는 정말로 묘하군그래. 특히 《니혼신문》에 그런 기사가 나온 걸 모르고 그런 꿈을 꾸었다니 더더욱 기분이 묘했네 (나도 《니혼신문》에 나온 기사는 나중에 주의 깊게 보았네). 묘하기는 묘한데 그게 너무 뜻밖이어서 묘하다는 것이네.*

원래 나는 꿈을 이렇게 생각하고 있네. 사람은 평소에 자주 생각하는 것을 꿈에서 본다고 하지만, 내 생각에는 비율로 보자면 생각하지 않는 것을 꿈에서 볼 때가 더 많은 것 같네. 옛날에 내가 어떤 여자에게 반해 그 여자의 용모를 꿈에서 보고 싶어 잠을 청했지만, 며칠 밤이 지나도 끝내 한 번도 보지 못한 것만 봐도 알 수 있네. 그러니까 자네가 평소에 내 생각을 해서 날 꿈에서 본 건 아니겠지. 아무 감정이 없는 상태에서 나와 내 양어머니와 그 딸이 나타난 것일 테지. 그런데 그게 마침 신문에 나온 것과 우연하게도 일치했다니 신기하군그래. 꿈뿐만이 아니라 원래 뭐든지 아무 기대도 하지 않고 행운유수(行雲流水)의 마음으로 본다면 아주 유쾌한 것이네. 신경을 쓰는 순간 모든 게 무너져버

---

* 그 무렵 《니혼신문》에 소세키가 이십여 년 만에 양모와 그 딸을 만났다는 기사가 실렸다.

리는 거지. 나 같은 인간은 자네만큼 깨우치지를 못해서 툭하면 신경을 쓰니 문제지만, 꿈만큼은 자유자재여서, 나 자신에게 털끝 만큼의 기대도 희망도 없기 때문에 무척 유쾌하다네. 어떤 악몽을 꾸어도, 어떤 죄스러운 꿈을 꾸어도 자연의 극치를 다했기 때문에 유쾌하네. 실제 세상에서는 인간답게 행동한다 해도 나 자신에게 이것저것 신경을 쓰기 때문에 오히려 추악하다는 느낌이 드네.

교토는 좋은 곳임에 틀림없네. 특히 이맘때쯤 송이버섯 같은 걸 떠올리면 못 견디게 가고 싶다네. 자네는 자주 산책을 하겠지. 또 그림이나 고서, 골동품 등도 있을 테고. 모든 게 느긋하니 기분이 좋을 테지. 그런 점에서는 도쿄와 정반대겠지. 나도 교토에 가고 싶네. 가고는 싶지만 대학교수가 되어서 가고 싶다는 말은 아니네. 그냥 놀러 가고 싶다는 말이네. 내 입장에서 말하면, 느낌이 좋고 유쾌함이 많은 곳으로 가기보다는 느낌이 좋지 않고 유쾌함이 적은 곳에 머물면서 끝까지 싸워보고 싶네. 이건 결코 오기가 아니네. 그러지 않으면 사는 보람이 없을 것 같은 기분이 드네. 무엇을 위해 세상에 태어났는지 모르겠다는 기분이 드네.

나는 세상이란 엄청난 아수라장이라고 생각하네. 그리고 그 곳에서 장렬히 싸우다 죽든지 아니면 적을 항복시키든지 어느 쪽이든 해보고 싶네. 적이란, 나의 생각과 나의 주장과 나의 취미에서 볼 때 세상에 도움이 되지 않는 것을 말하네. 세상은 나 혼자의 힘으로는 어떻게 되지 않지. 그렇기 때문에 나는 싸워 죽을 각오를 하는 것이네. 죽는다 해도, 하늘이 주신 능력을 다하고 죽었다는 위안만 있으면 그걸로 충분하네. 사실 나는 나 자신이 어느 정도의 일을 할 수 있는지, 또 어느 정도의 일을 견딜 수 있는지 짐작이 가지 않네. 다만 가장 격한 세상에 서서 (나 자신과 내 가족을 위하는 건 잠시 제쳐두고), 내가 얼마나 사람들을 감화시킬 수 있는지, 내가 얼마만한 사회적 요소가 되어서 미래의 청년들의 피와 살이 되어 생존할 수 있는지 한번 시험해보고 싶네. 교토에 가고 싶다고 말한 건 그 일을 하기 위한 휴식을 위해 가고 싶다는 것이지, 교토에 은거하고 싶다는 뜻은 아니네.

생각해보면 나는 어리석은 사람이네. 대학에서 성적은 좋았지. 그래서 조금은 자부심도 느꼈었네. 그런데 졸업하고 뭘 했느냐면 10년이 넘도록 뱀이 겨울잠을 자듯이 살았네. 내가 뭔가를 시작하려고 한 건 서양에서 돌아온 뒤였고, 그것이 이제 고작 삼사 년도 채 지나지 않았네. 그러니까 나는 뭔가를 해야겠다는 마음이 생긴 지 얼마 되지 않은 어린아이인 셈이지. 만약 내가 뭔가를 이룬다면 지금부터일세. 그리고 그렇게 뭔가를 이룰 수 있을 것 같은 상황을 맞게 된 건 도쿄에서 지금의 지위(학교에서의 지위가 아니네)를 얻었기 때문이네. 그렇기 때문에 내 일은 이 지위와 적지 않은 관계가 있다네. 이 지위를 버리고 교토로 가서 편하고 한가로이 지낸다는 건 예전처럼 구마모토에 내려가서 세상을 모른 척하고 살아가는 것과 마찬가지이네. 그건 좀 싫군.

물론 사람의 일은 큰 관점에서 보면 어느 쪽이든 상관없네. 다윈이든 수레꾼이든 마찬가지네. 불의에 머리를 숙이든, 백이나 숙제처럼 자신의 의지를 관철하든 결국은 매한가지야. 대학교수든 소학교 선생이든 똑같은 것이네. 한발 더 나아가면, 죽든지 살든지 그리 다를 것도 없네. 하지만 잠시 세속적인 견지에서 차별관(差別觀)*의 관점에서 말하면 크게 의미가 다르네. 내가 도쿄를 떠나는 건 결코 좋지 않네. 교수나 박사가 되는 것 따위는 하찮은 문제이네. 나쓰메 아무개라는 인간이 뻗어가느냐 쪼그라드느냐 하는 문제이네. 나쓰메 아무개가 세상에 미칠 영향이 넓어지느냐 좁아지느냐 하는 문제이네. 그렇기 때문에 나는 대학교수가 되어 교토로 갈 마음은 없네.

그래도 따지고 보면 이래도 저래도 상관없으니까 여기서

---

* 사물을 선악, 고하 따위의 차별을 두고 바라보는 견해나 입장을 의미하는 불교 용어.

면직이라도 당하면 자살하기 전에 교토로 가겠네. 교토에 못 가면 홋카이도든 만주든 어디라도 가지. 중요한 건 임기응변에 신경을 써서는 안 된다는 것이네. 임기응변이 극에 달해 목숨을 끊을지도 모르네. 그래도 상관은 없지만 일단 지금의 상황이라면 교토행은 거절하겠네.

하지만 요 근래처럼 자극이 많아 신경이 쇠약해져서 잠만 자고 있으면 그런 큰일도 허사가 될 것 같으니, 내년 봄쯤에 돈을 마련해서 두 주 정도 교토에 놀러 가고 싶네. 이것도 임기응변이라서 어찌 될지는 모르겠네. 이상.

1906년 10월 23일

가노 고키치에게

조금 전에 긴 편지를 보냈네. 이번 주는 고등학교에서 행군 연습이 있어서 내일은 휴일이네. 방금 목욕을 끝내고 와서 조금 전에 보낸 편지에 이어서 좀 더 쓰겠네. 이런 편지는 마음먹었을 때 쓰지 않으면 좀처럼 쓸 일이 없지. 또한 쓰고 싶다고 해서 아무에게나 쓸 수 있는 것도 아니네. 잘 알지 못하는 사람에게 이런 편지를 쓴다면 지어낸 이야기나 하게 되겠지.

모든 일은 사실이 증명되기 전에는 진실이라고 할 수 없네. 내가 어느 정도의 인간이고 어떤 일을 할 수 있는지는 내가 죽고 나서야 비로소 증명되는 것이니, 지금 화를 낸다한들 그건 스스로 사리에 어두운 인간이라는 걸 드러내는 것이네. 하지만 자네가 편지로 교토대학에 오라고 초대하기도 했고, 또 자네는 가장 사리에 밝으면서 내 삶의 많은 부분을 알고 있는 사람이기 때문에, 자네의 친구 나쓰메라는 인간이 이런 사람이라는 걸 소개할까 하네.

자네도 잘 알겠지만 나는 졸업하고 나서 시골*로 내려갔지. 거기에는 여러 가지 이유가 있네. 이유야 어찌 됐든 그 시골행은 소위 말하는 대승적 관점에서 보면 도쿄에 있는 것과 다를 바가 없었네. 하지만 세간의 견지에서 보면 아주 좋지 않았지. 내 출세를 위해 좋지 않았다는 말이 아니네. 내가 세간의 한 사람으로서 세간에 서 있는 점에서 본다면 큰 실패였다는 말이네. 왜냐하면 그 당시 내가 도쿄를 떠난 이유는 이런 것들이었네. — 세상은 저급하다. 사람을 바보 취급하는 곳이다. 더러운 놈들이 남을 생각하지 않고 대중에 기대어 기회를 틈타 터무니없는 실례를 범하고 있다. 이런 곳에는 있고 싶지 않다. 그러니 시골로 내려가 더 아름답게 살자. — 이것이 나의 큰 목적이었네. 그런데 시골로 내려가 보니 도쿄에서와 똑같은 불쾌한 일을 똑같이 당하게 되었네. 그때 나는 절실히 느꼈지. 나는 무엇 때문에 도쿄에 머물지 않았을까. 그들이 그렇게 잔혹한 인간이라는 걸 알았다면 나도 목숨 걸고 죽을 때까지 싸우며 승부를 내면 되는 거였네.

나는 비교적 무해한 사람이다. 나서서 남과 경쟁하는 걸 좋아하지 않기 때문에 뒤로 물러나 (온갖 편의를 버리고,

* 중학교 영어 선생으로 재직하던 마쓰야마.

여러 공상을 버리고, 장래의 희망조차 버리고) 오로지 나 혼자 평안함을 얻으면 된다는 겸손한 태도로 도쿄를 버린 것이다. 그런데 그들은 내게 그만큼의 희생을 치르게 했으면서도 전과 똑같은 압박을 나에게 가하려고 했다. 그건 무법한 짓이다. 문명의 옷을 입은 야만인이다. 그렇게 해서 털끝만큼이라도 그들의 이득이 되는 일을 한다면 나는 사회의 일원으로서 그만큼 사회의 악덕을 부추기는 자가 되는 것이다. 무엇보다 내가 도쿄를 떠났기 때문에 내가 그들을 부추긴 원인을 은연중에 만든 것이다. 나는 나와 같은 처지에 있는 사람들을 위해 나쁜 선례를 만든 셈이다. 나 혼자 떳떳하기 위해서 다른 사람을 조금도 고려하지 않았다. 그래서는 안 된다. 만약 앞으로 또 그런 경우에 처해진다면 나는 결코 물러나지 않을 것이다. 아니, 나서서 그 적을 무찌를 것이다. 적어도 남자로 태어났으면 그 정도 일은 하려면 할 수 있다. 그렇게 할 수 있는데도 자신의 안일을 위해 시골까지 도망쳤으니 결국은 그들을 부추긴 셈이다. 마치 냉수욕의 자극이 싫다고 꾸물대며 이불 속으로 파고드는 것과 같다. 견디지 못할 건 없다. 견딜 수 있는데도 일부러 피하는 것이다. 내게 넘치는 힘을 사용하지 않고 일부러 무섭다고 움츠리는 것과 다름없다.

— 그때 그렇게 나는 속으로 결심했네. 그리고 구마모토

로 갔지. 구마모토로 간 건 도망을 쳤다기보다는 사람을 대하는 도리를 모르는 마쓰야마 사람들을 벌하려는 마음으로 간 것이었네. 중학교에서 고등학교로 옮겼으니 더 높은 자리로 갔다는 건 그저 겉보기일 뿐이네. 높은 지위에 대한 생각은 도쿄를 떠날 때 분명히 버렸네. 마쓰야마가 내가 기대했던 것처럼 순박한 곳이었다면 나는 인정에 끌려 오늘까지도 그곳에 머물며 시골 선비로 만족하며 살았을지도 모르지. 구마모토에서는 마쓰야마보다는 기분 좋게 살았네. 그리고 서양으로 갔지. 유학하는 동안 영국인들은 바보라는 생각을 하고 돌아왔네. 일본인들이 나에게 자꾸만 영국인을 따라 하라, 따라 하라고 하는데, 대체 뭘 따라 하라는 건지 지금도 모르겠네. 영국에서 돌아와 나는 자네들의 호의로 도쿄에서 지위를 얻었네. 지위를 얻고 난 뒤로 오늘에 이르기까지 내 가정이나 그 밖의 역사는 가장 불쾌한 역사이네. 십여 년 전의 나였다면 일찌감치 시골로 내려갔겠지. 글을 써서 평판이 좋아지든, 수업 성적이 오르든, 대학에서 학생들이 칭찬을 해주든, 그런 모든 것을 개의치 않고 시골로 내려갔겠지. 교토에서 부르면 얼씨구나 하고 달려갔을 거야. 자네가 있다면 더더욱 그리워 달려갔겠지.

하지만 지금의 나는 마쓰야마로 떠났을 때의 내가 아니네. 나는 서양에서 돌아오는 배 안에서 혼자 마음속으로 맹세했네. 어떤 일이 있어도 10년 전의 일은 되풀이하지 않겠다. 지금까지는 내가 얼마나 위대한지 시험해볼 기회가 없었다. 나 자신을 믿었던 적이 한 번도 없었다. 친구의 동정이나 선배의 정, 주변 사람들의 호의 등에 기대어 살아가려고만 했다. 앞으로는 절대 그런 것에 의지하지 않을 것이다. 처자식이나 친척들에게조차 의지하지 않겠다. 나는 나홀로 갈 데까지 가서 그 끝이 다한 곳에서 죽을 것이다. 그렇지 않으면 진정한 삶의 의미를 알 수 없다. 보람이 없다. 살아 있는 건지 죽어 있는 건지 알 수가 없다. 내 삶은 하늘에서 받은 것이니 그 삶의 의의를 절실히 맛보지 않는다면 아까운 일이다. 돈을 모아놓고 지켜보기만 하는 것이나 마찬가지이다. 있는 돈을 쓰지 않는다면 돈을 이용했다고 말할 수 없는 것처럼, 하늘이 주신 생명을 있는 대로 이용해 자신이 정의라고 생각하는 곳으로 한 발짝이라도 더 내딛지 않는다면 하늘의 뜻을 헛되이 하는 것이다.

— 나는 그렇게 결심하고 그렇게 행동하고 있네. 지금도 여기저기 둘러보면 이런저런 불행과 불쾌함이 있네. 생각해보면 나와 같은 처지에 놓인 사람이라면 다들 이런 불행을 느끼고 이런 불쾌함을 감수하고 있을 걸세. 하지만 나는 이 불쾌함이 내 과오나 죄악에서 생긴 것이라고는 절대 생각하지 않기 때문에, 이 불쾌함과 이 불행을 낳는 것들을 사

회의 악이라고 생각하고 이것들을 무너뜨리려고 애쓰고 있네. 단지 나를 위해서 무너뜨리려는 것이 아니네. 세상을 위해, 사회 일반을 위해서 무너뜨리려고 애쓰는 것이네. 그러나 내가 도쿄를 떠난다면 내가 무찌르려는 것을 오히려 부추기는 셈이 되는 것이니 현재의 상태가 지속하는 한 나는 도의상 도쿄를 떠날 수 없는 것이네. 이만 총총.

1906년 10월 26일

스즈키 미에키치에게*

자네에게 딱 하나 주고 싶은 교훈이 있네. 나에게 배워서 절대 손해는 없을 걸세.

나는 어릴 때부터 청년이 될 때까지 세상이 꽤 괜찮은 곳이라고 생각했네. 맛있는 음식을 먹을 수 있을 거라고 생각했네. 멋진 옷을 입을 수 있을 거라고 생각했어. 시적인 삶을 살며 아름다운 아내를 맞아 화목한 가정을 이룰 수 있을 거라고 생각했지.

만약 그렇게 될 수 없다면 어떻게 해서든 그것들을 얻고 싶다고 생각했네. 바꿔 말하면, 그것들과 반대되는 것은 되도록 피하려고 했지. 하지만 이 세상에 살고 있는 한, 어디로 어떻게 피한다 해도 그런 곳은 없네. 세상은 자기의 상상과는 완전히 정반대인 현상으로 가득하다네.

그래서 우리가 서 있는 세상에서는 더러운 사람도 불쾌

* 소설가, 아동문학가. 소세키의 문하생으로 소세키의 추천으로 문단에 등단했다. 낭만적이고 서정적인 작품을 많이 남겼다.

한 사람도 싫은 사람도 피할 수가 없네. 아니 오히려 그 속으로 뛰어들지 않으면 아무것도 할 수가 없는 곳이지.

그저 깨끗하고 아름답게 산다, 다시 말해 시인처럼 살아간다는 것은 생활의 의의에서 몇 분의 일을 차지할지는 모르겠지만, 아마 매우 적은 부분이 아닐까 하네. 그러니까 《풀베개》 속의 주인공이어서는 안 되네. 물론 그런 삶도 좋겠지만 역시 지금의 세상에 살면서 자신의 좋은 점을 통하게 하려면 아무래도 입센처럼 나서지 않으면 안 되네.

그런 점에서 말하면 단순히 미적인 문학은 옛 학자들이 냉정히 평가했던 것처럼 무익한 문장이 되고 마는 것이네. 하이쿠 취향은 이런 무익한 글 속을 떠돌아다니며 즐거워하는 것이지. 하지만 거대한 세계는 이 작고 한정된 세상에서 뒹굴고만 있으면 도저히 움직일 수가 없네. 게다가 크게 움직이지 않으면 안 되는 적이 온 사방에 있네. 적어도 문학을 생명으로 여기는 사람이라면 단지 아름다움이라는 것만으로는 만족할 수 없네. 메이지 유신 당시 고생을 겪은 근왕(勤王)의 지사들*이 가진 것 같은 각오가 없으면 안 될 것이네. 만약 잘못되면 신경쇠약에 걸리든, 미치광이가 되든, 감옥에 가든 어떤 경우도 상관없다는 생각이 아니라면 문학가가 될 수 없다고 생각하네. 문학가가 한가로이 초연

* 메이지 유신 때 존왕양이를 내걸며 막부 세력에 반대했던 사람들.

하게 아름다움을 느끼며 세상과 동떨어진 듯한 작은 세상에서만 산다면 그것으로 어쩔 수는 없겠지만, 커다란 세계로 나가면 단지 유쾌함을 얻기 위해 산다고는 할 수 없을 것이네. 더 나아가 고통을 찾기 위해 살아가지 않으면 안 된다고 생각하네.

사네의 취향에서 보면 오로지 아름다운 것만 말하는 식으로, 말하자면 자신이 아름답다고 생각하는 것만 쓰고, 그것으로 문학가 행세를 하게 되지는 않을까 하네. 현실 세계는 물론 그렇게는 되지 않네. 문학 세계 역시 그런 식으로만은 되지 않네. 하이쿠 동인인 교시도 시호다도 이런 점에서 보면 완전히 별세계에 사는 사람들이지. 그런 글을 쓰는 사람만 문학가라면 재미가 없네. 하지만 보통의 소설가들은 그런 식이네. 나는 한편으로는 하이카이적인 문학에 들락날락하는 동시에, 다른 한편으로는 죽느냐 사느냐 목숨이 왔다 갔다 할 만큼, 메이지 유신 시대의 지사 같은 격렬한 정신으로 문학을 해보고 싶네. 그렇지 않으면 왠지 고난을 버리고 안락함을 붙잡아 한가로이 살아가는, 말하자면 허리에 힘이 빠진 문학가 같은 기분이 들어 견딜 수가 없네.

《파계》*에서 얻을 만한 것은 없지만, 이런 점에서 보면 뛰

---

* 시마자키 도손의 장편 소설. 차별이라는 사회 문제를 다루어 당시 큰 반향을 불러일으켰다. 일본 자연주의 문학의 선구적인 작품으로 불린다.

어난 부분이 많이 있다고 생각하네. 하지만 《파계》로는 아직 부족하네. 미에키치 선생이 《파계》 이상의 작품을 척척 써내게나. 이상.

1908년 12월 20일

고미야 도요타카에게*

얼마 전에 쓴 논문을 낸다면 신문에는 도저히 다 못 실을 것 같네. 잡지라면 괜찮을 것 같군. 만약 다시 새로 쓴다면 신문이라도 괜찮을 것이네.

나를 너무 믿어서는 안 되네. 스스로 생각하며 스스로 쓰고, 소세키 같은 건 없다고 생각해야 하네. 와세다의 어떤 사람이 쓴 글은 놀랄 만큼 형편없었네. 그건 생활이 어려워 선배의 지도를 받을 여유가 없어서 그런 것이네. 그렇지 않은 자네는 행복하기는 하지만 여유가 있는 탓에 뭐든지 내게 보여주고 나서 생각을 하니까 독립심이 없는 것이네. 이 정도면 됐다 하고 스스로 자신의 한계까지 가보는 분별력을 가져야 할 것이네.

* 독문학자. 도쿄제국대학 독문과에 입학할 때 소세키가 보증인이 돼주었고, 문하생들 사이에서는 소세키가 가장 아끼는 제자로 통했다고 한다. 소세키에게 독일어를 가르치기도 했다. 소세키 작고 후 소세키 전집의 편집을 담당했다.

문단에 나가는 첫발은 실질적이어야 하네. 지금의 바보 같은 사람들이 이해하기 쉽도록, 읽기 쉽도록, 또 대적할 만한 사람으로 보여서 깔보지 못하도록 글을 써야 하네. 그렇기 때문에 논지는 짧아야 하고, 흥미는 시사적인 문제여야 하고, 그 밖에 여러 가지 자격을 갖춰야 하네. 그렇게 거듭해 나가다 보면, 거창하고 근본 있는 논의를 내놓아도 남이 읽을 수 있고 귀 기울일 수 있게 되는 것이네 (물론 지금처럼 생활고와 당파심이 만연해 있으면 그래도 힘들겠지만). 처음부터 대단한 글을 쓴다 해도 사람들은 상대해주지 않네. 상대해주는 사람은 전국에 대여섯 명밖에 없어. 게다가 그 대여섯 명은 하나같이 입을 꾹 다물고 상대해줄 뿐이야.

문단에 서는 사람은 온갖 경쟁과 배척에 따르는 타락적인 행동에 대해 침착하게 대처해야 하네. 만약 청렴함과 고상함으로 처신할 생각이 없으면 단 하루도 머물러서는 안 되네.

문단의 모든 사람이 현명하지는 않네. 또 올바르지도 않지. 하지만 현명하고 올바른 것처럼 보이게 하는 기술을 밤낮으로 강구하고 있네. 그렇다고 분노해서는 안 되네. 이 사회가 그런 속임수에 넘어갈 정도의 수준이라서 그런 것이라네. 그렇다고 방관해서는 안 되네. 그러면 사회가 나아질 수 있는 기회가 없어지네.

지금 문단에 있는 사람들에게 생활고를 없애보게. 그들 중 열에 일고여덟은 기뻐하며 문단을 키울 것이네. 그들은 문단에 있으면서도 계속 힘들어하고 있는 사람들이네.

자네가 만약 위에서 말한 모든 조건을 받아들인다면 붓을 쥐어도 괜찮네. 그저 한 번 받은 의뢰 때문에 충동적인 마음으로 시작한다면 도깨비불이 둥둥 떠다니는 꼴이 될 걸세. 도깨비불이 되는 게 싫다면 처음부터 단단히 각오해야 하네.

지금의 자연파라는 것은 자연이라는 두 글자와는 의미가 다른 단체네. 다야마 가타이, 시마자키 도손, 마사무네 하쿠초의 작품에 감사하는 단체일 뿐이지. 게다가 전부 러시아를 두려워하는 병에 걸린 자들뿐이네. 인품으로 보면 대체로 자네보다 못하고, 이치로 보면 자네보다 이해력이 떨어지는 사람이 많네. 생활은 자네보다 훨씬 어렵네. 그렇기 때문에 자네가 감히 할 수 없는 것, 말할 수 없는 것을 하는 것이네. 자네는 이런 사람들을 상대로 싸울 용기가 있는가. 내가 자네를 이 소용돌이 속으로 끌어들이고 있다는 걸 숨길 수 없기 때문에 이런 말을 하는 것이네. 이상.

1911년 2월 14일

사카모토 셋초에게*

나는 26일에 퇴원하네. 당분간은 견딜 수 있을 것 같네. 요쿄쿠는 다시 부르기 시작했네. 좀 더 큰 목소리로 부르고 싶군.

긴 편지에 대해서는 감사의 뜻을 표했네. 비꼬려는 마음은 없네. 나는 빙빙 에둘러 말하는 사람이 아닐세 (이렇게 말하면 자네는 에헤헤헤 하고 웃을지도 모르겠지만).

밤에 술을 마시지 않으면 잠을 못 잔다는 건 어딘가 이상이 있는 게 틀림없네. 자네는 심장이 좋지 않다고 들었네. 심한 병을 견뎌낼 수 없을 정도로 나쁘다는군. 열심히 몸을 돌보아야 해. 건강은 젊을 때 챙겨야 하는 것이네.

고미야는 술을 마셨다는 둥 게이샤를 불러 놀았다는 둥

* 국문학자. 고등학교 때 스승이었던 소세키의 문하생이 되었다. 도쿄제국대학 졸업 후 아사히 신문사에서 일했다. '슈젠지의 대환' 때 소세키 곁에서 내내 극진히 간호했는데 그때의 경험을 책으로 써서 내기도 했다.

그런 이야기를 내 앞에서 스스럼없이 늘어놓는데, 그걸 보면 귀엽다는 생각이 드네. 하지만 별로 맞장구는 치지 않네. 맞장구는커녕 항상 호되게 야단을 치지. 그렇기 때문에 상대방도 스스럼없이 나를 대하고, 나도 거리낌 없이 말할 수 있네. 그걸 숨기려고 하면 자연히 거리가 생기기 때문에 그렇게 친해지지 못하지. 고미야는 바보네 (어떤 면에서는 모든 사람이 바보인 것처럼 말일세). 그 바보스러움을 내 앞에서 비판을 두려워하지 않고 드러내고 있는 것이네. 그것은 염치가 없는 게 아니네. 약점을 비판받는 미래의 불편함을 희생하는 것이지. 나는 그의 행동이나 음주, 그 밖의 것들을 윤리적으로 칭찬하지 않네. 하지만 패덕한 행위라고는 생각하지 않네. 거침없이 꾸짖기는 하지만 부도덕한 사람이라고는 생각하지 않네. 그걸로 됐지 않은가.

나는 자네에 대해 아무것도 아는 게 없네. 자네는 자네의 전부를 나에게 말하지 않지. 말하자면 자네는 나에게 거리낌이 있어. 그래서 나도 자네에게 거리낌이 있네. 거기에는 예의가 있을지는 모르겠지만 터놓고 대할 수 없는 것도 있다네. 이건 자네가 보더라도 사실이겠지.

나는 산책할 때 아카사카타마치 쪽이나 오쿠라 기하치로의 저택 주변, 또는 시바 공원, 도리모리, 고비키초 같은 내가 모르는 곳을 여기저기 걸어 다니는 것이 재미있네. 이제 산책도 이삼일밖에 못 할 테니 섭섭하군.

아내는 봄이 되면 자네가 있는 곳이든 즈시든 어디 놀러 가고 싶다고 하는군.

자네는 모든 걸 다 안다는 듯한 얼굴로 행동한다고 사람들이 자네를 평했다고 하는데, 실제로 그렇게 보이는 데가 있네. 자네가 불안하다고 한 것 역시 어떤 면에서는 사실로, 누구에게나 있는 일이라고 생각하네.

《요쿄슈》*를 읽으면 정말 재미없는 것뿐이라고 생각할지도 모르겠네. 나는 내가 쓴 작품을 읽는 게 무서워서 될 수 있으면 읽지 않으려고 하네. 그럼 이만.

* 소세키의 초기 단편집.

1913년 10월 5일

와쓰지 데쓰로에게*

자네가 쓴 책이 도착해서 답신을 보낼까 생각하고 있었는데 너무 늦어버린 탓에 이 편지로 대신하네.

자네의 편지를 보고 놀랐다네. 나에게 다소 흥미를 가지는 사람이 세상에 있기는 하네. 하지만 자네의 고백처럼 이성 간의 연애에 가까운 열의와 감정으로 나를 지켜보고 있는 사람이 예전에 내가 가르친 고등학교에 있었다고는 지금까지 꿈에도 생각하지 못했다네. 그 말을 듣고 왠지 미안한 마음이 들었지만, 사실 그 당시 나는 자네의 존재를 전혀 알지 못했네. 와쓰지 데쓰로라는 이름은《제국문학》에서 보고 알았지만, 그때도 그 사람이 나에게 호의를 가지고 있다고는 생각하지 못했네.

---

* 철학자이자 윤리학자. 중학교 때 소세키의《런던탑》을 읽고 그 뒤로 오랫동안 그에게 경애심을 가졌다. 도쿄제국대학 철학과 졸업 후 첫 저서인《니체 연구》를 소세키에게 바치면서 자신의 마음을 편지에 써서 고백하는데, 이 편지는 그에 대한 소세키의 답장이다.

나는 내가 먼저 남을 따르거나 또는 남이 나를 따르게 하는 성격의 인간은 아닌 것 같네. 젊을 때는 그런 행동도 일부러 했는지는 모르겠지만 지금은 그런 일이 거의 없다네. 좋아하는 사람이 있어도 내가 먼저 다가가는 경우는 전혀 없네. 우치다라는 사람이 와서, 선생님은 너무 담백합니다, 하고 말하더군. 하지만 나는 냉담한 사람은 아니네. 자네 눈에 냉담하게 비쳤다면, 그건 자네가 내게 적극적으로 다가오지 않았기 때문일 걸세.

내가 고등학교에서 가르쳤을 시절에는 온 세상에 화가 치밀어 견딜 수가 없었네. 그 때문에 만신창이가 되어버렸지. 누구도 나를 좋아해주기를 바라지 않았네. 나는 고등학교에서 가르치는 동안 단 한 순간도 교사로서 학생들의 존경을 받을 만한 태도를 지닌 적이 없었다고 생각하네. 그래서 자네 같은 사람이 학교에 있다고는 전혀 생각하지 못했네. 하지만 자네가 말하는 것처럼 나는 냉담한 인간은 절대 아니었어. 냉담한 인간이라면 그렇게 분통을 터뜨리지는 않지.

나는 지금 길에 들어서려고 마음먹고 있네. 비록 막연한 말일지는 모르지만, 길에 들어서려고 마음먹은 사람은 냉담하지 않네. 냉담한 채로 길에 들어서려는 사람은 없네.

나는 자네를 미워하지 않았네. 그렇다고 좋아한 것도 아니네. 하지만 자네가 나를 좋아한다고 고백한 동시에 나도 자네를 좋아하게 되었네. 이건 머리의 논리이자 하트의 논리이네. 입발림으로 하는 소리가 아니라 사실이네. 그러니까 그 사실만큼 만족해주게.

나에게 센티멘털한 편지를 보내는 사람이 가끔 있지. 나는 오히려 그걸 꾸짖는다네. 그 때문에 그 사람이 나를 떠난다면 어쩔 수 없다고 생각하네. 하지만 만약 떠나지 않는다면, 내 꾸짖는 말이 서로의 미래에 도움이 된다고 믿고 있네. 자네 편지에도 곧장 답장을 보낼까 생각했지만, 조금 감정을 가라앉히는 편이 좋을 것 같다고 생각해 지금까지 미루어둔 것이네. 이상.

1914년 11월 14일

하야시바라 고조에게*

나는 삶보다는 죽음을 택하겠다는 걸 두 번이나 연이어 말할 생각은 없었지만 어쩌다 보니 그렇게 말하게 되었네. 하지만 그 말은 거짓도 아니고 농담도 아니네. 내가 죽으면 모든 사람이 내 관 앞에서 만세를 불러주면 좋겠다고 정말로 생각하고 있네. 나는 의식이 삶의 전부라고 생각하지만 그것이 나의 전부라고는 생각하지 않네. 죽고 나서도 나 자신은 있네. 게다가 죽고 나서야 비로소 본래의 나 자신으로 돌아간다고 생각하네.

나는 지금 자살을 좋아하지는 않네. 아마도 살 수 있을 만큼 살아 있을 생각이네. 그리고 그렇게 살아 있는 동안은 보통의 인간들처럼 내가 가지고 태어난 약점을 발휘할 것이네. 그것이 삶이라고 생각하기 때문이네. 나는 삶의 고통을

* 영문학자이자 시인. 도쿄제국대학 영문과에 재학 중일 때부터 소세키의 문하생이었으며, 같은 영문과 학생이던 아쿠타가와 류노스케를 처음으로 소세키에게 소개했다.

싫어하지만, 또한 동시에 삶에서 죽음으로 무리하게 넘어가는 엄청난 고통을 가장 싫어한다네. 그렇기 때문에 자살은 하고 싶지 않네. 또한 내가 죽음을 택한다는 말은 비관이 아니라 염세관 때문이네. 비관과 염세는 자네도 구별할 수 있을 거라 생각하네. 나는 그것으로 사람을 움직이고 싶지는 않네. 다시 말해, 나는 자네 같은 사람이 내 힘에 의해 나와 같은 생각을 갖기를 바라지 않는다는 뜻이네. 그러나 자네가 자네 스스로 깊이 생각하고 판단하여 나와 같은 결론에 이르렀다면 그건 어쩔 수 없는 일이네. 나는 자네의 편지를 읽고 그다지 놀라지도 않았지만, 그렇다고 기쁘게 여기지도 않았네. 오히려 슬펐다네. 자네 같은 젊은이가 그런 생각을 하고 있다는 게 마음이 아프네. 그러나 자네가 나처럼 죽음이란 인간이 다다르는 가장 행복한 상태라는 것을 이해했다면 그건 안타깝지도 슬프지도 않네. 오히려 기쁜 일이네.

에구치와 다투었다면 화해하는 편이 좋겠지. 화해할 수 없을 만큼 심한 다툼이었다면 어쩔 수 없지만 에구치가 그렇게 화해할 수 없을 만큼 나쁜 사람이라고는 생각하지 않네. 이상.

1915년 6월 15일

무샤노코지 사네아쓰에게*

편지는 잘 받았습니다. 저도 분명 그 글을 보았습니다. 하지만 전혀 신경 쓰지 않았습니다. 그것이 제가 쓴 글이 아니어서 그랬는지도 모르겠습니다만, 그런 곳에 실리는 글은 대충 함부로 쓴 것이 많다는 게 큰 이유가 아닐까 합니다. 하지만 잘못된 내용이라면 누구든 기분 나쁠 것입니다. 특히 당신 같은 정직한 사람이 볼 때는 더더욱 싫겠지요. 그것을 신경질적이라며 비웃는 사람은 그 뒤에 숨겨진 올바른 천성을 이해하지 못하는 닳고 닳은 인간입니다. 저는 당신을 동정합니다.

하지만 제게는 그 기사를 삭제시킬 만한 힘이 없습니다.

---

* 소설가이자 시인. 당시의 자연주의 문학에 반발한 그는 지적이고 논리적인 작풍의 소세키를 깊이 존경했다. 소세키의 《그 후》를 극찬하며 쓴 비평이 유명한데, 이를 계기로 소세키와 편지로 인연을 이어가게 된다. 무샤노코지는 자신이 쓴 희곡이 극장에서 상연되기 전 《도쿄 아사히 신문》에 실린 관련 기사에 불만을 품고 소세키에게 편지를 보내 기사 삭제를 요구했는데, 이 편지는 그에 대한 답장으로 소세키가 보낸 것이다.

그것을 쓴 사람이나 편집자는 설령 그 기사가 잘못된 내용이라는 걸 알아도 굳이 삭제할 만큼 중대한 일은 아니라고 생각할 테고, 그 밖에 다른 복잡한 일들에 신경을 쓰겠지요. 지금 제가 당신을 위해 할 수 있는 일은 당신의 편지를 신문사에 보내 당신의 뜻을 이해시키고 뒤처리는 그쪽에 맡기는 수밖에 없는 것 같습니다. 저는 당신을 위해서 그 정도의 일은 할 수 있습니다. 조금 있다가 당신의 편지를 사회부장인 야마모토 마쓰노스케 군에게 보내고 잘 부탁한다고 말해두겠습니다.

저도 당신과 같은 성격이어서 그런 일에 자주 고민도 하고 우울해하기도 했습니다. 그러나 그런 일은 아무리 시간이 지나도 끝도 없이 계속되기 때문에 요즘은 되도록 거기에서 초월하려고 애쓰고 있습니다. 저는 남들에게서 꽤 많은 험담과 비방을 들어왔습니다. 하지만 가만히 있었습니다. 《나는 고양이로소이다》를 썼을 때는 많은 사람들이 기존의 어느 작품을 번안했다는 둥, 어디 어디서 훔친 글을 나열했다는 둥 그런 말을 하기도 했습니다. 그런 내용의 글을 발표한 사람까지 있었습니다.

무샤노코지 씨. 마음에 안 드는 일, 분통 터지는 일, 분개해야 마땅한 일은 세상에 먼지처럼 많이 있습니다. 그것을 깨끗하게 하는 것은 인간의 힘으로는 불가능합니다. 그것과 싸우기보다 그것을 용서하는 것이 인간으로서 훌륭한 것이라고 한다면, 저는 제가 할 수 있는 한 당신과 함께 그쪽을 수양하고 싶습니다만, 어떠십니까?

저는 나이에 비해 마음은 젊은 편이지만, 요즘 들어서는 그쪽으로 향하기 시작했습니다. 시대의 흐름은 저보다 앞서 있습니다. 당신이 그쪽으로 눈을 돌리게 된다면 저보다도 훨씬 젊을 때에 그러는 것이라고 믿습니다. 이상.

1916년 8월 24일

구메 마사오와 아쿠타가와 류노스케에게*

또 한 통 편지를 써서 보내네. 자네들의 편지가 너무 재기발랄해서 게으른 나도 또 한 번 자네들에게 뭔가를 말해주고 싶어졌다네. 말하자면 자네들이 가진 청춘의 기운이 노인인 내게 젊음을 되찾아준 셈이네.

오늘은 목요일이네. 하지만 오후에는 (지금 세 시 반이네) 아무도 오지 않네**. 다키타 초인 군은 목요일이 자기 안식일이라면서 꼭 긴타로처럼 부루퉁한 얼굴로 내 서재에 나타나는데, 오늘은 못 오겠다고 일부러 알려왔었네. 그래서 여느 때처럼 매미 소리 속에서 부탁받은 원고도 읽고 편지도 쓰고 있네. 어제 지은 시를 조금 손보기도 했지. 또《덴쿄

* 소설가. 도쿄제국대학 영문과 동급생으로 재학 중에 함께 소세키의 문하생이 되었다. 소세키가 거의 만년에 인연을 맺은 제자들로, 가장 마지막 문하생이라고 할 수 있다. 특히 아쿠타가와는 자신의 단편 〈코〉를 극찬해준 스승의 말에 힘을 얻어 작가의 길을 걷기로 결심했다.

** 소세키의 서재에서는 목요회라는 이름으로 매주 목요일 제자들이 모여 토론을 벌였다.

인 안에서》라고 하는, 여러 광인들에 대해 쓴 원고를 읽고 있네. 이런 즉흥적인 생각을 글로 쓰는 사람도 있는 모양이야.

아쿠타가와 군의 하이쿠는 진부하지 않아. 물론 구메 군처럼 입체 하이쿠를 짓는 사람이 볼 때는 어떨지 모르겠지만, 우리 같은 18세기파(派)는 그걸로 충분하다고 생각하네. 그 대신 그림은 구메 군 쪽이 낫군. 구메 군의 그림 실력에는 놀랐네. 그 석 장 중 한 장(저녁놀 풍경)은 대단히 훌륭하네. 과연 그 정도라면 미야케 쓰네카타 씨의 그림도 깔볼 수 있겠어. 언제 나한테도 하나 그려주겠나? (진심으로 하는 말이네.) 그런데 자네들은 동양화(특히 중국화)에는 흥미가 없는 것 같은데 참 이상하군. 그쪽도 조금만 애정을 가지고 봐주면 어떻겠나? 거기에는 또 그 나름대로 꽤 좋은 것이 조금씩 있다네. 내가 보증하지.

얼마 전에 후쿠타 한코라는 사람의 족자를 조금 허접한 골동품점에서 보았네. 아주 마음에 들어 주인에게 값을 물었더니 500엔이라고 하길래 정말 화가 났네. 그 그림에 500엔의 가치가 없다는 뜻이 아니네. 주인이라는 자가 내가 절대로 지불할 수 없는 액수를 말하고 내가 찬찬히 그 그림을 감상하지 못하도록 내쫓아버렸기 때문이네. 나는 어쩔 수 없이, 비싸군 하고 가게를 나왔지만, 그때 속으로는, 그럼 나한테도 생각이 있지, 하고 생각했다네. 그게 무슨 생각인지 말해주지. 웃으면 안 되네. '내가 좋아하는 그림을 못 사게 한다면 어쩔 수 없지. 그렇다면 내가 좋아하는 그림과 같은 수준의 그림을 내가 직접 그려서 걸어둘 테다.' 그런 생각을 했다네. 그것이 실현되는 날에는 그 따위 그림은 아무것도 아닐 것이네.

자네들이 책을 많이 읽는 걸 보면 감탄하게 되네. 게다가 책을 경멸할 수 있기 위해 읽는다니까 대단하군. (비꼬는 게 아니라 칭찬하는 걸세.) 내가 생각하기에 러일전쟁에서 군인들이 승리한 이상, 문인들도 언제까지나 러시아를 두려워하는 병에 걸려 새파랗게 질린 얼굴을 하고 있어서는 안 되네. 나는 꽤 오래전부터 그런 마음을 갖고 있었는데, 자네들을 귀찮게 하는 건 이번이 처음이니까 한 번만 잠자코 듣고 있게나.

책을 읽고 재미있는 게 있으면 알려주게. 그리고 나중에 나한테도 빌려주게. 나는 요즘 엉망진창이라서 옛날에 읽었던 책마저 까먹어버렸다네. 얼마 전에 아쿠타가와 군이 단눈치오*의 《플레임 오브 라이프(Flame of Life)》에 대해 이야기하면서 걸작이라고 했을 때, 나는 그런 책은 모른다고 했었지. 그런데 나중에 책상 뒤에 있는 책 상자를 슬쩍 보는

* 가브리엘레 단눈치오. 이탈리아의 소설가로 데카당스 문학의 대표자.

데 거기에 그 책이 떡하니 놓여 있어 깜짝 놀랐다네. 읽은 게 분명한데 뭐가 쓰여 있는지 깡그리 잊어버린 게야. 꺼내 보면 어딘가 연필로 평을 써놓았을지도 모르지만 귀찮아서 그대로 두었네.

어제 잡지를 보는데 버나드 쇼가 쓴 새 드라마가 실려 있었네. 그런데 도저히 런던에서 흥행할 수 없는 성격의 글인 모양이야. 오거스타 그레고리 부인이 힘을 썼는데도 불구하고 더블린의 극장에서 퇴짜를 맞을 정도여서, 이렇게 풍류를 즐기는 나 같은 사람에게나 전해졌을 뿐이지. 빅토리아 십자 훈장을 받은 군대가 온갖 거짓말을 떠벌리며 신나게 병사들을 선동하는 모습을 풍자하는 글이었네. 쇼라는 사람은 좀 장난기가 있는 것 같더군.

잠시 펜을 내려놓고 자네들에게 또 무슨 말을 들려줄까 생각해보았네. 계속 쓰려면 얼마든지 쓸 수야 있겠지만, 썼다고 해서 자랑거리가 되는 것도 아니니 이쯤에서 마무리할까 하네. 왠지 아직 못다 한 말이 남아 있는 것 같기도 한데 말이야.

아아, 그렇지, 그렇지. 아쿠타가와 군의 작품 말일세. 구메 군도 나도 무척 고민한 듯이 쓰긴 했지만 이건 분명히 보증하지. 자네의 작품은 실력이 딱 정해져 있네. 절대로 어느 수준 이하로는 자네가 쓰려고 해도 쓸 수 없기 때문이네. 구메 군은 좋은 글을 쓰기도 하는 대신 가끔은 좋지 않은 글도 쓰겠지만, 자네의 글은 그렇게 될 수 없는 작풍이기 때문에 괜찮네. 이 예언이 적중하는지 아닌지는 앞으로 일주일만 지나면 알 수 있을 걸세. 적중한다면 나에게 고맙다고 하게나. 빗나가면 내가 사과하지.

소가 되는 것은 꼭 필요한 일이네. 우리는 어떻게든 말이 되고 싶어하지만, 소처럼은 여간해서는 되지 않네. 나처럼 노회한 사람도 지금은 소와 말 사이에서 태어난 혼혈 같은 정도이네.

안달해서는 안 되네. 머리를 나쁘게 쓰면 안 되네. 끈기 있게 앞으로 나아가게. 세상은 끈기 앞에서는 머리를 숙이지만, 불꽃 앞에서는 한순간의 기억밖에 주지 않네. 낑낑대며 죽을 때까지 밀어야 하네. 그것뿐이네. 절대로 상대를 속여서 그것을 밀어서는 안 되네. 상대는 얼마든지 그 뒤로도 줄줄이 나오기 때문이네. 그리고 우리를 괴롭히지. 소는 초연히 밀고 간다네. 무엇을 미느냐고 묻는다면 말해주겠네. 인간을 미는 것이네. 문사(文士)를 미는 것이 아니네.

나는 이제 목욕을 해야겠네.

자네들이 피서하는 중에는 편지를 더 못 쓸지도 모르겠네. 굳이 답장하지 않아도 괜찮으니 신경 쓰지 말게나.

옮긴이의 말

일본 근대 문학을 대표하는 대문호 나쓰메 소세키는 1867년 메이지 시대와 함께 태어나 1916년에 생을 마감했습니다. 《나는 고양이로소이다》를 비롯해 《마음》, 《그 후》, 《도련님》, 《문》 등 여러 작품을 남겼는데, 의외로 전업 작가로 활동한 시간은 그리 길지 않습니다. 영국 유학에서 돌아온 후 서른여덟에 첫 장편 《나는 고양이로소이다》로 문단에 등장한 이후 《명암》 집필 중이던 마흔아홉에 작고할 때까지 그가 작가로 활동한 시간은 10년 남짓에 불과합니다.

서양 문물이 들어오기 시작하면서 근대화가 급격히 이루어지던 한복판에서 소세키는 메이지 일본의 문명개화가 수박 겉핥기식에 불과하다는 것을 꿰뚫어 보았습니다. 그리고 어지러운 시대를 어떻게 살아야 할지에 대해 깊이 고민했고 문학을 자신의 평생 업으로 삼겠다고 마음먹습니다.

그런 그의 작품 대부분은 '인생'과 '인간'에 대한 탐구와 고민으로 채워져 있다고 할 수 있습니다.

이 책은 문학가로서의 소세키가 어떤 인간이었는지, 어떤 자세로 삶을 살았는지, 문학을 통해 이루려던 꿈이 무엇이었는지, 인생관은 어떠했는지를 소개하고 싶은 마음에서 기획하게 되었습니다. 사실 소세키의 소설은 작품 하나하나에 작가의 정신이 충분히 담겨 있어 그것만으로도 그의 작품 세계를 이해할 수도 있습니다. 하지만 소설만으로 소세키 읽기가 끝난다면 왠지 아쉽다는 생각이 듭니다. 문단에 등단하기 전에 쓴 글이나 편지, 강연 등에서 오히려 더 그의 참모습을 볼 수 있을지도 모릅니다. 특히 그의 편지는 소세키의 인생론 그 자체라고 할 수 있을 만큼 소세키라는 인간을 있는 그대로 보여주는 귀중한 자료라고 할 수 있습니다.

"어떠한 걸작이라도 인정(人情)을 벗어난 연극은 없고, 시비(是非)를 초월한 소설은 드물 것이다." 소설 《풀베개》에서 소세키는 이렇게 말합니다. 그리고 그 말처럼 그의 많은 소설은 인정을 벗어난 인생은 없다는 것을 보여줍니다. 소세키만큼 인생을 진지하게 응시하고 분석하면서 삶의 의미를 고민한 작가도 드물지 않을까 생각합니다. 그리고 그 고민의 성과를 문학 작품으로 승화시켜 보여줍니다. 이 책은 소설이 아닌 글 중에서 그의 문학 세계와 정신세계를 들여다볼 수 있는 것들을 선별하고 번역해 엮은 것입니다. 소세키의 소설을 읽은 독자는 물론 앞으로 그의 소설을 읽으려는 독자들이 그의 솔직하고 진실한 모습을 보면서 소세키라는 인간은 물론, 그의 소설 세계를 더 깊이 이해할 수 있는 계기가 될 수 있기를 바라는 마음으로 만들었습니다.

이 책은 기고, 수필, 담화, 강연, 편지 등 다양한 장르의 글로 구성되어 있습니다.

〈우견수칙〉은 스물여덟 살에 마쓰야마 중학교에 부임했을 때 교내 잡지에 실린 글입니다. 불의와 모순으로 가득한 세상과 부딪히면서 체험한 것들을 제자에게 들려주는 청년 소세키의 모습을 볼 수 있습니다.

〈잡지《태양》의 명가 투표에 대해〉에서는 문예에 서열을 매기는 행위의 무례함과 부당함을 지적하고 있고, 〈박사 문제와 머독과 나〉, 〈박사 문제의 전말〉에서는 부당한 권위에 저항하는 평소의 신념이 잘 드러나고 있습니다. 〈입사의 말〉은 불혹의 나이에 대학 교직을 그만두고 신문사에 입사했을 때 쓴 글로, 미래에 대한 확실한 보증이 없음에도 자신만의 길을 걸어가려는 꿋꿋한 모습이 잘 나타나 있습니다. 어느 것이나 다 소세키의 삶에 대한 태도와 신념 등을 엿볼 수 있는 글들입니다.

《생각나는 것들》과 《유리문 안에서》는 만년에 쓴 수필로, 이 책에서는 그중에 인생과 인간을 주제로 한 글들을 일부 선별해서 실었습니다. 《생각나는 것들》은 요양 중이던 슈젠지에서 많은 피를 토하고 혼수상태에 빠진 '슈젠지의 대환(大患)'을 겪으면서 느낀 삶과 죽음에 대한 생각을 보여줍니다. 《유리문 안에서》는 작고하기 일 년쯤 전에 쓴 작가의 마지막 수필입니다. 특히 돈에 대한 소세키의 태도가 흥미롭습니다. 소세키는 가난한 제자나 동료에게 아낌없이 돈을 빌려주었지만 이치에 맞지 않는 경우에는 한 푼도 쓰거나 빌려주지 않았다고 하는데, 그 시대에는 보기 드문 태도였다고 합니다. 《교토의 저녁》은 대학을 사직하고 신문사에 입사하기 전 교토 여행을 떠났을 때의 추억을 담은 글입니다. 오래전 임종을 보지 못한 옛 친구를 그리워하는 모습이 잘 전해지는 아름다운 문장의 수필입니다.

담화로 분류한 글은 소세키의 말을 글로 옮긴 것으로 소세키 특유의 유머와 진솔함이 돋보입니다.

강연록도 많이 남아 있는데 그중에서 두 편을 골라 실었습니다. 특히 가쿠슈인에서 강연한 〈나의 개인주의〉는 지금도 많은 사람들에게 읽히는 글로, 소세키가 자신의 주요 사상인 '자기본위'의 원칙에 어떻게 이르게 되었는지 그 과정을 엿볼 수 있는 의미 깊은 자료라고 할 수 있습니다.

소세키가 자주 하는 말 중에 '식견'과 '자각'이라는 것이 있습니다. 아무리 학문을 해도 스스로 생각하고 스스로 깨우치지 않는다면 배우지 않느니만 못하다는 말일 것입니다. 서양의 온갖 문물이 물밀 듯이 들어오던 메이지 시대에서 남이 하는 말을 맹목적으로 따르기만 할 뿐, 자각을 통해 스스로의 길을 찾으려고 하지 않는 사람들에게 들려주는 조언이라고 할 수 있습니다. "학문으로써 인간이 나아지지 않는다면 처음부터 무학으로 있는 편이 낫다"라고 한 말은 그런 의미에서 한 말이었을 겁니다.

마지막에 실린 서간문은 20대 때 친구 마사오카 시키와 주고받은 편지부터 아내 교코, 세상을 뜨기 몇 달 전 제자 아쿠타가와 류노스케 등 제자와 동료들에게 보낸 것까지 다양한 인물들에게 보낸 편지를 모은 것입니다. 소세키는 편지 쓰기를 무척 좋아해서 현재 남아 있는 것만 해도 2500통이 넘습니다. 편지에는 삶의 자세 등 그의 인생관이 솔직히 드러나 있어 다른 여러 장르의 글보다 인간 소세키의 참모습을 더욱 잘 볼 수 있습니다.

제자 모리타 소헤이에게 보낸 편지에서 소세키는 이런 말을 합니다.

"백 년 후, 백 명의 박사는 흙으로 변하고, 천 명의 교수는 진흙으로 화할 것이네. 나는 나의 글이 백대 후에까지 전해지기를 바라는 야심가라네."

백 년도 더 전에 소세키가 한 말처럼 백 년이 지난 지금도 그의 글은 후대의 많은 사람들에게 읽히고 깊은 울림을 줍니다. 또 산다는 것, 인간이라는 것에 대해 진지하게 생각하게 합니다.

소세키의 소설을 좋아하고 그의 소설을 좀 더 깊이 이해하고 싶은 독자들에게 조금이나마 도움이 될 수 있으면 기쁘겠습니다.

옮긴이 박성민
도쿄외국어대학교 대학원에서 일본어학을 전공하고 통번역사로 일했다.
번역서로 《꽃을 묻다》, 《봄은 깊어》, 《다자이 오사무 내 마음의 문장들》, 《어느 바보의 일생》 등이 있다.

나쓰메 소세키 — 인생의 이야기

2019년 11월 25일 1판 1쇄 찍음
2020년 3월 25일 1판 2쇄 찍음
2022년 4월 1일 1판 3쇄 찍음

지은이 나쓰메 소세키
펴낸곳 시와서 출판
펴낸이 송승현

출판등록 2016. 12. 6.
주소 경기도 파주시 책향기로 183, 1507-506
전화 070-8200-1604
이메일 siwaseo@gmail.com
블로그 blog.naver.com/siwaseo
인스타그램 www.instagram.com/siwaseo

ISBN | 979-11-959922-5-6

이 도서의 국립중앙도서관 출판예정도서목록(CIP)은 서지정보유통지원시스템 홈페이지(http://seoji.nl.go.kr)와 국가자료종합목록 구축시스템(http://kolis-net.nl.go.kr)에서 이용하실 수 있습니다. (CIP제어번호 : CIP2019043653)